·现当代经典散文品读·

徐宏杰◎主编

文化的清泉

WENHUA DE QINGQUAN

安徽师范大学出版社

ANHUI NORMAL UNIVERSITY PRESS

丛书策划:汪鹏生
责任编辑:李克非
装帧设计:丁奕奕

图书在版编目(CIP)数据

文化的清泉 / 徐宏杰主编. — 芜湖:安徽师范大学出版社,2018.7(2020.6重印)
(现当代经典散文品读)
ISBN 978—7—5676—2843—4

Ⅰ.①文… Ⅱ.①徐… Ⅲ.①散文集–中国–当代 Ⅳ.①I267

中国版本图书馆CIP数据核字(2017)第102691号

文化的清泉
WENHUA DE QINGQUAN　　　　　徐宏杰　主编

出版发行:安徽师范大学出版社
　　　　芜湖市九华南路189号安徽师范大学花津校区　　邮政编码:241002
网　　　址:http://www.ahnupress.com/
发 行 部:0553-3883578　5910327　5910310(传真)
印　　　刷:香河利华文化发展有限公司
版　　　次:2018年7月第1版
印　　　次:2020年6月第2次印刷
规　　　格:700 mm×1000 mm　1/16
印　　　张:18.75
字　　　数:259千字
书　　　号:ISBN 978—7—5676—2843—4
定　　　价:56.00元

写在《现当代经典散文品读》出版之际

    《现当代经典散文品读》丛书,按照内容分为10册,选入的近三百篇散文,是现当代中外优秀散文名篇,几乎可视为百年散文史的缩影。编选者视野开阔,粹取拣择中,可见出其独特的眼光。选入的文章,篇篇可读,文字优美,有发人深省的内涵。既有文学大家的名篇佳什,又有一些年轻作家的感人至深的新作,甚至包括当代一些网络作者的好文章。作者中有学养丰厚的著名人文学者,也有研究自然科学的科学家、发明家。编选者立意在知识的丰富、美好人生的发掘、伟大智慧的分享。在知识性、思想性和欣赏性等多方面,丛书都有较高的价值。读起来使人时而低徊欲泣,时而激扬蹈励,时而心入浩茫辽阔中,时而意落清澈碧溪前。这套书可以作为在校学生课外阅读的材料,也可以作为一般读者经典阅读的进阶。

    每篇散文后所附"品读"文字,也是值得"品味"的,对帮助欣赏、理解所选文章极有帮助。篇幅一般都不短,内容丰富,不是泛泛的作者介绍,也不是说一些写作背景和特点的话,而是意在"品读"所选文章背后的价值世界。不少品读文字,更像是一篇研究作品。如《诗意的栖居》一册中所选建筑学家梁思成的《千篇一律与千变万化——音乐、绘画、建筑之间的通感》,是建筑学中的名作。它涉及艺术哲学中的一个重要原理。艺术要追求变化,这个道理很多人讲过,但这篇文字则谈重复在艺术创造中不可忽缺的价值。人们常常将重复当作一种缺点,但梁先生认为,没有重复就没有艺术。重复是音乐的灵魂。《诗经》在一定程度上也是重复的艺术,那回环往复的沓唱是《诗经》的命脉。重复也是建筑的基本语言,颐和园七百多米的长廊,人民大会堂的廊柱,因重复而体现出特别的魅力。编选者在细腻的分析中,发掘此文深长的意味,给读者以重要启发。由趣味学习,到专业学习,这套书有不可忽视的价值。

散文的重要特点之一,是用优美的语言,自由而较少拘束的形式,表达当下直接的生命感受,散文也可以说是当下生命体验的记录。因此,好的散文家,一定是对人生、自然、生命、宇宙、理想等有感觉的人,一定是对世界有"温情"的人。那种整天沉浸在琐屑利益竞逐中、对生活持漠然态度的人,不会有通灵清澈的觉悟,不会有朗然明快的理想,也写不出有感染力的文字。好的散文不是"写"出的,而是从清澈、真实的心灵中"泻"出的。我通读这套书所选的文章,仔细品味编选者的点评,丛书中无处不在的清新气息,给我极深的印象。就像本丛书所选美学家宗白华先生的《美从何处寻》中所说的,世界充满了美,我们要有一双发现美的眼睛。美不光在外在的形式,更在那生命的潜流中。正因此,散文,不是美的文字,而在传递一种美丽的精神。人,不在于有光鲜的外表,而在于有一种光明的情怀。外在的"容"可以"整",内在精神世界是无法通过技术性的劳作"整"好的。这套书在知识获取的同时,对提升人的精神境界、护持人的生命真性、分享生命的美好等方面,都具有独特的价值。

这套宏大的散文名篇选读丛书,是由徐宏杰先生花近十年时间独立完成的。他是当代闻名的语文特级教师,是语文教学和研究方面的权威学者,他在教学之余,投入如此心力,来完成这样的作品,为他深爱的学生,更为全国广大读者。这样的精神尤令人感佩。这套书中凝结着他三十余年教学经验和研究所得。他曾经跟我说,他是以充满敬意的心来做这项工作的。从我阅读的感受,他的确是这样做的:从选文到解说,他以敬心体会所选文章背后的温情和智慧;又以敬心斟酌自己的品读文字,力求给读者,尤其是青少年读者留下真正有价值的信息。

朱良志

2018年4月10日于北京大学

文化是人的血肉。文化的投影，便是文学，便是艺术，便是人的精神……文化艺术，虚幻缥缈，然而她无处不在。在先秦典籍的文字间，在唐诗宋词的吟哦中，在水墨丹青的线条上，在文人义士的风骨里……浸透了我们每一滴血液。字写成的书可以成灰，色彩艳丽的画容易黯淡，就连古代建筑屹立千百年，斑驳的墙面也显得老旧不堪。然而，文化的精神，艺术的灵魂，代代相继，青翠欲滴。只因为祖先留下了不竭的文化清泉。

目 录

中国文化的基本精神

◇ 张岱年　程宜山

在具体阐述中国文化的基本精神之前，需要对"文化基本精神"的含义作一点说明。何谓精神？精神本是对形体而言，文化的基本精神应该是对文化的具体表现而言。文化的具体表现即文物、制度、习惯等等，文化的精神即思想。就字源来讲，精是细微之义，神是能动的作用之义。文化的基本精神就是文化发展过程中的精微的内在动力，也即是指导民族文化不断前进的基本思想。这种能够作为文化发展内在动力的基本思想，本身也是文化发展的产物，并随文化的发展变化而发展变化。因此，文化的基本思想，同时也一定是文化体系中起主导作用的中心思想，是文化体系中处于核心地位的基本观点。

本文选自张岱年、程宜山《中国文化与文化论争》（中国人民大学出版社1990年版）。张岱年（1909—2004），河北沧县人。中国现代哲学家、哲学史家。张岱年于1933年毕业于北京师范大学，任教于清华大学哲学系，1936年写成名著《中国哲学大纲》。张岱年先生长期从事中国哲学史研究，著作等身，有极高的造诣和广泛的建树。

程宜山（1942—1991），湖南省浏阳市人。1961年考入北京师范大学历史系，毕业后分配到石家庄任中学教师，不久调文教局工作。1978年考取北京大学哲学系攻读哲学硕士学位。受教于张岱年先生门下。是张岱年先生的得意门生。他勤奋好学，文笔丰茂，受到张岱年先生激赏。后因积劳成疾，不幸英年早逝。

要而言之，文化的基本精神是一定文化创造出来的并成为该文化的思想基础的东西。

中国文化丰富多彩，中国思想博大精深，因而中国文化的基本思想也不是单纯的，而是一个包括诸多要素的统一的体系。这个体系的要素主要有四：（1）刚健有为，（2）和与中，（3）崇德利用，（4）天人协调。其中"天人协调"思想主要解决人与自然的关系；"崇德利用"思想主要解决人自身的关系即精神生活与物质生活的关系；"和与中"的思想主要解决人与人的关系，包括民族关系、君臣、父子、夫妇、兄弟、朋友等人伦关系；而"刚健有为"思想则是处理各种关系的人生总原则。四者以刚健有为思想为纲，形成中国文化基本思想的体系。关于后三点，我们留到下章再作阐述，这里只讨论作为总纲的"刚健有为"思想。

"刚健有为"的思想渊源于孔子，到战国时代的《周易大传》已见成熟。中国文化的基本思想是一个系统，其纲领即刚健有为思想也自成系统。

粗略地看，《周易大传》提出来的"刚健有为"思想包括"自强不息"和"厚德载物"两个方面。《象传》说："天行健，君子以自强不息"。天体运行，永无已时，故称为健。健含有主动性、能动性以及刚强不屈之义。君子法天，故应自强不息。自强不息也就是努力向上，绝不停止。《周易大传》所说的刚健，除了发挥主动性、能动性、努力向上，绝不停止的意思外，还有"独立不惧"（《象传·大过》）、"立不易方"（《象传·恒卦》)之义。"独立不惧""立不易方"也就是孟子所说的"富贵不能淫,贫贱不能移,威武不能屈"(《孟子·滕文公下》)的独立的人格;还有老子"自胜者强"之义。《论语》有一段对话:"子曰:'吾未见刚者。'或对曰:'申枨。'子曰:'枨也欲,焉得刚?'"(《论语·公冶长》)这是说,要做到刚毅不屈,欲望就不能太多。由此可见,刚强不屈不仅意味着一种对抗外部压力能力,也意味着一种对付来自本身弱点的能力。这两方面结合起来,也就是《周易大传》所谓的"敬以直内,义以方外"(《文言·坤卦》)。"敬以直内"即使心专一不放逸,就是控制自己对外来刺激的反应并加以抉择;"义以方外"就是使行为皆符合道德原则。《象传》又说:"地势坤,君子以厚德载物。"坤即顺,地势是顺,载物就是包容许多物类;君子应效法大地的胸怀,包容各个方面的人,容纳不同的意见,使他人和万物都得以各遂其生。《周易大传》认为,健是阳气的本性,顺是阴气的本性,在二者之中,阳健是居于主导地位的。而从上述两句话的关系来看,自强不息是自立之道,厚德载物是立人之道,自立是立人的前提,立人是自立的引申。可见,刚健有为的思想是以自强不息为主而同时包含着厚德载物的系统。

如果我们仔细分析一下,《周易大传》所说的自强不息或刚健还含有"刚中""及时""通变"等引申的原则。

《周易大传》提出:"能止健,大正也。"(《象传》)据高亨考证,"能止健"当作"健能止",能读为而。"健而止"即强健而不妄行,可止则止。《周易大传》认为,强健而不妄行,不走极端,是大正即最合乎中道的品德。《文言》认为,乾的品德就是这样。"大哉乾乎!刚健中正,纯粹精也。"乾的品德是刚健而又不过刚,是最理想的品德。这里所谓"中正",即孔子所谓中庸。刚健而中正,《周易大传》称为"刚中"。《彖传》说:"刚中而应,行险而顺",用刚健而中正的态度对待险恶,能吉利而无灾祸。

《周易大传》又提出:"君子进德修业,欲及时也。"又说:"终日乾乾,与时偕行。"所谓"进德修业""终日乾乾"即自强不息。所谓"及时""与时偕行",即以自强不息与永恒变化的客观世界保持一致。这也就是说,世界永恒变化的性质,即是人应自强不息的根据。《周易大传》不仅从自强不息引申出"及时"即顺应变化潮流的原则,而且将这个原则与"中"的原则结合起来,称为"时中"。"时中"即随时处中。这也就是说,在《周易大传》看来,所谓中正之道,不是固定不变的,而是随时间的变化而变化的,人的生活行动也必须随时间的变化调整,按当时的情况确立标准。

《周易大传》还认为,"天地革而四时成"(《彖传》),世界的流变是通过一系列的变革、革新形成的,人要与时偕行,也必须"通变""革命"。这样,它又从及时的原则引申出"通变""革命"的原则。《周易大传》有一句至今脍炙人口的话,叫"穷则变,变则通,通则久"(《系辞下传》)。事物发展到不能再发展的地步,叫做"穷"。事物发展到极盛就要向反面变化,这叫"变"。通过变革或革命,原来"山穷水尽疑无路"的局面,就会一变而为"柳暗花明又一村",这就是通,也就是"通则久"。正因为如此,《周易大传》把"通天下之变"作为一条重要原则。《周易大传》肯定革命与变革的重要意义。它说:"革而信之,文明以说,大亨以正。革而当,其悔乃亡。天地革而四时成。汤武革命,顺乎天而应乎人。革之时大矣哉!"(《彖传》)

总之,《周易大传》把自强不息、厚德载物、刚中、及时、通变有机地结合起来,形成了一个以刚健为中心的宏大的生活原则体系。由于《周易大传》在古代一直被视为孔子所作,这些思想的影响很大,在铸造中国文化基本精神方面起了决定性的作用,对推动中国文化的发展也起了很大作用。

"形于中必发于外"。作为中国文化基本精神的刚健有为精神的具体表现或凝结的文物、制度、风俗可谓无处不有、无时不有、俯拾皆是、不胜枚举。以文学人物形象而言,《列子·汤问》中每日挖山不止的"愚公"、鲁迅先生笔下"每日孳孳"的大禹,都体现了自强不息的精神。他们,不过是被鲁迅先生称之为"中国的脊梁"的无数英雄豪杰的写照,而这些形象又反过来激励千百万中国人民奋勇直前。以文学艺术题材而言,从古到今无数骚人墨客所吟咏、所描绘的青松、翠竹、红梅、苍鹰、猛虎、雄狮、奔马之类,也都体现了刚健有为、自强不息的精神。如果你有幸到汉代民族英雄霍去病将军墓前看看那些雄浑粗犷的石刻，特别是"马踏匈奴"，你会被汉代中国人民的英勇豪迈气概所折服；如果你舍得花一点时间读一读唐人悲壮慷慨的边塞诗，你将不难懂得唐朝的繁荣昌盛是靠什么精神力量支持的。即以制度风俗而言，只要翻一翻历史，人们就不难发现中国的农民起义、农民革命何其多，改朝换代何其多，变法革新何其多，而把"汤武革命，顺乎天而应乎人""通变"当作变革和革命的理论根据或旗帜的又何其多。我们再看看厚德载物精神。它和刚健有为、自强不息一样，也是中国文学艺术的重要主题。中国古代的骚人墨客用了大量的笔墨篇幅赞美祖国的大好河山，描绘在这大好河山中生长成遂的花鸟虫鱼、一草一木，他们的寄托虽各有不同，但有一点是共同的，即在其中渗透着对普载万物的大地母亲的感情，体现了中国人"天地以生物为心"，"天地之大德曰生"的意识，寄托着"民胞物与"的感情和理想。北宋哲学家程颢说："万物之生意最可观"（《二程遗书》卷十一），可以说为中国的以山水花鸟虫鱼为题材的文学艺术作品的一般主题作了诠释。而这一切，都是"厚德载物"思想及其引申和发挥。厚德载物精神见于制度、风俗的也很多。早在战国时代，就已有了"仁民爱物"、保护自然资源和生态环境的思想和制度。孟子说："不违农时，谷不可胜食也；数罟不入池，鱼鳖不可胜食也；斧斤以时入山林，材木不可胜用也。"（《孟子·梁惠王上》）据《周礼》等文献记载，周代对各种自然资源的开发利用,都有明确的限制规定,这叫"山虞泽衡,各有常禁"(程颢:《论十事札子》)。这种限制措施的意图,据后世儒者解释,一是保证"万物阜丰,而财用不乏"(程颢:《论十事札子》),二是防止"物失其性"(程颢:《论十事札子》),即要使万物各遂其生。这种制度和思想见之于民间风俗,就是一种反对"暴殄天物"的习惯,如中国的农民对糟蹋粮食的行为深恶痛绝。汉唐时期,中华民族对域外和少数民族的文化产生极浓厚的兴趣,大力搜求,广泛吸收。从名马到美酒,从音乐到舞蹈,从科学到宗教,无不兼容并包,其气度之闳放、魄力之雄大确实令人赞叹,这是厚德载物精神在对待外来文化方面的表现。这种精神还广泛地表现在中国人处理民族关系、宗教关系的习惯上。

简评

"文化"一词,近代人类学上的专门意义始于英国人类学家泰勒1871年的用法。关于文化,20世纪50年代美国人类学家克鲁伯和克罗孔合著的《文化,关于概念和定义的检讨》一书中,统计1871年到1951年80年间对文化的定义,有164种之多,包括六大类,涵盖了整个世界。但通常认为文化的核心是一套价值观念和行为准则。文化应包括物态文化、制度文化、观念文化等。中国文化延绵5000年而历久弥坚,必然有其不断发展的内在精神支柱。这内在精神支柱就是中国文化的基本精神,实质上也就是中华民族的民族精神。源远流长的中国文化的表层,如物态文化、制度文化有许多已不合乎现代潮流,应予扬弃。但中国传统文化的核心,即价值观,则不但不排斥现代化,甚至有可能在新的历史条件下起到促进现代化的深远影响。简单地说,这个核心包括自强不息、厚德载物、和谐中庸、天人合一的精神,最基本的则是刚健有为的精神。这里的刚健精神并不表现为强硬、蛮横,相反表现为一种和谐的"外柔内刚"。

张岱年、程宜中两位先生在本文中，谈的就是这样一种中国文化的基本精神。

中国传统文化以"和谐"为最高价值原则。在中国古代哲学家看来，天道与人道既有区别，又有联系。许多哲学家力图把道德原则与宇宙的最高根源联系起来，以为宇宙最高本体即是道德的最高准则或基本根源。"在这方面，我们中国人是有优越的条件的。孔孟之道历来被认为是一种政治—伦理哲学，它可以成为我们重建道德秩序的精神支柱——俄国人就羡慕地说'要是俄罗斯也有自己的孔夫子就好了'。（《新时代》1993 年第 39 期）中国的多数哲学流派——不论是儒家、道家、佛家都强调人与自然的和谐，人与人的和谐，都要求个人把社会责任置于一己的私利之上。它们都可以帮助我们从今天的各种各样的矛盾与混乱中自拔自立。"（李慎之《全球化与中国文化》）

中国文化不仅丰姿多彩，而且有着迷人的气质和丰富的内涵。这迷人的气质和丰富的内涵就是中国文化的基本精神。关于文化的基本精神，张岱年先生曾明确地说："文化的基本精神就是文化发展过程中的精微的内在动力，也即是指导民族文化不断前进的基本思想。"由此可见，所谓文化精神，就是推动和指导着人们实践的思想，亦即世界观和人生观。无疑，中国文化的基本精神就是推动和指导几千年中国文化发展的世界观和人生观。显然，世界观和人生观的内容是丰富的，中国文化的基本精神也是极为丰富的。

中国文化能够历久不衰、虽衰而复盛的许多事实，证明了中国文化中一定有不少积极的具有生命力的内容。张岱年先生早在三十年代即参加关于文化问题的讨论，既反对全盘西化论，也不赞同传统文化复兴论，主张汲取西方文化的特长同时发扬中国文化的优秀传统。不过，自古以来，中国文化也确实有自己的优秀传统，这就是自强不息的刚健精神与厚德载物的宽容精神。张岱年先生提出"文化综合创新论",主张在汲取西方文化的优秀成就的同时努力发扬中国文化的优秀传统,发挥创造性思维,创建社会主义的新中国文化。这就是《中国文化的基本精神》一文的要义。

我们在这里就中国文化的基本精神列举两种比较有代表性的观点供读者朋友作简单比较,

1. 张岱年认为,中国文化基本精神有四点:(1)刚健有为;(2)和与中;(3)崇德利用;(4)天人协调。

2. 张岂之先生在其《中华人文精神》中指出,中国文化的基本精神有七点:(1)人文化成——文明之初的创造精神;(2)刚柔相济——穷本探原的辩证精神;(3)究天人之际——天人关系的艰苦探索精神;(4)厚德载物——人格养成的道德人文精神;(5)和而不同——博采众家之长的文化会通精神;(6)经世致用——以天下为己任的责任精神;(7)生生不息——中华人文精神在近代的丰富与发展。还有很多学者都对中国文化的基本精神做过精辟的概括和总结。不一一列举。

本文作者张岱年和程宜中在全面评述了中国文化的基本特点的基础上,对中国文化的基本精神、核心思想、结构模式、历史成就、缺陷与不足以及几百年来的文化论争都进行了精到的研究,并在此基础上提出了"综合创造论"的文化主张。无论是"中体西用"还是"西体中用",也无论是国粹主义还是"全盘西化",都走不通,只有辩证的综合创造,才是中华民族文化复兴的坦途。作者深刻的阐述主要集中在下面两个问题上,不仅值得我们重视,而且于今天有深刻的现实意义:

1. 人与自然的关系问题。这是一个直至今日,仍然必须认真对待的问题。近代西方强调克服自己,战胜自然,确实取得了重大的成就。但是,如果不注意生态平衡,也会受到自然的惩罚。改造自然是必要的,而破坏自然则必自食苦果。中国传统的天人协调(合一)的观点,确实有重要的理论价值。

2.中华民族还有一个善于吸收外来文化成就借以提高自己理论水平的优良传统。佛教的输入和流传,表明了中国人民对待外来文化的态度。佛教在中国流传之后,一部分中国佛教徒把佛教教义中国化了,做出了自己的理论贡献;而儒家学者在批判佛教的过程中,充实了传统儒学的思想,提高了理论思维的水平,使中国的固有学术放出新的光彩。中华民族善于吸收外来文化,又保持了自己的文化的独立性,从而对世界文化作出了独特的贡献。

"《周易大传》把自强不息、厚德载物、刚中、及时、通变有机地结合起来,形成了一个以刚健为中心的宏大的生活原则体系。"这是本文的主旨。关于文化的论证,台湾学者殷海光先生在《中国文化的展望》一书中引用了美国学者罗威勒的一段话很有意义。"……我被托付一项困难的工作,就是谈文化。但是,在这个世界上,没有别的东西比文化更难捉摸。我们不能分析它,因为它的成分无穷无尽;我们不能叙述它,因为它没有固定的形状。我们想用文字来范围它的意义,这正像要把空气抓在手里似的:当着我们去寻找文化时,它除了不在我们手里以外,它无所不在。"

说远了,就此打住。

论

文人

◇ 钱锺书

文人是可嘉奖的，因为他虚心，知道上进，并不拿身分，并不安本分。真的，文人对于自己，有时比旁人对于他还看得轻贱；他只恨自己是个文人，并且不惜费话、费力、费时、费纸来证明他不愿意做文人，不满意做文人。在这个年头儿，这还算不得识时务的俊杰么？

所谓文人也者，照理应该指一切投稿、著书、写文章的人说。但是，在事实上，文人一个名词的应用只限于诗歌、散文、小说、戏曲之类的作者，古人所谓"词章家""无用文人""一为文人，便无足观"。至于不事虚文，精通实学的社会科学与自然科学等专家，尽管也洋洋洒洒发表着大文章，断乎不屑以无用文人自居——虽然还够不上武人的资格。不以文人自

本书选自钱锺书《钱锺书散文》（浙江文艺出版社1997年版），有删减。钱锺书（1910—1998），出生于江苏无锡，原名仰先，字哲良，后改名锺书，字默存，号槐聚，中国现代作家、文学研究家。1929年，考入清华大学外文系。1937年获牛津大学学士学位。1941年，完成《谈艺录》《写在人生边上》的写作。1947年，长篇

小说《围城》由上海晨光出版公司出版。1949年，回到清华任教。1972年3月，六十二岁的钱锺书开始写作《管锥编》，后于1979年出版。1976年，由钱锺书参与翻译的《毛泽东诗词》英译本出版。1982年，创作的《管锥编增订》出版。1985年，《七缀集》由上海古籍出版社出版。

居呢，也许出于自知之明；因为白纸上写黑字，未必就算得文章。讲到有用，大概可分两种。第一种是废物利用，譬如牛粪可当柴烧，又像陶侃所谓竹头木屑皆有用。第二种是必需日用，譬如我们对于牙刷、毛厕之类，也大有王子猷看竹，"不可一日无此君"之想。天下事物用途如此众多，偏有文人们还顶着无用的徽号，对着竹头、木屑、牙刷、毛厕，自叹不如，你说可怜不可怜？对于有用人物，我们不妨也给与一个名目，以便和文人分别。譬如说，称他们为"用人"。"用人"二字，是"有用人物"的缩写，恰对得过文人两字。这样简洁浑成的名词，不该让老妈子、小丫头、包车夫们专有。并且，这个名词还有两个好处。第一，它充满了民主的平等精神，专家顾问跟听差仆役们共顶一个头衔，站在一条线上。第二，它不违背中国全盘西化的原则：美国有位总统听说自称为"国民公仆"，就是大家使唤的用人；罗马教皇自谦为"奴才的奴才"或"用人的用人"；法国大革命时，党人都赶着仆人叫"用人兄弟"；总统等于君，教皇等于父，在欧美都和用人连带称呼，中国当然效法。

用人瞧不起文人，自古已然，并非今天朝报的新闻。例如《汉高祖本记》载帝不好文学，《陆贾列传》更借高祖自己的话来说明："乃公马上得天下，安事诗书？"直捷痛快，名言至理，不愧是开国皇帝的圣旨。从古到今反对文学的人，千言万语，归根还不过是这两句话。"居马上"那两句，在抗战时期读来，更觉得亲切有味。柏拉图的《理想国》里排斥诗人文人,哪有这样斩截雄壮的口气?柏拉图富有诗情,汉高祖曾发诗兴,吟过《大风歌》;他们两位尚且鄙弃词章,更何怪那些庸俗得健全的灵长动物。戈蒂埃在《奇人志》里曾说,商人财主,常害奇病,名曰"畏诗症"。病原如是:财主偶尔打开儿子的书桌抽屉,看见一堆写满了字的白纸,既非簿记,又非账目,每行第一字大写,末一字不到底,细加研究,知是诗稿,因此怒冲脑顶,气破胸脯,深恨家门不幸,出此不肖逆子,神经顿呈变态。其实此症不但来源奇特,并且富有传染性;每到这个年头儿,竟能跟夏天的霍乱、冬天的感冒同样流行。药方呢,听说也有一个:把古今中外诗文集都付之一炬,化灰吞服。据云只要如法炮制,自然胸中气消,眼中钉拔,而且从此国强民泰,政治修明,武运昌盛!至于当代名人与此相同的弘论,则早已在销行极广的各种大刊物上发表,人人熟读,不必赘述。

　　文学必须毁灭,而文人却不妨奖励——奖励他们不要做文人。蒲伯出口成章,白居易生识之无,此类不可救药的先天文人毕竟是少数。至于一般文人,老实说,对于文学并不爱好,并无擅长。他们弄文学,仿佛旧小说里的良家女子做娼妓,据说是出于不甚得已,无可奈何。只要有机会让她们跳出火坑,此等可造之才无不废书投笔,改行从良。文学是倒霉晦气的事业,出息最少,邻近着饥寒,附带了疾病。我们只听说有文丐,像理丐、工丐、法丐、商丐等名目是从来没有的。至极傻笨的人,若非无路可走,

论文人

断不肯搞什么诗歌小说，因此不仅旁人鄙夷文学和文学家，就是文人自己也填满了自卑心结。对于文学，全然缺乏信仰和爱敬。譬如十足文人的扬雄在《法言》里就说："雕虫篆刻，壮夫不为。"可见他宁做壮丁，不做文人。因此，我们看见一个特殊现象：一切学者无不威风凛凛，神气活现，对于自己所学专门科目，带吹带唱，具有十二分信念；只有文人们怀着鬼胎，赔了笑脸，抱愧无穷，即使偶尔吹牛，谈谈"国难文学""宣传武器"等等，也好像水浸湿的皮鼓，敲擂不响。歌德不做爱国诗歌，遭人唾骂，因在《语录》里大发牢骚，说不是军士，未到前线，怎能坐在书房里呐喊做战歌。少数文人在善造英雄的时势下，能谈战略，能作政论，能上条陈，再不然能自任导师，劝告民众。这样多才多艺的人，是不该在文学里埋没的，也不会在文学里埋没的。只要有机会让他们变换，他们可以立刻抛弃文艺，别干营生。

雪莱在《诗的辩护》里说文人是"人类的立法者"，卡莱尔在《英雄崇拜论》里说文人算得上"英雄"，那些特殊材料的文人只想充当英雄，希望变成立法者或其他。竟自称是英雄或立法者，不免夸大狂；想做立法者和英雄呢，那就是有志上进了。有志上进是该嘉奖的。有志上进，表示对于现实地位的不满足和羞耻。知耻近乎勇。勇是该鼓励的，何况在这个时期？

要而言之：我们应当毁灭文学而奖励文人——奖励他们不做文人，不搞文学。

简评

　　1958年钱锺书先生的《宋诗选注》由人民文学出版社出版,列入中国古典文学读本丛书,为作者获得极高的声誉,学术界赞誉不断。五十年代末成立《毛泽东诗词》英译本定稿小组。袁水拍任组长,乔冠华、钱锺书、叶君健任组员。小组的工作至"文化大革命"爆发暂时中断。之后,他又致力于"注六经式"的学问集大成者《管锥编》的编撰。钱锺书先生以自己渊博的学识和高雅的文人学究气蜚声文坛内外、学术殿堂,造就了20世纪独特的"文化现象"。可说是名震海内外。他的学生资中筠先生,在钱锺书夫人杨绛先生归道山之际在《知识分子感言》一文中推心置腹地说:"他们绝对是特例,不可复制,也无法效颦。在20世纪下半叶,他们能够不但'苟全性命',而且'苟全羽毛'于乱世,有其独特的主客观因素。从主观上讲,当然是清高自守,鲜有争名逐利的欲望,也有足够的明智和清醒,没有事事盲目紧跟(做到这点很不容易)。而客观上更重要的是能被允许与政治保持距离,这是同代知识分子难以企及的。"

　　钱锺书先生的"隐士情怀"是根深蒂固的。和人们见惯了的学者文笔不一样,钱锺书的《论文人》文风洒脱、返璞归真,无"法度"而自然如行云流水,乃本文运笔之大家风范。究其实,作者深谙中国文人的历史和当代命运,于是便有了《论文人》的悲凉慨叹。《论文人》出自作者早期散文代表作《写在人生边上》,著名作家柯灵先生说:"钱锺书先生的《写在人生边上》戛戛独造,使人耳目一新。思想活跃、深刻、犀利,或天马行空,或鞭辟入里,或一针见血。针世砭俗,或锋利,或婉曲,或反讽,或借喻,都能耐人低徊,有会于心。……比较而言,钱作更迫近现代,给散文开辟了一个全新的境界。"(《第三个十年——〈中国新文学大系·散文卷序〉》)其实,小说《围城》里就因为描写了中国文人的众生相,被誉为新"儒林外史"。中国文人表面上似乎是看重文学和文化的,但骨子里又是十足的实用主义。文学本不是实用的东西,创造文学的"文人"自然除了吟哦些高蹈幻想的辞章之外别无他用,这便成了几千年来文人的不幸。"一为文人,便无足观","百无一用是书生",等等,是对文人不客气的揶揄和调侃。当然,也批评了"文人"中的两种倾向:一是过分自轻自贱,二是投机者。文学本不是"实用的东西",之所以"一为文人,便无足观。""天下事物用途如此众多,偏有文人们还顶着无用的徽号,对着竹头、木屑、牙刷、毛厕,自叹不如,你说可怜不可怜?"前一段时间,人们说得沸沸扬扬的路遥和陈忠实的故事便是例子,很是让不少文人和欲为文人的人伤感。1983 年路遥的《人生》获得第二届全国中篇小说奖;1991 年《平凡的世界》获得"第三届茅盾文学奖",当为了几百元、几千元前去领奖的旅费而筹措艰难的时候,他只说了一句粗口:日他妈的文学。这一句话里饱含多少辛酸! 当路遥以超人的意志为辉煌巨著《平凡的世界》画上最后一个标点的时候,双手痉挛,泡在热水里很长时间才恢复知觉,之后,忍不住号啕大哭。陈忠实虽然比路遥幸运,但是同样窘境也猛烈地撞击着这个西北汉子的曾经无助的内心。

但是,文人的思想与追求又是多层次的。

鲁迅先生就有过这样一番感慨:"我们从古以来,就有埋头苦干的人,有拼命硬干的人,有为民请命的人,有舍身求法的人……虽是等于为帝王将相作家谱的所谓'正史',也往往掩不住他们的光耀,这就是中国的脊梁!"自屈原以降,真正的中国文人不管生于盛世还是乱世,高居朝堂还是远处乡野,不管经历、思想、生存方式如何迥异,大抵总有一脉相承的秉性与操守。比如,"穷则独善其身,达则兼济天下";比如,"居庙堂之高则忧其民,处江湖之远则忧其君";等等。这种在漫长的历史文化背景中形成的中国文人的精神特征,与深受神话与宗教影响的西方人文传统是大不相同的,中国文人的脚自始至终踏在民间,一代代相继承着，为民生为家国而奔走、呼号。

　　"宁溘死以流亡兮，余不忍为此态也。"这便是屈原。想来应是为千百年来有骨气的中国文人所深刻理解的。"纵死侠骨香，不惭世上英。"这是李白，中国古代文人的翘楚，他那荡气回肠傲然高标的诗章，无不贯穿着他的任侠理想与寄托，他一生轻财乐施、快意恩仇，决不摧眉折腰事权贵，淋漓尽致地演绎了傲岸不群、坦荡磊落的侠士风范。若有人说，是盛唐气象造就了李白，其他时代是不多见的，可历史告诉我们，执着、任侠精神自荆轲以来于中国是从不间断的，它已通过文化传承浸入每一个真正中国文人的骨髓中去。我们还可以列出一大串名字：韩愈、范仲淹、文天祥、辛弃疾、于谦、黄宗羲……

　　这些充满着浓烈的力与美的中国文人都以是否符合"气节""节操"为做人处世的标准。文人一旦丧失了气节，不管其他方面如何优秀，也不足挂齿。孟夫子"达则兼济天下，穷则独善其身"的千古垂训，是深为文人士子所认同的。不管"达"抑或"穷"的文人，虽清醒知晓世道的艰险，尝尽案牍生涯的寂寞，却大体心理上能够得到平衡，活得洒脱而有趣味。现代作家周作人的文才想来是一流的，但他的闲适文章写错了时代，便是丧失了中国人的气节，便是一个文人永难磨去的耻辱。拍案而起怒斥白色恐怖的闻一多先生被暗杀了，但他的红烛精神留了下来，朱自清先生宁愿饿死也决不领美国救济粮的节操，磊落胸襟，也永远让一代代人铭记心怀。所以，文人和文化的产生与地域、历史背景密不可分。论中国文人是必须要顾及这一点的。

　　这篇文章是钱锺书先生声名显赫的散文集《写在人生边上》的最后一篇。钱锺书先生在这篇文章里表现出的情感，由于现实生活折射，应该也是复杂的，自嘲里有几分不甘，不甘里又有几分愧意。这其中的"愧意"是传统文化在潜移默化中强加的。钱锺书先生首先肯定当时文人的优点：虚心，知道上进，不拿身份，对于自己，有时比旁人看得还轻贱,只恨自己是个文人,并且不惜费话、费力、费时、费纸来证明自己不愿意做文人、不满意做文人。然后一句自嘲:"在这个年头,这还算不得识时务的俊杰么?"很有些情不自禁!是不是文人一词的应用只限于诗歌、散文、小说、戏曲之类的作者?即古人所谓词章家、无用文人。接着写文人被瞧不起的历史自古已然。例如《汉高祖本纪》载"帝不好文学",《陆贾列传》借高祖话说"乃公马上得天下,安事诗书",柏拉图《理想国》里排斥诗人文人。然后分析做文人的原因和为文人的心态。不可救药的先天文人是少数。结尾:"要而言之:我们应当毁灭文学而奖励文人——奖励他们不做文人,不搞文学。"可以如此论文人吗?钱锺书先生有时也后悔自己的狂狷:早年,他曾戏谑他的老师吴宓;对王国维,钱先生说一向不喜欢此人的著作;对陈寅恪,钱先生说陈不必为柳如是写那么大的书;1979年4月,钱锺书所在的中国文化代表团访问美国。有记者问他对鲁迅的看法。钱锺书说:"鲁迅的短篇小说写得非常好,但是他只适宜写'短气'的篇章,不适宜写'长气'的,像是阿Q便显得太长了,应当加以修剪才好。"(见《书城》1999年第1期)……钱锺书先生的狂狷绝非通常意义上讲的那种目空一切的狂妄,相反那是一种真性情的自然流露。惟其如此,那里面有德识学养、才情胆略,更有精神风骨、执着大度。

读《论文人》看钱锺书先生如何"论文人",我们心里就会有对这个问题清醒的认识。钱锺书先生以一种文化批判精神观照中国与世界。在精熟中国文化和通览世界文化的基础上,钱先生在观察中西文化事物时,总是表现出一种清醒的头脑和一种深刻的洞察力。他不拒绝任何一种理论学说,也不盲从任何一个权威。他毕生致力于确定中国文学艺术在世界文学艺术宫殿中的适当位置,从而促使中国文学艺术走向世界,加入世界文学艺术的总的格局中去。为此,他既深刻地阐发了中国文化精神的深厚意蕴和独特价值,也恰当地指出了其历史局限性和地域局限性。他既批评中国文人由于某些幻觉而对本土文化的妄自尊大，又毫不留情地横扫了西方人由于无知而以欧美文化为中心的偏见。

这就是钱锺书先生"论文人"理论上的独特见解。

雨
前

◇ 何其芳

本文选自何其芳散文诗集《画梦录》（人民文学出版社2000年版）。何其芳，现代诗人、散文家、文学评论家。1936年他与卞之琳、李广田的诗歌合集《汉园集》出版。他的散文集《画梦录》于1937年出版，并获得《大公报》"文艺金奖"。

最后的鸽群带着低弱的笛声在微风里画一个圈子后，也消失了。许是误认这灰暗的凄冷的天空为夜色的来袭，或是也预感到风雨的将至，遂过早的飞回它们温暖的木舍。

几天的阳光在柳梢上撒下的一抹嫩绿，被尘土埋掩得有憔悴色了，是需要着一次洗涤。还有干裂的大地与树根也早已期待着雨。雨却迟疑着。

我怀想着故乡的雷声，和雨声。那隆隆的有力的搏击，从山谷返响到山谷，仿佛春之芽就从冻土里震动，惊醒，而怒茁出来。细草样柔的雨声又以膏脂和温存之手抚摩它，使它簇生油绿的枝叶而开出红色的花。这些怀想如乡愁一样萦绕得使我忧郁了。

我心里的气候也和这北方大陆一样缺少雨量,一滴温柔的泪在我枯涩的眼里,如迟疑在这阴沉的天空里的雨点,久不落下。

白色的鸭也似有一点躁烦了,有不洁色的都市的河沟里传出它们焦急的叫声。有的还未厌倦那船一样的徐徐的划行。有的却倒插它们的长颈在水里,红色的蹼趾伸在尾后,不停地扑击着水以支持身体的平衡。不知是在寻找沟底的细微的食物,抑是贪那深深的水里的寒冷。

有几个已上岸了。在柳树下来回地作他们绅士的散步,舒息划行的疲劳。然后参差地站着,用嘴细细地抚理它们遍体白色的羽毛,间又摇动身子或扑展着阔翅,使那缀在羽毛间的水珠堕落。一个已修饰完毕的,弯曲它的颈到背上,长长的红嘴藏没在翅膀里,静静合上它白色的茸毛间的小黑睛,仿佛准备睡眠。可怜的小动物,你就是这样做着你的梦吗?

我想起故乡牧雏鸭的人了。一大群鹅黄色的雏鸭游牧在溪流间。清浅的水,两岸青青的草,一根长长的竿在牧人的手里。他的小队伍是多么欢欣的发出啾啁声,又多么驯服的随着他的竿头越过一个田野又一个山坡。夜来了,帐幕似的竹篷撑在地上,就是他的家。但这是怎样辽远的想象啊。在这多尘土的国度里,我仅只希望听一点树叶上的雨声。一点雨声的幽凉滴到我憔悴的梦,也许会长成一树圆的绿阴来覆荫我自己。

我仰起头。天空低垂如灰色的雾幕,落下一些寒冷的霏屑到我脸上。一只远来的鹰隼仿佛带着怒愤,对这沉重的天色的怒愤,平张的双翅不动地从天空斜插下,几乎触到河沟对岸的土阜,而又鼓扑着双翅作出猛烈的声响腾上了。那样巨大的翅使我惊异,看见了它两肋间斑白的羽毛。

接着听见了它有力的鸣声,如一个巨大的心的呼号,或是在黑暗里寻找伴侣的叫唤。

然而雨还是没有来。

简评

延安时期,在文学上就有了一定声誉的何其芳先生,中华人民共和国成立之后,因行政工作的影响,基本放弃创作(但仍创作了像《我们最伟大的节日》这样的作品),主要从事文学批评、文学理论研究(红学)以及教学工作。但是,在现代文学史散文创作的百花园中,人所共知的是:何其芳先生自称"我的工作是在为抒情的散文发现一个新的园地"——他善于融合诗的特点,写出浓郁缠绵的文字,借用新奇的比喻和典故,渲染奇幻、美丽的颜色和图案。这使得他的散文别具风格。

《雨前》,收录在何其芳先生的散文诗集《画梦录》中,该集子获得1936年《大公报》的文艺奖。篇幅不长的《雨前》便是其中一篇精致的、被人誉为"诗意飞扬"的美文,它"赋形绘色,以'色'显情",并借助思路开阔的比喻、拟人、通感等表现手法,"追求着纯粹的柔和,纯粹的美丽",真正实现了他的追求——"为抒情的散文发现一个新的园地"。

散文集《画梦录》代表了何其芳先生散文创作的最高成就。收入散文作品16篇,以优美精致的形式,"独语"的调式刻意画梦,抒写青年知识分子找不到现实出路的寂寞、孤独之情和有所期待但又无从追求的苦闷心理,"那种隐晦和梦幻的风格"(孙犁语)在青年知识分子中很受欢迎,产生了较大的社会影响。此时,日本帝国主义侵占我国东北后,又加紧蚕食华北,而国民党政府采取不抵抗主义,对外妥协投降,对内镇压人民抗日救亡运动。民族危急深重,政治气候低沉。《雨前》通过对雨前的各种自然景物的描写,寓情于景,抒发了在密云不雨的气候下种种复杂的心理感受。对南方故乡的雨的怀想,写得生机勃勃,与北方的天气状况、景物特色形成鲜明对照,既是借乡愁慰藉自己,也寄寓着诗人对理想、对美好的天候的深情向往。而希望"一点雨声的幽凉滴到我憔悴的梦,也许会长成一树圆圆的绿荫来覆荫我自己",也正是尚未走上革命道路的小资产阶级知识分子在黑暗社会中的一种暂时感受到压抑的心态。"于是我很珍惜着我的梦。并且想把它们细细的描画出来。是一些什么梦?首先我想描画在一个圆窗上。每当清晨良夜,我常打那下面经过,虽没有窥见人影却听见过白色的花一样的叹息从那里面飘坠下来。但正在我踌躇之间那个窗子消隐了。我再也寻不着了。"(《扇上的烟云》)这样的语言是很典型的。作家洪烛先生作为后来者却很理解何其芳:"何其芳的呓语令我怀疑梦想家本身也是没有国籍的,尘世间的任何清规戒律似乎都无法阻挡他游丝般无往而不在的脚步。"诗人气质的作者总是喜欢想象一些辽远的东西、一些不存在的人物,和许多人类地图上找不出名字的国土。这样的超脱与自然或许更易于更多的人的心灵。

　　散文《雨前》正如标题所示,是那时整个社会空气的形象比拟,也是作者当时心态的写照,通过大雨降临前灰暗沉闷的自然景物的描写,渲染了一种久旱企盼甘霖的强烈情绪,也隐约透露出渴求变革的焦灼心情。这正是30年代初以来广大青年知识分子的共同心态,因而引起读者的共鸣,尤其年轻的读者。作品中对这种心态的刻画和对自然景物的描写紧密结合在一起,创造出一种景中有情,情中有景,情景交融的艺术境界,委婉曲折地抒写了尚未走上革命道路的小资产阶级知识分子既不满于黑暗现实，又找不到出路的忧郁感伤的情绪，具有一定的现实意义，对我们了解当时青年的思想状态也有一定的认识价值：对现实的不满，使作者渴望"心里的气候"得到"雨点"的滋润，因而怀念南方故乡的雷声、雨声，传达出一种对希望的渴求，对理想的追寻。结尾一句"然而雨还是没有来"，透露出理想的缥缈，一种彷徨、迷惘以至颓伤的情调油然而生，这种思想情调也正是当年的许多知识青年共同的一种精神状态。

《雨前》是一篇美文。用词准确洗练，选用富于色彩的辞藻，写景状物，精细传神，构成鲜明生动的动态画面；对故乡的怀想，写得似诗如画，情思悠悠。在优美的形式中含着深刻的意蕴，显示出一种清新隽永的韵味。在艺术上的特点主要表现在具有和谐的诗的意境，在情思缠绵之中使人体味到一种苦涩和难言的忧伤。在一个欲雨未雨的时刻，一个来自多雾多雨的南方青年，把自己对北京的感受化成了文字，借"雨"象征的文化内涵把我们的思绪引向了广阔的空间。一方面，雨是水是生命的源泉，没有水的滋润将导致生命的枯萎；另一方面，在中国传统意象群中，雨又是相思，愁怨的象征，"却话巴山夜雨时"，说的就是雨中的思念；"行到水穷处，坐看云起时"，作者盼雨之情深切。中国传统文人的自我释放，常常不得已转化为精神的苦闷和生命的期待，不过，作者毕竟是上个世纪的歌者，文中结尾处苍鹰"巨大的心的呼号"，似乎也预言了苦闷和期待的消亡，作者心中期盼的是"大雨落幽燕"的豪迈。

言

志篇

◇ 林语堂

古人言士各有志，不过言志并不甚易。在言志时，无意中还是"载道"，八分为人，二分为己，所以失实。况且中国人有一种坏脾气，留学生炼牛皮，必不肯言炼牛皮之志，而文之曰"实业救国"。假如他的哥哥到美国搞农业，回来开牛奶房，也不肯言牛奶房之志，口说是"农村立国"。《论语》言志篇，子路，冉求，公西华，各有一大篇载道议论，虽然经"夫子哂之"，点也尚不敢率尔直言，须经夫子鼓励一番，谓"何伤乎？亦有各言其志也！"始有"春服既成"一段真正言志的话。不图方巾气者所必吐弃之小小志尚，反得孔子之赞赏。孔子之近情，与方巾气者之不近情，正可于此中看出。此姑且撇过不谈。常言男

本文选自《林语堂散文·鉴赏版》（太白文艺出版社2012年版）。林语堂（1895—1976），中国现代著名作家、学者、翻译家、语言学家，新道家代表人物。早年留学美国、德国，获哈佛大学文学硕士，莱比锡大学语言学博士。同年回国，任北京大学教授、北京女子师范大学教务长和英文系主任。曾主编《论语》半月刊，创办过多

种杂志。提倡"以自我为中心，以闲适为格调"的小品文，成为论语派主要人物。代表作品有《吾国与吾民》《风声鹤唳》《孔子的智慧》《生活的艺术》《京华烟云》等。

子志在四方，实则各人于大志之外，仍不免有个人所谓理想生活。要人挂冠，也常有一番言志议论，便是言其理想生活。或是归田养母，或是出洋留学，但这也不过一时说说而已。向来中国人得意时信儒教，失意时信道教，所以来去出入，都有照例文章，严格的说，也不能算为真正的言志。

据说古希腊有圣人代阿今尼思，一日正在街上滚桶中晒日，遇见亚力山大帝来问他有何所请。代阿今尼思客气的答曰：请皇帝稍为站开，不要遮住太阳，便感恩不尽了。这似乎是代阿今尼思的志愿。他是一位清心寡欲的人，冬夏只穿一件破衲，坐卧只在一只滚桶中。他说人的欲愿最少时，例是最近于神仙快乐之境。他本有一只饮水的杯，后来看见一孩子用手拿水而饮，也就毅然将杯抛弃，于是他又觉得比前少了一种挂碍，更加清净了。

代阿今尼思的故事，常叫人发笑，因为他所代表的理想，正与现代人相反。近代人是以一人的欲愿之繁多为文化进步的衡量。老实说，现在人根本就不知他所要的是什么。在这种地方，发见许多矛盾，一面提倡朴素，又一面舍不得洋楼汽车。有时好说金钱之害，有时却被财魔缠心，做出许多尴尬的事来。现代人听见代阿今尼思的故事，不免生羡慕之心，却又舍不得要看一张真正好的嘉宝的影片。于是乃有所谓言行之矛盾，及心灵之不定。

自然，要爽爽快快打倒代阿今尼思主张，并不很难。第一，代阿今尼思生于南欧天气温和之地。所以寒地女子，要穿一件皮大氅，也不必于心有愧。第二，凡是人类，总应该至少有两套里衣，可以替换。在书上的代阿今尼思，也许好像一身仙骨，传出异香来，而在实际上，与代阿今尼思同床共被，便不怎样爽神了。第三，将这种理想贯注于小学生脑中，是有害的，因为至少教育须养成学子好书之心，这是代阿今尼思所绝对不看的。第四，代阿今尼思生时，尚未有电影，也未有 Mickey Mouse 的滑稽影戏画，无论大人小孩说他不要看 Mickey Mouse，一定是已失其赤子之心，这种朽腐的魂灵，再不会于吾人文化有什么用处。总而言之，一人对于环境，能随时注意，理想兴奋，欲愿系复，比一枯槁待毙的人，心灵上较丰富，而于社会上也比较有作为，乞丐到了过屠门而不大嚼时，已经是无用的废物了。诸如此类，不必细述。

代阿今尼思所以每每引人羡慕者，毛病在我们自身。因为现代人实在欲望太奢了，并且每不自知所欲为何物。富家妇女一天打几圈麻将，也自觉麻烦。电影明星在灯红酒绿的交际上，也自有其觉到不胜烦躁，而只求一小家庭过清净生活之时。朝寒食，夜夜元宵之人，也有一旦不胜其腻烦之觉悟。若西人百万富翁之青年子弟，一年渡大西洋四次，由巴黎而南美洲，而尼司，而纽约，而蒙提卡罗，实际上只在躲避他心灵的空虚而已。这种人常会起了一念，忽然跑入僧寺或尼姑庵，这是报上所常见的事实。

我想在各人头脑清净之时，盘算一下，总会觉得我们决不会做代阿今尼思的信徒，总各有几样他所求的志愿。我想我也有几种愿望，只要有志去求，也并非绝不可能的事。要在各人看清他的志操，有相当的抱负，求之在己罢了。这倒不是外方所能移易。兹且举我个人理想的愿望如下，这些愿望十成中能得六七成，也就可算为幸福儿了。

我要一间自己的书房，可以安心工作。并不要怎样清洁齐整。不要一位 *Story of San Michele* 书中的 **Madamoiselle Agathe** 会拿她的揩布到处乱揩乱擦。我想一人的房间，应有几分凌乱，七分庄严中带三分随便，住起来才舒服，切不可像一间和尚的斋堂，或如府第中之客室。天罗板下，最好挂一盏佛庙的长明灯，入其室，稍有油烟气味。此外又有烟味，书味，及各种不甚了了的房味。最好是沙法上置一小书架，横陈各种书籍，可以随意翻读。种类不要多，但不可太杂，只有几种心中好读的书，及几次重读过的书——即使是天下人皆詈为无聊的书也无妨。不要理论太牵强板滞乏味之书，但也没有什么一定标准，只以合个人口味为限。西洋新书可与《野叟曝言》杂陈，孟德斯鸠可与福尔摩斯小说并列。不要时髦书，**T. S. Elliot**，**Jame Joyces** 等，袁中郎有言，"读不下去之书，让别人去读"便是。

我要几套不是名士派但亦不甚时髦的长褂，及两双称脚的旧鞋子。居家时，我要能随便闲散的自由。虽然不必效顾千里裸体读经，但在热度九十五以上之热天，却应许我在佣人面前露了臂膀、穿一短背心了事。我要我的佣人随意自然，如我随意自然一样。我冬天要一个暖炉，夏天一个浇水浴房。

我要一个可以依然故我不必拘牵的家庭。我要在楼下工作时，听见楼上妻子言笑的声音。我要未失赤子之心的儿女，能同我在雨中追跑，能像我一样的喜欢浇水浴。我要一小块园地，不要有遍铺绿草，只要有泥土，可让小孩搬砖弄瓦，浇花种菜，喂几只家禽。我要在清晨时，闻见雄鸡喔喔啼的声音。我要房宅附近有几棵参天的乔木。

我要几位知心友，不必拘守成法，肯向我尽情吐露他们的苦衷。谈话起来，无拘无碍，《柏拉图》与《品花宝鉴》念得一样烂熟。几位可与深谈的友人，有癖好，有主张的人，同时能尊重我的癖好与我的主张，虽然这些也许相反。

我要一位能做好的清汤，善烧青菜的好厨子。我要一位很老的老仆，非常佩服我，但是也不甚了了我所做的是什么文章。

我要一套好藏书，几本明人小品，壁上一帧李香君画像让我供奉，案头一盒雪茄，家中一位了解我的个性的夫人，能让我自由做我的工作。酒却与我无缘。

我要院中几棵竹树，几棵梅花。我要夏天多雨冬天爽亮的天气，可以看见极蓝的青天，如北平所见的一样。

我要有能做我自己的自由和敢做我自己的胆量。

简评

1924年，是林语堂先生文坛生涯的前期，因作为《语丝》杂志主要撰稿人之一，并在《语丝》上发表第一篇文章《论士气与思想界之关系》而引人关注。尽管"语丝"作家群在思想观念、文学主张上不尽相同，比较松散，但他们在当时的散文发展方面达成了共识，认为散文的创作应该排旧出新、放纵而谈、庄谐杂出、简洁明快、不拘一格——这就是所谓的"语丝文体"的鲜明特色。语丝社最具代表性的散文创作体现在两大方面：一是以鲁迅为代表的杂文创作，一是以周作人为代表的小品散文创作。在"语丝"作家的带动下，现代散文创作从此形成了新的局面，1925年以后出现了大批"美文"作家开始了"小品文"和"抒情叙事散文"的创作热潮，这便是"语丝文体"变化。

同为《语丝》主要撰稿人的周作人与林语堂是现代散文"言志论"的两大主将，"以自我为中心，以闲适为格调"是他们共同的美学追求。他们都致力于个人"言志探源"，力图为现代散文寻求历史依据。但是，尽管同为提倡散文的个人言志，周作人与林语堂对于散文"言志论"的理解和建构还是存在一定差异的。周作人主要侧重于言志之"道"，以"道"明"志"；而林语堂除了提倡自我的言志外，还进一步强调了个人言志之"术"，并以此探索现代散文文体风格的变革。"语丝"时期的林语堂，颇有以民族复兴，思想革命为己任的气概，与"五四"同仁一起写下许多"浮躁、凌厉、激扬"的文字。到了"论语"时期，思想发生了一系列变化，转向个人情趣的抒写，有写个人性灵小品趋向，创作了大量以自我为中心，以闲适为笔调的小品文。他称自己为"现实的理想家和热心肠的讽世者"。还说："行为尊孔孟，思想服老庄，这是我个人自励的准绳。文章可幽默，做事须认真。也是我律己的明言。"因此，他的小品文，幽默之中有认真，风趣之中有理想。

本文即可视为林语堂先生在大梦做不成的情况下，对自己所做的小梦的一番剖白。曲曲折折从古说到今、从中说到西，表明了对各种志向的看法，最后水到渠成，言己之志。至于"我要有能做我自己的自由，和敢做我自己的胆量"，虽为言之凿凿，有底气，引来很多人的热议和追捧，但应该有一定的前提和背景，过分造次的断言是不当的，且应该值得商榷。林语堂在一篇文章中曾袒露过自己内心对自由的向往："中国文化的最高理想始终是一个对人生有一种建筑在明慧的悟性上的达观的人。这种达观产生了宽怀，使人能够带着宽容的嘲讽度其一生，逃开功名利禄的诱惑，而且终于使他接受命运给他的一切东西。这种达观也使他产生了自由的意识，放浪的爱好，与他的傲骨和淡漠的态度。一个人只有具着这种自由的意识和淡漠的态度，结果才能深切地热烈地享受人生的乐趣。"由此可见，在作者的意识中自由是建立在中国传统文化的悟性之上的达观情怀中，关键的一点是，他对自由孜孜追求，又完全脱离了"功名利禄"的诱惑，因而显得超脱，这才是林语堂。

因此，我们说，林语堂先生所提倡的幽默的人生是审美的人生、诗意的人生，超脱的人生、快乐的人生，然而同时也是不怎么认真的人生。道理很简单，人世的苦难并不会因为他闭眼不看、充耳不闻而自动消失。我们并不是要求文学家为人间的不幸负责，然而我们的确反对那种全盘接受现实、美化现实，粉饰现实的麻木不仁的态度，这种态度所产生出来的文学作品和现实的距离无疑是十万八千里，阅读和研究这些作品无疑也是要看前提和背景的。他说："向来中国人得意时信儒教，失意时信道教，所以来去出入，都有照例文章，严格言之，也不能算为真正的言志。"既为言志却又似是而非，这就是林语堂。毫无疑问，幽默观是把握林语堂文学活动、特别是其散文理论和创作的关键要素之一。从1924年林语堂以一个初出茅庐的青年教授身份首倡幽默开始，到70年代后国际笔会上发表演讲，这半个世纪的文学生涯中，幽默之于林语堂,始终是如影随形、不可分割的一个核心元素。

林语堂先生的幽默观,其实并没有什么严密的理论体系。提倡幽默,在林语堂看来,其意义非同寻常,不仅仅是"间接增加中国文学内容体裁或格调上之丰富,甚至增加中国人心灵生活上之丰富",而且实质上是提倡"西洋自然活泼的人生观"。然而,令人感到幽默的是,林语堂所理解的幽默与西方原汁原味的幽默却有着不小的差距。西方近现代的幽默观远不是快乐的,生活的种种元素均化在其中。

林语堂先生的幽默观里另一值得注意之处,是他把幽默与自己的人生观联系在一起。他说:"幽默是一种心理状态。进而言之是一种观点,一种对人生的看法。"幽默的人生是什么样的人生?林语堂说:"在很大程度上,人生仅仅是一场闹剧,有时最好在一旁,观之笑之,这比一味介入要强得多。同一个刚刚走出梦境的睡梦者一样,我们看待人生用的是一种清醒的眼光,而不是带着昨日梦境中的浪漫色彩。我们会毫不犹豫地放弃那些捉摸不定具有魅力却又难以达到的目标,同时紧紧抓住仅有几件我们清楚会给自己带来幸福的东西。"按林语堂的意思,幽默的人生有两方面:其一是不介入人生的无目的性;其二是今朝有酒今朝醉的享乐态度。它固然一方面接受了西方文艺复兴时代以来个人主义、幸福主义、功利主义的影响,另一方面它更主要地接受了中国传统思想,特别是庄子的思想。许多人指出,庄子的哲学其实是美学:"今子有大树,患莫无用,何不树之于无何有之乡,广漠之野,彷徨乎无为其侧,逍遥乎寝卧其下,不夭斤斧,物无害者,无所可用,安所困苦哉!"和林语堂的言志有极其相似的氛围。

林语堂先生在《言志篇》谈到自己的志向时,文学理论界以往的说法是:完全暴露了他的精神追求无非是麻醉自己也麻醉别人的中产阶级闲适的人生观。不过,人生和艺术在他这里水乳交融:除了要书房,要长着参天乔木的庭园,就是要一位好厨子,以及"一位很老的老仆,非常佩服我，但是也不甚了了我所做的是什么文章。"更有甚者，作为"幽默大师"，林语堂说过两句"传遍了全世界"的笑话："绅士的演讲，应当是像女人的裙子，越短越好。""世界大同的理想，就是住在英国的乡村，房子安装有美国的水电煤气等管子，有个中国厨子，有个日本太太，再有个法国情妇。"这种林语堂自诩为"第一流"的笑话，不仅有他所谓"笑中有泪，泪中有笑"的幽默。其实，言志中的"二元哲学"是否可视为林语堂的另一种幽默？"言志"中对生活的追求他也是直言不讳的，简直不见了幽默，占了相当的比重：自己的的书房，一套好藏书，几本明人小品；几件不甚时髦的长褂，两双称脚的旧鞋子，案头一盒雪茄；遍铺绿草的园地，几棵参天的乔木，浇花种菜，雄鸡喔喔啼……，高雅而又实用。故，他的《生活的艺术》一书在世界上就产生了广泛的影响，在美国大约出了45版，还有英、德、法、意、丹麦、瑞典、葡萄牙、荷兰等十几个国家的译本，可以说全世界畅销半个多世纪。这不禁让我们想起了他的一句名言：凡真艺术都是反映人生的。读林语堂的"言志"可见他真实的人生艺术。林语堂的生前身后都是少有的热闹，但是，"不论林语堂有多少头衔，他首先还是一个人，一个来自福建大山的孩子。他最爱山，认为凡是环形的山，山上的树木、花朵、溪流、瀑布，都是一所疗养院，可以疗治一切俗念和心灵的创伤"（转引自陈漱渝《林语堂其人及其思想》）。

全面地听林语堂先生言志，才觉得踏实。

谈
画

◇ 张爱玲

本文选自《张爱玲散文》（浙江文艺出版社2000年版）。张爱玲（1920—1995），中国现代作家，原籍河北省唐山市，原名张煐。张爱玲系出名门，祖父张佩纶是清末名臣，祖母李菊耦是朝廷重臣李鸿章的长女。张爱玲影响较大的作品有：散文集《流言》、散文小说合集《张看》、中短篇小说集《传奇》、长篇小说《倾城之恋》《半生缘》

我从前的学校教室里挂着一张《蒙纳·丽萨》，意大利文艺复兴时代的名画。先生说："注意那女人脸上的奇异的微笑。"的确是使人略感不安的美丽恍惚的笑，像是一刻也留它不住的，即使在我努力注意之际也滑了开去，使人无缘无故觉得失望。先生告诉我们，画师画这张图的时候曾经费尽心机搜罗了全世界各种罕异可爱的东西放在这女人面前，引她现出这样的笑容。我不喜欢这解释。绿毛龟、木乃伊的脚、机器玩具，倒不见得使人笑这样的笑。使人笑这样的笑，很难吧？可也说不定很容易。一个女人蓦地想到恋人的任何一个小动作，使他显得异常稚气，可爱又可怜，她突然充满了宽容，无限制地生长到自身之外去，荫庇了他的过去与将来，眼睛里就许有这样的苍茫的微笑。

《蒙纳·丽萨》的模特儿被考证出来，是个年轻的太太。也许她想起她的小孩今天早晨说的那句聪明的话——真是什么都懂得呢——到八月里才满四岁——就这样笑了起来，但又矜持着，因为画师在替她画像，贵妇人的笑是不作兴露牙齿的。

然而有个19世纪的英国文人——是不是Walter de la Mare，记不清了——写了一篇文章关于《蒙纳·丽萨》，却说到鬼灵的智慧，深海底神秘的鱼藻。看到画，想做诗，我并不反对——好的艺术原该唤起观众各个人的创造性，给人的不应当是纯粹被动的欣赏——可是我憎恶那篇《蒙纳·丽萨》的说明，因为是有限制的说明，先读了说明再去看图画，就不由得要到女人眼睛里去找深海底的鱼影子。那样的华美的附会，似乎是增多，其实是减少了图画的意义。

国文课本里还读到一篇《画记》，那却是非常简练，只去计算那些马，几匹站着，几匹卧着。中国画上题的诗词，也只能拿它当做字看，有时候的确字写得好，而且给了画图的结构一种脱略的，有意无意的均衡，成为中国画的特点。然而字句的本身对于图画总没有什么好影响，即使用的是极优美的成句，一经移植在画上，也觉得不妥当。

因此我现在写这篇文章关于我看到的图画，有点知法犯法的感觉，因为很难避免那种说明的态度——而对于一切好图画的说明，总是有限制的说明，

《赤地之恋》以及晚年从事中国文学评价和《红楼梦》研究的论著。她的书信也被人们作为著作的一部分加以研究。

但是临下笔的时候又觉得不必有那些顾忌。譬如朋友见面，问："这两天晚上月亮真好，你看见了没有？"那也很自然吧？

新近得到一本赛尚画册，有机会把赛尚的画看个仔细。以前虽然知道赛尚是现代画派第一个宗师，倒是对于他的徒子徒孙较感兴趣，像 Cauguin, Van Gogh, Matisse, 以至后来的 Picasso，都是抓住了他的某一特点，把它发展到顶点，因此比较偏执，鲜明，引人入胜。而充满了多方面的可能性的，广大的含蓄的赛尚，过去给我唯一的印象是杂志里复制得不很好的静物，几只灰色的苹果，下面衬着桌布，后面矗立着酒瓶，从苹果的处理中应当可以看得出他于线条之外怎样重新发现了"块"这样东西，但是我始终没大懂。

我这里这本书名叫《赛尚与他的时代》，是日文的，所以我连每幅画的标题也弄不清楚。早期的肖像画中有两张成为值得注意的对比。一八六〇年的一张，画的是个宽眉心大眼睛诗人样的人，云里雾里，暗金质的画面上只露出一部分有脸面与白领子。我不喜欢罗曼蒂克主义的传统，那种不求甚解的神秘，就像是把电灯开关一捻，将一种人造的月光照到任何事物身上，于是就有模糊的蓝色的美艳，有黑影，里头唧唧阁阁叫着兴奋与恐怖的虫与蛙。

再看一八六三年的一张画，里面也有一种奇异的，不安于现实的感觉，但不是那样廉价的诗意。这张画里我们看见一个大头的小小的人，年纪已在中年以上了，波鬓的淡色头发照当时的式样长长地分披着。他坐在高背靠椅上，流转的大眼睛显出老于世故的，轻蔑浮滑的和悦，高翘的仁丹胡子补足了那点笑意。然而这张画有点使人不放心，人体的比例整个地错误了，腿太短，臂膊太短，而两只悠悠下垂的手却又是很长，那白削的骨节与背后的花布椅套相衬下，产生一种微妙的，文明的恐怖。

一八六四年所作的僧侣肖像，是一个须眉浓鸷的人，白袍，白风兜，胸前垂下十字架，抱着胳膊，两只大手，手与脸的平面特别粗糙，隐现冰裂纹。整个的画面是单纯的灰与灰白，然而那严寒里没有凄楚，只有最基本的，人与风雹山河的苦斗。

欧洲文艺复兴以来许多宗教画最陈腐的题材，到了赛尚手里，却是不大相同了。《抱着基督尸身的圣母像》，实在使人诧异。圣母是最普通的妇人，清贫，论件计值地做点缝纫工作，灰了心，灰了头发，白鹰钩鼻子与紧闭的嘴里有四五十年来狭隘的痛苦。她并没有抱住基督，背过身去正在忙着一些什么，从她那暗色衣裳的折叠上可以闻得见焙着的贫穷的气味。抱着基督的倒是另一个屠夫样的壮大男子，石柱一般粗的手臂，秃了的头顶心雪白地连着阴森的脸，初看很可怕，多看了才觉得那残酷是有它的苦楚的背景的，也还是一个可同情的人。尤为奇怪的是基督本人，皮肤发黑，肌肉发达，脸色和平，伸长了腿，横贯整个的画面，他所有的只是图案美，似乎没有任何其他意义。

《散步的人》，一个高些，戴着绅士气的高帽子，一个矮些的比较像武人，头戴卷檐大毡帽，脚踏长统皮靴，手扶司的克。那炎热的下午，草与树与淡色的房子蒸成一片雪亮的烟，两个散步的人衬衫里焖着一重重新的旧的汗味，但仍然领结打得齐齐整整，手挽着手，茫然地，好脾气地向我们走来，显得非常之楚楚可怜。

《野外风景》里的两个时髦男子的背影也给人同样的渺小可悲的感觉。主题却是两个时装妇女。这一类的格局又是一般学院派肖像画的滥调——满头珠钻，严妆的贵族妇人，昂然立在那里像一座小白山；背景略点缀些树木城堡，也许是她家世袭的采邑。然而这里的女人是绝对写实的。一个黑头发的支颐而坐，低额角，壮健，世俗，有一种世俗的伶俐。一个黄头发的多了一点高尚的做作，斜欠身子站着，卖弄着长尾巴的鸟一般的层叠的裙幅，把这样的两个女人放在落荒的地方，风吹着远远的一面大旗，是奇怪的，使人想起近几时的超写实派，画一棵树，树顶上嵌着一只沙发椅，野外的日光照在碎花椅套上，梦一样的荒凉。赛尚没有把这种意境发展到它的尽头，因此更为醇厚可爱。

《牧歌》是水边的一群男女，蹲着，躺着，坐着，白的肉与白的衣衫，音乐一般地流过去，低回作U字形。转角上的一个双臂上伸，托住自己颈项的裸体女人，周身的肉都波动着，整个的画面有异光的宕漾。

题名《奥林匹亚》的一幅，想必是取材于希腊的神话。我不大懂，只喜欢中央的女像，那女人缩做一团睡着，那样肥大臃肿的腿股，然而仍旧看得出来她是年轻坚实的。

我不喜欢《圣安东尼之诱惑》，那似乎是他偏爱的题材，前后共画过两幅，前期的一张阴暗零乱，圣安东尼有着女人的乳房，梦幻中出现的女人却像一匹马，后期的一张则是淡而混乱。

《夏之一日》抓住了那种永久而又暂时的，日光照在身上的感觉。水边的小孩张着手，岔开腿站着，很高兴的样子，背影像个虾蟆。大日头下打着小伞的女人显得可笑。对岸有更多的游客，绿云样的树林子，淡蓝天窝着荷叶边的云，然而热，热到极点。小船的白帆发现熔铁的光，船夫、工人都烧得焦黑。

两个小孩的肖像，如果放在一起看，所表现的人性的对比是可惊的。手托着头的小孩，突出的脑门上闪着一大片光，一脸的聪明，疑问，调皮，刁泼，是人类最厉害的一部分在那里往前挣。然而小孩毕竟是小孩，宽博的外套里露出一点白衬衫，是那样的个小的白的，容易被摧毁的东西，到了一定的年纪，不安分的全都安分守己，然而一下地就听话的也很多，像这里的另一个小朋友，一个光致致的小文明人，粥似地温柔，那凝视着你的大眼睛，于好意之中未尝没有小奸小坏，虽然那小奸小坏是可以完全被忽略的，因为他不中用，没有出息，三心二意，歪着脸。

在笔法方面，前一张似乎已经是简无可简了，但是因为要表示那小孩的错杂的灵光，于大块着色中还是有错杂的笔触。到了七年后的那张孩子的肖像，那几乎全是大块的平面了，但是多么充实的平面！

有个名叫"却凯"的人（根据日文翻译出来，音恐怕不准），想必是赛尚的朋友，这里共有他的两张画像。我们第一次看见他的时候，已经是老糊涂模样，哆着嘴，跷着腿坐在椅上，一只手搭在椅背上，十指交叉，从头顶到鞋袜，都用颤抖狐疑的光影表现他的畏怯、唠叨、琐碎。显然，这人经过了许多事，可是不曾悟出一条道理来，因此很着慌，但同时自以为富有经验，在年高德劭的石牌楼底下一立，也会教训人了。这里的讽刺并不缺少温情，但在九年后的一张画像里，这温情扩张开来，成为最细腻的爱抚。这一次他坐在户外，以繁密的树叶为背景，一样是白头发，瘦长条子，人显得年轻了许多。他对于一切事物以不明了而引起的惶恐，现在混成一片大的迷惑，因为广大，反而平静下来了，低垂的眼睛里有那样的忧伤、惆怅、退休；瘪进去的小嘴带着微笑，是个愉快的早晨吧，在夏天的花园里。这张画一笔一笔里都有爱，对于这人的，这人对于人生的留恋。

对现代画中夸张扭曲的线条感兴趣的人，可以特别注意那只放大了的，去了主角的手。

画家的太太的几张肖像里也可以看得出有意义的心理变迁。最早的一张，是把传统故事中的两个恋人来作画题的，但是我们参考后来的肖像，知道那女人的脸与他太太有许多相似之处。很明显地，这里的主题就是画家本人的恋爱。背景是罗曼蒂克的，湖岸上生着芦苇一类的植物，清晓的阳光照在女人的白头巾上，有着"蒹葭苍苍，白露为霜"的情味。女人把一只手按住男人赤膊的肩头，她本底子是浅薄的，她的善也只限于守规矩，但是恋爱的太阳照到她身上的时候，她在那一刹那变得宽厚聪明起来，似乎什么都懂得了，而且感动得眼里有泪光。画家要她这样，就使她成为这样，他把自己反倒画成一个被动的，附属的，没有个性的青年，垂着头坐在她脚下，接受她的慈悲，他整个的形体仿佛比她小一号。

赛尚的太太第一次在他画里出现，是这样的一个方圆脸盘，有着微凸的大眼睛，一切都很淡薄的少女，大约经过严厉的中等家庭教育，因此极拘谨，但在恋爱中感染了画家的理想，把他们的关系神圣化了。

她第二次出现，着实使人吃惊。想是多年以后了，她坐在一张乌云似的赫赫展开的旧绒沙发上，低着头缝衣服，眼泡突出，鼻子比前尖削了，下巴更方，显得意志坚强，铁打的紧紧束起的发髻，洋铁皮一般硬的衣领衣袖，背后看得见房门，生硬的长方块，门上安着锁；墙上糊的花纸，纸上的花，一个个的也是小铁十字架；铁打的妇德，永生永世的微笑的忍耐——做一个穷艺术家的太太不是容易的吧？而这一切都是一点一点来的——人生真是可怕的东西呀！

然而五年后赛尚又画他的太太,却是在柔情的顷刻间抓住了她。她披散着头发,穿的也许是寝衣,缎子的,软而亮的宽条纹的直流,支持不住她。她偏着头,沉沉地想她的心事,回忆使她年轻了——当然年轻人的眼睛里没有那样的凄哀。为理想而吃苦的人,后来发现那理想剩下很少很少,而那一点又那么渺茫,可是因为当中吃过苦,所保留的一点反而比从前好了,像远处飘来的音乐,原来很单纯的调子,混入了大地与季节的鼻息。

然而这神情到底是暂时的。在另一张肖像里,她头发看上去仿佛截短了,像个男孩子,脸面也使人想起一个饱经风霜的孩子,有一种老得太早了的感觉。下巴向前伸,那尖尖的半侧面像上锈黑的小羊刀,才切过苹果,上面腻着酸汁。她还是微笑着,眼睛里有惨淡的勇敢——应当是悲壮的,但是悲壮是英雄的事,她只做得到惨淡。

再看另一张,那更不愉快了。画家的夫人坐在他的画室里,头上斜吊着鲜艳的花布帘幕,墙上有日影,可是这里的光亮不是她的,她只是厨房里的妇人。她穿着油腻的暗色衣裳,手里捏着的也许是手帕,但从她捏着它的姿势上看来,那应当是一块抹布。她大约正在操作,他叫她来做模特儿,她就像敷衍小孩子似的,来坐一会儿。这些年来她一直微笑着,现在这画家也得承认了——是这样的疲乏、粗蠢、散漫的微笑。那吃苦耐劳的脸上已经很少女性的成份了,一只眉毛高些,好像是失望后的讽刺,实在还是极度熟悉之后的温情。要细看才看得出。

赛尚夫人最后的一张肖像是热闹鲜明的。她坐在阳光照射下的花园里,花花草草与白色的路上腾起春夏的烟尘。她穿着礼拜天最考究的衣裙,鲸鱼骨束腰带紧匝着她,她恢复了少妇的体格,两只手伸出来也有着结实可爱的手腕。然而背后的春天与她无关。画家的环境渐渐好了,苦日子已经成了过去,可是苦日子里熬炼出来的她反觉过不惯。她脸上的愉快是没有内容的愉快。去掉那鲜丽的背景,人脸上的愉快就变得出奇地空洞,简直近于痴呆。

看过赛尚夫人那样的贤妻,再看到一个自私的女人,反倒有一种松快的感觉。《戴着包头与皮围巾的女人》,苍白的长脸长鼻子,大眼睛里有阴冷的魅惑,还带着城里人下乡的那种不屑的神气。也许是个贵妇,也许是个具有贵妇风度的女骗子。

叫做《塑像》的一张画,不多的几笔就达出那坚致酸硬的、石头的特殊的感觉。图画不能比这更为接近塑像了。原意是否讽刺,不得而知,据我看来却有点讽刺的感觉——那典型的小孩塑像,用肥胖的突出的腮,突出的肚子与筋络来表示神一般的健康与活力,结果却表示了贪嗔,骄纵,过度的酒色财气,和神差得很远,和孩子差得更远了。

此外有许多以集团出浴为题材的,都是在水边林下,有时候是清一色的男子,但以女子居多,似乎注重在难画的姿势与人体的图案美的布置,尤其是最后的一张《水沿的女人们》,人体的表现逐渐抽象化了，开了后世立体派的风气。

"谢肉祭"的素描有两张，画的大约是狂欢节男女间公开的追逐。空气混乱，所以笔法也乱得很，只看得出一点：一切女人的肚子都比男人大。

《谢肉祭最后之日》却是一张杰作。两个浪子，打扮做小丑模样，大玩了一通回来了，一个挟着手仗；一个立脚不稳，弯腰撑着膝盖，身段还是很俏皮，但他们走的是下山路。所有的线条都是倾斜的，空气是满足了欲望之后的松弛。"谢肉祭"是古典的风俗，久已失传了，可是这里两个人的面部表情却非常之普遍，佻侂，简单的自信，小聪明，无情也无味。

《头盖骨与青年》画着一个正在长大的学生坐在一张小桌子旁边，膝盖紧抵桌腿，仿佛挤不下，处处扦格不入。学生的脸的确是个学生，顽皮，好问，有许多空想，不大看得起人。廉价的荷叶边桌子，可以想象那水浪形的边缘嵌在肉上的感觉。桌上放着书、尺，骷髅头压着纸。医学上所用的骷髅是极亲切的东西，很家常，尤其是学生时代的家常，像出了汗的脚闷在篮球鞋里的气味。

描写老年有《戴着荷叶边帽子的妇人》，她垂着头坐在那里数她的念珠，帽子底下露出狐狸样的脸，人性已经死去了大部分，剩下的只有贪婪，又没有气力去偷，抢，囤，因此心里时刻不安；她念经不像是为了求安静，也不像是为了天国的理想，仅仅是数点咭利骨碌的小硬核，数着眼面前的东西，她和它们在一起的日子也不久长了，她也不能拿它们怎样，只能东舐舐,西舐舐,使得什么上头都沾上一层腥液。

赛尚本人的老年就不像这样。他的末一张自画像,戴着花花公子式歪在一边的"打鸟帽",养着白胡须,高挑的细眉毛,脸上也有一种世事洞明的奸滑,但是那眼睛里的微笑非常可爱,仿佛说:看开了,这世界没有我也会有春天来到。——老年不可爱,但是老年人有许多可爱的。

风景画是我最喜欢那张《破屋》,是中午的太阳下的一座白房子,有一只独眼样的黑洞洞的窗;从屋顶上往下裂开一条大缝,房子像在那里笑,一震一震,笑得要倒了。通过屋子的小路,已经看不大见了,四下里生着高高下下的草,在日光中极淡极淡,一片模糊。那哽噎的日色,使人想起"长安古道音尘绝,音尘绝——西风残照,汉家陵阙"。可是这里并没有巍峨的过去,有的只是中产阶级的荒凉,更空虚的空虚。

简 评

在半个多世纪的写作生涯中,张爱玲留下了大量的作品,主要有小说、散文、电影剧本以及文学论著等。1932年,张爱玲首次发表短篇小说《不幸的她》于圣玛利亚校刊。1933年,张爱玲在圣玛利亚发表第一篇散文《迟暮》,并开始向父亲学写旧诗,一直到寓居海外仍有作品问世。柯灵先生在《遥寄张爱玲》一义中说:"我扳着指头算来算去,偌大的文坛,哪个阶段都安放不下一个张爱玲;上海沦陷,才给了她机会。日本侵略者和汪精卫政权把新文学传统一刀切断了,只要不反对他们,有点文学艺术粉饰太平,求之不得,给他们点什么,当然是毫不计较的。天高皇帝远,这就给张爱玲提供了大显身手的舞台。"柯灵先生在新文学运动的上海沦陷时期来考察张爱玲文学创作个性和意义的不一般是很恰当的。

其实,她"大显身手的舞台"不仅仅是文学,她还是一个很有绘画

谈画

天赋的人。她的绘画作品，包括为自己或他人之作所画插图、漫画，为杂志所画扉页和为朋友设计的书籍封面等，据不完全统计，现存共计七十六幅（组）。可见，张爱玲不仅是一代小说大师，也是很有天分的"画家"。只是，她的文名掩盖了她的画名；再加上20世纪30、40年代的风云变幻，张爱玲生活颠沛流离，也无心静坐画室。晚年的张爱玲，离群索居，不仅文学创作走入低谷，而且绘画作品也鲜有流传，这不仅仅是她个人的遗憾，也是中国现代文化史上的一大遗憾！有研究者认为，读张爱玲的散文有如看一条小溪。潺潺流过满是青草红花的两岸，即使遇着一两处突兀的山石、三五个湍急的湾，那碰击也是极温柔婉转——说不尽女作家的天才梦、心愿、秋雨、说胡萝卜、谈跳舞、谈女人、谈画、论写作、谈吃穿、谈周围的人事……她仿佛一个隐匿在角落的看客，安静地欣赏着眼前的一小块风景。这便是张爱玲其人。

散文《谈画》的主题集中，几乎全在谈塞尚——法国后期印象派代表画家之一，像在观赏这位大师的回顾展，对他的精品逐一点评，竟达三十幅。如其一贯的散文写作风格，《谈画》的行文如珠落玉盘，凝练圆润，情思婉转，机锋四出。既然是谈画，同她在其他文章里谈天说地、街闻巷见或淑女私语就有区别，起码要受到画家及作品内容的限制。但文章一开头不谈赛尚，而是从《蒙娜·丽莎》入手，相当于一个引子，借这幅经典之作来交代"谈画"应该是怎么个谈法。她说："好的艺术原该唤起观众各个人的创造性，给人的不应当是纯粹被动的欣赏。不喜欢'先读了说明书再去看图画'，这样'其实是减少了图画的意义'。在视觉文化研究中有反对为图作注的一派，认为图画的意涵比文字更来得丰富。罗兰·巴特说好的图像中有'第三意义'的细节部分，不是指黑为白的文字所能解释。"张爱玲这番说法揭示了欣赏画作的规律，也说明了她深谙"图像学"三昧。她反对观者"纯粹被动的欣赏"，而诉诸"创造性"，当然，既是"好的艺术"，无论是出发点还是目的地，也无非归结为

"创造性"而已。

　　另外，在张爱玲女士的代表作散文集《流言》中《谈画》和《忘不了的画》格外引人注目。尤其在《忘不了的画》中，把西洋画和中国画放在一起评价，还把中国画家高超的西洋画绘画技艺结合具体的作品进行比较。如林风眠，用了大段的文字比较一张白玉兰的画作，探讨中西画法不同："中国人画油画，因为是中国人，仿佛有便宜可占，借着参用中国固有作风的借口，就不尊重西洋画的基本条件。不取巧呢，往往就被西方学院派的传统拘束住了。最近看到胡金人先生的画，那却是例外。"在这两篇洋洋洒洒的画论中，她说她不喜欢"罗曼蒂克主义"传统的那种不求甚解的神秘脱离现实人生的廉价诗意，就像把电灯开关一捻将一种人造的月光投射到任何事物上，于是就有了模糊的蓝色的美艳黑影里头，唧唧阁阁地叫着兴奋与恐怖的虫与蛙。她也不喜欢"超写实派"画一棵树，在树顶上嵌着一只沙发椅，野外的日光照在碎花椅套上如梦一样荒凉的恐怖文明。她喜欢法国画家赛尚及其"徒子徒孙"高更、凡高和毕加索等人的作品，认为他们善于抓住事物的某一特点把它发展到极致，虽比较偏执但鲜明而引人入胜。作者的看法是很深刻的。俄国著名作家伊利亚·爱伦堡也这样评价众说纷纭的毕加索：一位大画家有次对我说："毕加索是个天才，但是他不爱生活，然而绘画却是肯定生活的。"这是真实的，而且也像毕加索极其热爱人、大自然、艺术和生活，也像他那永不消失的少年的好奇心一样真实；他的许多油画不仅表现了生活的美，同时也表现了他那可以感触得到的温暖、风格和气味。（语出"我认识的毕加索"，见《人·岁月·生活》）

　　在人物画方面，她欣赏赛尚的《牧歌》。画面上一群男女，在水边蹲着躺着坐着，白的肉与白的衣衫，音乐一般地流淌过回旋成U字形。转角上一位双臂上伸托着颈项的裸体女人，在恋爱似的阳光抚摸下，周身的肉都波动着，整个画面有着异光的荡漾。在风景画方面她醉心于赛

尚的《破屋》。画的是中午太阳下的一座房子，有一只独眼样的黑洞洞的窗从屋顶上往下裂开一条大缝，房子好像在那里笑，一震一震地笑得快要躺下去了。通向屋子的小路，已经看不见了，四下里长着高高下下的草，在余晖中极淡极淡模糊一片。那哽咽的日色使人想起"长安古道音尘绝，音尘绝——西风残照，汉家陵阙。"可是这里并没有巍峨的边关要塞，有的只是中产阶级的荒凉、空虚与衰败的哀吟。

张爱玲女士之所以赞赏这些作品就在于它能够唤起欣赏者的创造性思维，不只是纯粹的被动欣赏，而是一种蓦然回首"那人却在灯火阑珊处"的惊喜。这也许正是张爱玲追求新奇、热烈、奔放和意蕴美的审美观的表征。因而可以说所有的艺术在精神上都是相通的。张爱玲不以画名，但是，一如写小说的张爱玲，在绘画领域里同样显示了不凡的艺术才情。值得关注的是，一开始她就对《蒙娜·丽莎》的微笑作了很好的诠释，在传统的经典的评价里，这微笑是艺术史上的谜，而张爱玲的理解则是："并非那样深奥离奇"，很难得地多了一层世俗人情的意义。除此而外，《抱着基督尸身的圣母像》，张爱玲嗅出了这位极普通的清贫妇人暗色衣裳"焐着贫穷的气味"。《散步的人》张爱玲感受到两个散步者"非常之楚楚可怜"，等等。张爱玲《谈画》不仅敞开了自己心中的艺术世界，也为我们读画作了很好的示范。

名

誉

◇[德]叔本华

由于人性奇特的弱点，我们经常过分重视他人对自己的看法；其实，只要稍加反省就可知道别人的看法并不能影响我们可以获得的幸福。所以我很难了解为什么人人都对别人的赞美夸奖感到十分快乐。如果你打一只猫，它会竖毛发；要是你赞美一个人，他的脸上便浮起一线愉快甜蜜的表情，而且只要你所赞美的正是他引以自傲的，即使这种赞美是明显的谎言，他仍会欢迎之至。

只要有别人赞赏他，即使厄运当头，幸福的希望渺茫，他仍可以安之若素；反过来，当一个人的感情和自尊心受到自然、地位或是环境的伤害，当他被冷淡、轻视和忽略时，每个人都难免要感觉苦恼甚至极

本文选自柏杨、纪伯伦等《人一生要读的60篇随笔》（中国和平出版社2006年版）。亚瑟·叔本华（1788—1860），19世纪德国著名哲学家，唯意志论的创始人和主要代表之一。代表作还有：《论自然的意志》《道德的基础》《小札与补遗》等。

为痛苦。

假使荣誉感便是基于此种"喜褒恶贬"的本性而产生的话，那么荣誉感就可以取代道德律，而有益于大众福利了；可惜荣誉感在心灵安宁和独立等幸福要素上所生的影响非但没有益处反而有害。所以就幸福的观点着眼，我们应该制止这种弱点的蔓延，自己恰当而正确地考虑及衡量某些利益的相对价值，从而减轻对他人意见的高度感受性；不管这种意见是谄媚与否，还是会导致痛苦，因它们都是诉诸情绪的。如果不照以上的做法，人便会成为别人高兴怎么想就怎么想的奴才——对一个贪于赞美的人来说，伤害他和安抚他都是很容易的。

因此将人在自己心目中的价值和在他人的眼里的价值加以适当的比较，是有助于我们的幸福的。人在自己心目中的价值是集合了造成我们存在和存在领域内一切事物而形成的。简言之，就是集合了我们前章所讨论的性格、财产中的各种优点在自我意识中形成的概念。另一方面，造成他人眼中的价值的是他人意识；是我们在他人眼中的形象和连带对此形象的看法。这种价值对我们存在的本身没有直接的影响；可是由于他人对我们的行为是依赖这种价值的，所以它对我们的存在会有间接而和缓的影响；然而当这种他人眼中的价值促使我们起而修改"自己心目中的自我"时，它的影响便直接化了。除此而外，他人的意识是与我们漠不相关的；尤其当我们认清了大众的思想是何等无知浅薄，他们的观念是多么狭隘，情操如何低贱，意见是怎样偏颇，错误是何其多时，别人对我们的看法就更不相干了。当我们由经验中知道人在背后是如何地诋毁他的同伴，只要他毋须怕对方也相信对方不会听到诋毁的话，他就会尽量诋毁。这样我们便会真正不在乎他人的意见了。只要我们有机会认清古来多少的伟人曾受过蠢虫的蔑视，也就晓得在乎别人怎么说便是太尊敬别人了。

如果人不能在前述的性格与财产中找到幸福的源头，而需要在第三种，也就是名誉里寻找安慰，换句话说，他不能在他自身所具备的事物里发现快乐的源泉，却寄望他人的赞美，这便陷于危险之境了。因为究实说来我们的幸福应该建筑在全体的本质上，所以身体的健康是幸福的要素，其次重要的是一种独立生活和免于忧虑的能力。这两种幸福因素的重要，不是任何荣誉、奢华、地位和名声所能匹敌和取代的，如果必要我们是会牺牲了后者来成就前者的。要知道任何人的首要存在和真实存在的条件都是藏在他自身的发肤中，不是在别人对他的看法里；而且个人生活的现实情况，例如健康状态、气质、能力、收入、妻子、儿女、朋友、家庭等，对幸福的影响将大于别人高兴怎么对我们的看法千百倍；如果不能及早认清这一点，我们的生活就晦暗了。假使人们还要坚持荣誉重于生命，他真正的意思该是坚持生存和圆满都比不上别人的意见来得重要。当然这种说法可都只是强调如果要在社会上飞黄腾达，他人对自己的看法,即名誉的好坏是非常重要的,关于此点,容后详谈。只是当我们见到几乎每一件人们冒险犯难,刻苦努力,奉献生命而获得的成就,其最终的目的不外乎抬高他人对自己的评价,当我们见到不仅职务、官衔、修饰,就连知识、艺术及一切努力都是为了求取同僚更大的尊敬而发时,我们能不为人类愚昧的极度扩张而悲哀吗?过分重视他人的意见是人人都会犯的错误,这个错误根源于人性深处,也是文明于社会环境的结果,但是不管它的来源到底是什么,这种错误在我们所有行径上所产生的巨大影响以及它有害于真正幸福的事实则是不容否认的。这种错误小则使人们胆怯和卑屈在他人的言语之前,大则可以造成像维吉士将匕首插入女儿胸膛的悲剧,也可以使许多人为了争取身后的荣耀而牺牲了宁静与平和、财富、健康,甚至于生命。由于荣誉感(使一个人容易接受他人的控制)可以成为控制同伴的工具,所以在训练人格的正当过程中,荣誉感的培养占了一席要地。人们非常计较别人的想法而不太注意自己的感觉,虽然后者较前者更为直接。他们颠倒了自然的次序,把别人的意见当做真实的存在,而把自己的感觉弄得含混不明。他们把二等的出品当做首要的主体,以为它们呈现在他人前的影响比自身的实体更为重要。他们希望自间接的存在里得到真实而直接的结果,把自己陷进愚昧的"虚荣"中,而虚荣原指没有坚实的内在价值的东西。这种虚荣心重的人就像吝啬鬼,热切追求手段而忘了原来的目的。

　　事实上，我们置于他人意见上的价值以及我们经常为博取他人欢心而作的努力与我们可以合理地希望获得的成果是不能平衡的，也就是说前者是我们能力以外的东西，然而人又不能抑制这种虚荣心，这可以说是人与生俱来的一种疯癫症。我们每做一件事，首先便会想到："别人该会怎么讲?"人生中几乎有一半的麻烦与困扰就是来自我们对此项结果的焦虑上；这种焦虑存在于自尊心中，人们对它也因日久麻痹而没有感觉了。我们的虚荣弄假以及装模作样都是源于担心别人会怎么说的焦虑上。如果没有了这种焦虑，也就不会有这么多的奢求了。各种形式的骄傲，不论表面上多么不同，骨子里都有这种担心别人会怎么说的焦虑，然而这种忧虑所费的代价又是多么大啊! 人在生命的每个阶段里都有这种焦虑，我们在小孩身上已可见到，而它在老年人身上所产生的作用就更强烈，因为当年华老大没有能力来享受各种感官之乐时，除了贪婪剩下的就只有虚荣和骄傲了。法国人可能是这种感觉的最好例证，自古至今，这种虚荣心像一个定期的流行病时常在法国历史上出现，它或者表现在法国人疯狂的野心上，或者在他们可笑的民族自负上，或者在他们不知羞耻的吹牛上。可是他们不但未达目的，其他的民族不但不赞美却反而讥笑他们，称呼他们说：法国是最会"盖"的民族。

　　在1846年3月31日的《时代》杂志有一段记载，

足以说明这种极端顽固的重视别人的意见的情形。有一个名叫汤默士·魏克士的学徒,基于报复的心理谋杀了他的师傅。虽然这个例子的情况和人物都比较特殊一点,可是却恰好说明了根植在人性深处的这种愚昧是多么根深蒂固,即使在特异的环境中依旧存在。《时代》杂志报道说在行刑的那天清晨,牧师像往常一样很早就来为他祝福,魏克士沉默着表示他对牧师的布道并不感兴趣,他似乎急于在前来观望他不光荣之死的众人面前使自己摆出一副"勇敢"的样子……在队伍开始走时,他高兴地走入他的位置,当他进入刑场时他以足够让身边人听到的声音说道:"现在,就如杜德博士所说,我即将明白那伟大的秘密了。"

接近绞刑台时,这个可怜人没有任何协助,独自走上了台子,走到中央时他转身向观众连连鞠躬,这种举动引起台下看热闹的观众们一阵热烈的欢呼声。

这是一个很好的例子,说明一个人当死的阴影就在眼前时,还在担心他留给一群旁观者的印象,以及他们会怎么想他。另外在雷孔特身上也发生了相似的事情,时间也是公元1846年,雷孔特在为企图谋刺国王而被判死刑,在法兰克福被处决。审判的过程中,雷孔特一直为他不能在上院穿着整齐而烦恼。他处决的那天,更因为不许他修面而为之伤心。其实这类事情也不是近代才有的。马提奥·阿尔曼在他著名的传奇小说 *Guzmrn bealfarache*(疑是

"*Vida del Picaro Guzman de Alfarache*"的误写,通译《古斯曼·德·阿尔法拉切》——笔者)的序文中告诉我们,许多中了邪的罪犯,在他们死前的数小时中,忽略了为他们的灵魂祝福和做最后忏悔,却忙着准备和背诵他们预备在死刑台上做的演讲词。

我拿这些极端的例子来说明我的意思,因为从这两个例子中我们可以看到他自己本身放大后的样子。我们所有的焦虑、困扰、苦恼、麻烦、奋发努力几乎大部分都起因于担心别人会怎么说:在这方面我们的愚蠢与那些可怜的犯人并没有两样。羡慕和仇恨经常也源于相似的原因。

要知道幸福是存在于心灵的平和及满足中的。所以要得到幸福就必须合理地限制这种担心别人会怎么说的本能冲动,我们要切除现有分量的五分之四,这样我们才能拔去身体上一根常令我们痛苦的刺。当然要做到这一点是很困难的,因为此类冲动原是人性内自然的执拗。泰西特斯说:"一个聪明人最难摆脱的便是名利欲。"制止这种普遍愚昧的唯一方法就是认清这是一种愚昧,一个人如果完全知道了人家在背后怎么说他,他会烦死的。最后,我们也清楚地晓得,与其他许多事情比较,荣誉并没有直接的价值,它只有间接价值。如果人们果能从这个愚昧的想法中挣脱出来,他就可以获得现在所不能想象的平和与快乐:他可以更坚定和自信地面对着世界,不必再拘谨不安了。退休的生活有助于心灵的平和,就是由于我们离开了长久受人注视下的生活,

名誉

055

不需再时时刻刻顾忌到他们的评语;换句话说,我们能够"归返到本性"上生活了。同时我们也可以避免许多厄运,这些厄运是由于我们现在只追寻别人的意见而造成的,由于我们的愚昧造成的厄运只有当我们不再在意这些不可捉摸的阴影,并注意坚实的真实时才能避免,这样我们方能没有阻碍地享受美好的真实。但是,别忘了:值得做的事都是难做的事。

【张尚德 译】

简评

叔本华1822年受聘为柏林大学讲师,1833年在大学里受挫之后,他移居法兰克福,并在那儿度过了最后寂寞的27年。叔本华是西方社会的一个传奇人物。他与哲学大师黑格尔长达数年的哲学辩论,以其惨败而离开讲坛告终,其后他靠父亲的遗产过着离群索居的生活,但是,正是这样的人生让这个影响世界两百余年的哲学大师显得高深莫测,而正是这种神秘性,才能引导后人对他的哲学思想不断地进行探索。

《名誉》这篇散文,可以帮助我们更好地解读叔本华。

全文不过3000多字,虽说是反复地阐述了作者独特的思考与感受,但行文思路很清晰。全文可划分为三大部分,共谈了三方面的问题:一是摆现象,二是论危害、究根源,三是提出解决办法。行文模式大体上符合今天学校教育中写作学上的所谓议论文的架构,让人读后有顺理成章的自然之感。当然,这不是作者散文创作手法上的因循守旧。在摆现象上,作者所阐述的语言十分生动,格外引人注目,比如:"要是你赞美一个人,他的脸上便浮起一线愉快甜蜜的表情,而且只要你所赞美的正是他引以自傲的,即使这种赞美是明显的谎言,他仍会欢迎之至。"进一步说："只要有别人赞赏他，即使厄运当头，幸福的希望渺茫，他仍可以安之若素；反过来，当一个人的感情和自尊心受到自然、地位或是环境的伤害，当他被冷淡、轻视和忽略时，每个人都难免要感觉苦恼甚至极为痛苦。"这样，这一类人的表现及其内心都得到了形象地揭示。同时，在论危害和挖根源上，作者独特见解更为突出，读后更使读者懂得了"荣誉感在心灵安宁和独立等幸福要素上所生的影响非但没有益处反而有害"的道理。紧接着作者还列举了三个典型事例，一是"在1846年3月31目的《时代》杂志有一段记载"，二是"在雷孔特身上也发生了相似的事情"，三是"马提奥·阿尔曼在他著名的传奇小说 *Guzmrn bealfarache* 的序文中"所讲述的故事。这三个故事，看上去似乎属不常见的特例，但的确能让人清楚地看到人性的弱点，使人触目惊心，受到极大的震撼；试想，人生旅途上能有什么能大过生命呢？而这些人在赴死之前，念念不忘的仍是所谓的"名誉"，其虚荣是多么可怕之至！如果进一步阅读，我们就会发现作者在《人生的智慧》中从另一个角度批判了"人性的弱点"——"凡夫俗子们把他们的身外之物当做生活幸福的根据，如财产、地位、妻室儿女、朋友、社交，以及诸如此类的一切，所以，一旦他们失去了这些，或者一旦这些使他失望，那么，他的幸福的基础便全面崩溃了。换言之，他的重心并不在他本身。"（《叔本华论说文集·第一卷》）这里念念不忘的仍然是所谓的"名誉"，也有力证实了这一类人缺少的就是人生的智慧。相反，"惟有那些因自然赋予了超凡理智的人，才是幸福的人；因为这能够使他们过理智的生活，过无痛苦的趣味横生的生活"。

究竟如何面对名誉、自豪等一类人们感兴趣的话题？麦克阿瑟在一次演讲时，就曾谈到崇高的理想唤起自豪感与必须要保持谦虚的心态之间的关系："这些神圣的名词尊严地指出您应该成为怎样的人，可能成为怎样的人，一定要成为怎样的人。它们是您振奋精神的起点；当您似乎丧失勇气是由此鼓起勇气；似乎没有理由相信时重建信念；当信心快要失去的时候，由此产生希望。"事实上，在一些人的心中，他人意见的价值，在享受各种感官之乐时，除了贪婪，剩下的就只有"虚荣和骄傲了"。他们着眼的所有的焦虑、困苦、烦恼、麻烦以及奋发努力，几乎都是因为担心别人会怎么说、如何看。不客气地说这种人是愚蠢的。为什么要把自己的幸福放在他人的眼中和口中呢？要知道幸福是存在于心灵的富足中的。所以，要得到幸福必须合理地限制这种担心别人会怎么说的本能冲动。当然，做到这一点是不容易的，因为此类冲动行为是人类本性的使然。哪怕是最聪明的人最难摆脱的也便是名利欲。制止这种普遍愚昧的唯一方法就是要认清这是一种愚昧，方能在心中敲起警钟。为此，我们必须先明白人们头脑里的意见大都是良莠不齐的，复杂的现实与人生必然带来复杂的取舍标准，所以这些意见并不值得你一定为它所影响。最后，我们也得清楚，与其他许多事情相比，荣誉只有间接价值。如果人们真的能从这个愚昧的想法中挣脱出来，他就可以获得现在所不能想象的平和与快乐，他可以更坚定和自信地面对世界，再也不必任何拘谨不安了。

叔本华在自己的一生中经历过许许多多、大起大落、是是非非、难以评说的经历，生活或者说曲折与坎坷告诉他，人在高贵的身份与丰厚的财产中找不到永久的幸福，只会在名誉里寻找安慰。换句话说，实质上就是，我们不能在自身所具备的事物里发现快乐的源泉时，就会寄希望于他人的赞美，这便陷于危险之境地了。要知道，任何人存在的最初条件都是隐藏在他自身，而并不存在于别人对他的看法里；而且人们生活的现实情况，诸如健康、气质、能力、收入、妻子、儿女、朋友、家庭等方面对幸福的影响将远远大于别人的看法。如果不能及早认清这一点，我们的生活就会总处在风风雨雨的境地里了。假使人们冒险犯难、刻苦努力，奉献生命而获得成就，但其最终的目的不外乎是为了抬高他人对自己的评价,这是多么渺小。当我们见到所有职务、身份、知识、品德,乃至一切努力都是为了求取他人更大的尊敬时,谁能不为这样的愚昧的极度扩张而悲哀呢?曹雪芹《红楼梦》所表现的"都云作者痴,谁解其中味"岂不正是这样一种悲哀呢?"陋室空堂,当年笏满床。衰草枯杨,曾为歌舞场。……乱烘烘你方唱罢我登场,反认他乡是故乡。甚荒唐,到头来都是为他人作嫁衣裳。"叔本华笔下的为"名誉"所累的人的可悲,和曹雪芹"好了歌"的感慨异曲同工。

这当然也是个观念问题,是长期以来已存在于人们头脑中的根深蒂固的东西。所以,文章最后告诉读者,既然大家明白了危害及其根源,那么,"制止这种普遍愚昧的唯一方法就是认清这是一种愚昧","由于我们的愚昧造成的厄运只有当我们不再在意这些不可捉摸的阴影,并注意坚实的真实时才能避免,这样我们方能没有阻碍地享受美好的真实"。由此看来,叔本华的哲学思想不论多么深奥,最终的落脚点仍是人类的最普遍的情感和生活,反映的仍是对于人类生存状态的终极关怀。所以,今天我们读来仍然备受启发,受益匪浅。睿智的叔本华告诉我们"如果人不能在前述的性格与财产中找到幸福的源头,而需要在第三种,也就是名誉里寻找安慰,换句话说,他不能在他自身所具备的事物里发现快乐的源泉,却寄望他人的赞美,这便陷于危险之境了。"

这是哲学家的人生箴言。

蔽

己 与 自 蔽

◇ 牧惠

本文选自牧惠《衣鱼集》(天津古籍出版社 2001 年版)。牧惠(1928—2004),原名林文山、林颂葵。1928 年在广西出生,祖籍广东。1946 年考入中山大学中文系,战乱时期,他放弃学业加入了游击队伍。后从基层调到中央《红旗》杂志。1988 年离休时为《红旗》杂志编辑部文教室主任、编审。离休后主要从事杂文创作。

梁启超的《清代学术概论》很值得一读。这本书不仅总结了清代学术研究的成就,而且对学风问题谈了一些很有益的见解。他谈到戴震时,对戴震提出的做学问要坚持"不以人蔽己,不以己自蔽"的原则非常赞赏。他说:"'不以人蔽己,不以己自蔽'二语,实震一生最得力处,盖学问之难也,粗涉其途,未有不为人蔽者;及其稍深入,力求自脱于人蔽,而己旋自蔽矣;非廓然卓然,鉴空衡平,不失于彼,必失于此。"一个人刚刚开始搞研究,很容易"为人蔽"。因为读书不多,听懂的太少太粗太浅,往往缺乏独立思考的精神。读张三,觉得张三有理;读李四,觉得李四对头。发现不出他们之间的矛盾,或发现他们之间的异同又仍缺乏分析判断的能力。于是，无所发现，无所发明，所写出的东西，不是来自张三，就是来自李四，或者是把张三李四捏合成一个矛盾百出的"体系"。这就叫做"为人蔽"。

难得的是在研究一开始就坚持一种独立思考，对一切都要问一个为什么的"怀疑一切"的精神。附带说一句，"怀疑一切"并非坏字眼。马克思也说过的。它同"文革"时那种胡思乱想并非一回事，是一种严格的治学精神。戴震就是这样一个人。《戴东原墓志铭》中说到一件事：戴震10岁时读《大学章句》至右经一章以下，问塾师："此何以知孔子之言而曾子述之？又何以知为曾子之意门人记之？"老师说："此先儒朱子所注云尔。"又问："朱子何时人？"答："南宋。"又问："孔子、曾子何时人？"答："东周。"又问："周去宋几何时？"答："几二千年。"又问："然则朱子何以知其然？"老师被问得答不出话来。这种打破沙锅问到底的精神，是不为人所蔽的开始。有了这种精神，对前人的研究成果采取严格的分析比判态度，才可能有创造性。顾炎武也坚持这种精神。他在写《日知录》时给自己立下一条规矩："必古人所未及就，后世之所不可无，而后为之。"这是个标准。他以这个标准要求自己，也以这个标准衡量文人。他批评某人说："君诗之病，在于有杜；君文之病，在于有韩、欧；有此蹊径于胸中，便终身不脱依傍二字。"依傍也者，就是为人所蔽。作诗，为杜甫所蔽；作文，为韩愈、欧阳修所蔽；没有自己的创造性。梁启超对顾炎武的评价也很高:"无一语袭古人。"难得的是"无一语"!

梁启超自己也是采取这种治学态度。对于他的老师康有为,他既充分肯定老师的成就,又不客气地指出老师的不足。他指出,康有为的《新学伪经考》"大体皆精当,其可议处乃在小节目";某些论点"为事理之万不可通"。吾爱吾师,吾尤爱真理。如果对前人的研究成果采取宗教式的教条主义态度,学术就无发展可言。因此,他对汉武帝表彰六艺罢黜百家持否定态度。认为这样一来,国人对六经只许征引,只许解释,不许批评;如果对经文一字一句稍加议论,便被认为是"非圣无法",结果是堵塞了学术研究前进的道路。梁启超是对的。汉武帝的这种做法,无疑是给众人竖("树"——编者)立起一块蔽人眼目的大屏障。

不为前人所蔽,敢于超过,敢于突破,确非易事。有的人搞了一辈子学问,搞来搞去,无非是"天下文章一大抄"(这不是指抄袭的抄。抄袭,更谈不上什么学问),原理就是那几条,不过变个把例子而已。而有了一点成就之后,要做到不为自己所蔽,看来更不容易。

所谓不自蔽,首先应当是敢于否定自己某些已被证明不对的结论,然后才可能继续前进。梁启超介绍清代的学风,指出他们之所以有成就,其中原因之一就是他们坚持实事求是的学风,敢于否定自己。"孤证不为定说;其无反证者姑存之,得有续证则渐信之,遇有力之反证则弃之。""弃之",就是大胆地坚决地否定自己。这就是不自蔽的前提。

这一条,看去似乎简单,其实好些人硬是过不去这一关。清代学术界毛奇龄,梁启超认为是"清学界最初之革命者"。但是,他这人就有着这方面的比较严重的毛病。全祖望批评他:"其所著书,有造为典故以欺人者,有造为师承以示人有本者,有前人之误已辨正尚袭其误而不知者,有信口臆说者,有不考古而妄言者,有前人之言本有出而妄斥为无稽者,有不考古而妄言者,有前人之言本有出而妄斥为无稽者,有改古书以就己者。"毛奇龄这些毛病,当然已经不仅仅是自蔽的问题,而且是一个学术道德问题。但是,之所以如此,除了极个别人故意为了出名而坚持错误观点的骗术外,同老觉得自己对,老是想维持自己那种本来已经被实践证明是错误的结论,有着不可分割的联系。

不以人蔽己和不以己自蔽的原则,是做学问的原则,也是其他行业的原则。文艺创作也有一个蔽己与自蔽,即不要重复别人、也不要重复自己的问题。重复别人,为人所蔽,无非是找一个格式来摹仿,没有自己的独创性。另一方面,如果写来写去老是那个调子,老是那几个物,也就无所谓发展,这就是为己所蔽。巴尔扎克声称,他要"写出整个社会的历史","一代人就是一出有四五千个突出人物的戏剧。这出戏,就是我的书"。他的《人间喜剧》果然创造了上千人物,并不重复。同是悭吝鬼,高布赛克、葛朗台、纽沁根就各有千秋。这也是一种不自蔽的精神。

"立言但论是非，不论异同；是，则一二人之见不可易也；非，则虽千万人所同，不随声也；岂惟千万人，虽百千年同迷之局，我辈亦当以先觉觉后，竟不必附和雷同也。"这是做学问的原则，也是做人的原则。做学问，首先也是做人。

简评

　　牧惠先生的一生，博览群书，尤其热爱文学，至今已创作了 40 多部作品，突出的一点是：以历史眼光关注现实，且蕴涵浓厚古典文学韵味的"史鉴体"杂文，在我国当代文坛独树一帜。抗战开始，在大学求学的牧惠放弃学业加入了革命队伍，深入敌后，打过两年游击。中华人民共和国成立后参加基层工作，后来，从基层逐级往上调，1961 年到中央《红旗》杂志做文艺组编辑。作为一名学者、知识分子，他的所有成就的取得，得益于他搞过基层群众工作，编过学习小报，当过政治经济学讲师，然后当编辑，搞文艺创作，还写小说、文学评论等。丰富的生活与工作经历，使牧惠先生深刻地体会到，做学问与做人"不以人蔽己，不以己自蔽"至关重要。"不蔽己、不自蔽"乃清代大学者戴震先生一生最得力处。做学问之难，粗涉其途，没有不为人蔽者；及其稍深入，力求自脱于人蔽，而己旋自蔽矣。这是戴震先生的名言，是其做学问和做人的明镜，鉴他人亦鉴自己。对于大多数青年人来说尤为前者——"不以人蔽己"。"一个人刚刚开始搞研究，很容易'为人蔽'。因为读书不多，所懂得、掌握的东西太少太粗太浅，往往缺乏独立思考的精神。难免读张三，觉得张三有理；读李四，觉得李四也有理。发现不出他们之间存在的问题，或发现他们之间的异同却又缺乏分析判断的能力。于是，无所发现，无所发明，所写出的东西，人云亦云，拾人牙慧，不是来自张三，就是来自李四，或者是把张三李四捏合成一个矛盾百出的'体系'，这就叫做'为人蔽'。"现实中这是一种极普遍的现象，尤其初涉学问之途的年轻一代。

戴震先生曾严厉地批评同时代人中有人丧失了追求真理的精神，玩弄"考据学"的猥琐态度。他的这些批评性的言论正好从反面证明了戴震自己学术中"求真"的价值取向。他还进一步地提倡，要以一种不计功利的态度来追求真理。在《答邓文用牧书》一文中，自述自己的"求道"态度是："其得于学，不以人蔽己，不以己自蔽，不为一时之名，亦不期后世之名。"这种纯粹的"求真"精神，实在是中国18世纪比较沉闷的思想领域中光辉的哲学理想的圭臬，陶冶出一代又一代学有所成的读书人。戴震所提倡的学问之初，贵在审视他人，有批判眼光，学问既成，贵在超越自己，也允许他人超过自己，泽被一代又一代学人，难能可贵，光照千古。

不以人蔽己，可以解疑解蔽，推动认识的提升。本文作者牧惠先生写过一篇《无一字无来历》的杂文，对"时间就是金钱，效率就是生命"的口号提出了质疑。20世纪80年代初，改革的大潮风起云涌，这句激动人心的口号曾引起了争议，甚至有人认为非但不符合马列主义精神实质而是反马列的，是修正主义的，这在当时是大是大非的问题。为了搞清楚这个问题，为了证明这个口号不姓"修"，有人查出鲁迅先生说过类似的话，还有人查到马克思、恩格斯也有过可以如此理解的话。作者读德国哲学家瓦尔特·本雅明的《莫斯科日记·柏林记事》，发现事情原来是这样的：本雅明在1926年年底到1927年年初在莫斯科待了两个月。这话是他有感于莫斯科钟表匠很多但莫斯科人并不太关注时间而发的。那时，"时间就是金钱"不仅贴在墙上，还被认为是"陈词滥调"。更有甚者，殊不知半个多世纪以后在遥远的东方引起了一场严肃的争论。现在看来，这个过程为世人提供了一个"不以人蔽己"的成功范例。事实上，人们对客观事物的认识，因受种种条件的限制，往往不可避免地带有一定程度的表面性与片面性，谁也不可能"一眼望穿天下事，一书写尽天下理"。如果对别人的观点理论全盘接受，也许就会被错误见解蒙蔽头脑而一错再错了。所以，只有具备不以人蔽己的精神，才能去鉴别前人的认识究竟是对是错，才能在实践中认真考察，不断思考，从而有所发现，有所建树。

不以己自蔽，首先应当是敢于否定自己某些已被证明不对的结论，然后才有可能继续前进。梁启超介绍清代的学风，指出他们之所以有成就，其中原因之一就是他们坚持实事求是的学风，敢于否定自己。"孤证不为定说；其无反证者姑存之，得有续证则渐信之。遇有力之反证则弃之。""弃之"，就是大胆地坚决地否定自己。这就是不自蔽的前提。不自蔽看起来似乎简单，其实好些人硬是过不去这一关。清代的毛奇龄，被梁启超认为是"清学界最初之革命者"。但是，他这个人在这方面就有比较严重的毛病。全祖望批评他："其所著书，有造为典故以欺人者，有造为师承以示人有本者，有不考古而妄言者……"毛奇龄这些毛病，当然已经不仅仅是自蔽的问题，而且是一个学术道德问题了。但是，就自蔽而言，除了极个别人故意为出名而坚持错误观点的骗术外，同过于自信有着不可分割的关系。

既不"以人蔽己"，又不"以己自蔽"，说的是怀疑的精神固然重要，而质疑的能力就更显得重要。戴震先生总结为"学有三难"，哪三难？淹博难，识断难，精审难。这就是说，即使你有怀疑的精神，即使你不想盲从和轻信，但如果你过不了"淹博""识断""精审"这三关，还是免不了被蒙蔽。可见，读书不盲从，不轻信，也是有一定难度的。初做学问，或容易被别人所蒙蔽，待稍微读了几本书之后，又容易被自己所蒙蔽。

西方现代哲学的开创者、德国著名哲学家尼采在《查拉斯图拉如是说》中也讨论了这个问题：查拉斯图拉看见一个青年逃避了他，后来，当他看见这个青年靠着一棵树坐着，且失神地凝视着峡谷，查拉斯图拉扶着这个青年背靠坐着的这株树，并如是说："假使我想以我的手摇震这株树，我当不能。但我们看不见的风搅扰它、屈压它，任其意之所欲为。我们最苦痛于被不可视见的许多搅扰和屈压。"这青年站起来惶惑地思索他的话。这个故事给我们的启迪是深刻的。当我们在构建自己的知识和事业的殿堂时，"以人蔽己，以己自蔽"，都是"搅扰、屈压"我们的不利因素。《蔽己与自蔽》可贵之处在于，以"学者当不以人蔽己，不以己自蔽。不为一时之名，亦不期后世之名"为立论的基础，同时也概括了本文所要表现的治学、做人的根本精神。做人做学问要善于吸取前人和同时代中外学者的学术营养，没有经过自己的独立研究，决不能简单相信别人的论述。读书人在自己的学习中时有精审独到的见解，又从不故步自封，在不断学习和探索中前进。"不以人蔽己"，亦"不以己自蔽"的治学态度，是研究学问的原则，是文艺创作原则，也是我们做人的原则，这是已经为作者所阐释了的、也应该为我们所继承的一种精神。

秋
之歌

◇李元洛

本文选自李元洛《唐诗之旅》(长江文艺出版社2005年版)。李元洛(1937—),生于河南洛阳。诗歌评论家,湖南师范大学名誉教授。中国作家协会会员。1960年北京师范大学中文系毕业。1979年调湖南省文联,历任《湘江文学》评论组副组长、组长,文艺理论研究室副主任、研究员,中国作家协会湖南分会副主席、创作研

少年时生命如同春日,只觉春阳初照,春花始荣,秋季还在遥远的天边,连它先是金黄后是苍凉的身影都不见,何况中间还隔着一大段夏天,风风火火热热闹闹大有可为的夏天。然而,仿佛是在转瞬之间,顶多有如小寐片刻,春日已无影无踪,夏日也绝尘而去。两鬓的微霜告诉我,少年不在,青年不再,中年也已到了最后关头。生命的初霜之后,接踵而来的,便是芸芸众生感时伤逝叹老嗟卑的深秋。

悲秋,大约是不分族别也不分国界吧,或者说,是普遍共有的人性人情。在西方诗文中,19世纪法国象征派诗人马拉美的散文《秋》,将孤独寂寞的悲秋之情,抒写得哀婉之至;美国现代诗人弗罗斯特在

《我的客人，十一月》中，也说秋天是"秋雨绵绵的晦日"。至于天空寒冷萧瑟，树叶枯黄凋谢，"忧郁的日子终于来到，这一年中最凄凉的季节"（布赖恩特：《花之死》）之类的悲秋咏叹调，更是不时在西方的诗文中鸣奏。在我们中国呢？悲秋之祖大约就是屈原了。昏君当政，奸佞弄权，楚国已经到了危急存亡之秋，而屈原却屡遭打击，流放江湘，他的生命和心理也有如肃杀的秋日。除了早期之作的《橘颂》，他的作品中很少欢愉高昂的音调。"帝子降兮北渚，目眇眇兮愁予。袅袅兮秋风，洞庭波兮木叶下"，这是《九歌·湘夫人》的起句，读者刚一展卷，一股悲风便从两千多年前迎面吹来。明人胡应麟在《诗薮》中，说它是"千古言秋之祖。六代、唐人诗赋，靡不自此出者"，这话说得不错，不过，如果要更准确些，"言秋"可以改为"悲秋"，不知胡应麟同不同意。屈原的弟子宋玉，在《九辩》一开篇就长叹息："悲哉，秋之为气也！萧瑟兮草木摇落而变衰。"我没有足够的证据，但从年龄长幼和师徒关系而言，恐怕是学生在效法老师。至于以后曹丕《燕歌行》的"秋风萧瑟天气凉，草木摇落露为霜"，六朝谢庄《月赋》的"洞庭始波，木叶微脱"等等，都是屈原悲秋的萧条异代不同时的变奏。

　　一年之中，有春发夏繁秋肃冬凋的不同，一个人的心理和生命，甚至具体的生平遭际，也往往有春夏秋冬之别。秋天特别是深秋，本来就万木凋零，于众生只能引发相应的感受，尤其是你的遭逢或生命面

究室主任，湘潭大学、西南师范大学兼职教授，湖南省文联副主席。

对的又正是秋日的肃杀。因此,唐代诗人也如他们的前辈诗人一样悲秋,那就绝非偶然,也无可厚非了。

不过,初唐与盛唐之时,大唐帝国如朝日之初升,如丽日之中天,那是封建社会的黄金时代,也是当时世界上最为强大的王朝。大唐正当春夏,尽管仍然有许多弊病与危机,但整个国家与社会生机蓬勃,生气活泼,包括诗人在内的知识分子们大都觉得天生我材必有用,因而踌躇满志,意气飞扬。"云霞出海曙,梅柳渡江春。淑气催黄鸟,晴光转绿苹"(杜审言《和晋陵陆丞早春游望》),他们喜欢歌唱春天,如同一群在原野上欢呼奔跑的孩子;"白日依山尽,黄河入海流。欲穷千里目,更上一层楼"(王之涣《登鹳雀楼》),他们热衷咏唱壮志,像一群在沙场上驰骋的血气方刚的青年。即使是写前人不知悲过多少回的秋天,盛唐时代诗人的笔下,也很少那种萧索悲凉之气,而多的是清华高远的意境。张九龄在《感遇》中,既赞美春天的"兰叶春葳蕤",也礼赞秋天的"桂华秋皎洁",而无论春与秋,都是"欣欣此生意,自尔为佳节"。而成天与青山为伴与白云为友的孟浩然呢?他秋日登上兰山怀念朋友张五,"北山白云里,隐者自怡悦。相望试登高,心随雁飞灭"(《秋登兰山寄张五》),没有悲秋之音,只有怡秋之调。和孟浩然并称的王维呢?"空山新雨后,天气晚来秋。明月松间照,清泉石上流。竹喧归浣女,莲动下渔舟。随意春芳歇,王孙自可留"(《山居秋暝》),任随春华消歇,他的秋日清高悠远,自可留恋与流连。表面乐观放达而内心实有万古之愁的李白呢?他虽然乱我心者今日之日多烦忧,虽然举杯消愁愁更愁,然而,直至垂暮之年,他都似乎不太知道秋天与悲秋的不解之缘。"霜落荆门江树空,布帆无恙挂西风。此行不为鲈鱼脍,自爱名山入剡中",早期的《秋下荆门》一帆高挂,秋风高远;"江城如画里,山晚望晴空。两水夹明镜,双桥落彩虹",在中年的《秋登宣城谢朓北楼》中,秋日的风光仍是一派爽朗明丽。李白流放夜郎至中途放还,再游岳阳时正是秋日,他虽然满怀痛苦,一肚牢骚,甚至要倒却鹦鹉洲而划却君山,但也许是江山易改而本性难移吧,他的乐观放达的个性是与生俱来,他笔下秋天的洞庭与君山,仍然是"帝子潇湘去不还,空余秋草洞庭间。淡扫明湖开玉镜,丹青画出是君山"。他这位酒徒,不,酒仙,秋夜游湖时,却依然不忘饮酒赏月,逸兴遄飞:"南湖秋水夜无烟,耐可乘流直上天。且就洞庭赊月色,将船买酒白云边。"看来,即使是极度的坎坷困顿,甚至是几遭杀身之祸,但如果要李白一天到晚苦脸愁眉,唉声叹气,在秋天和他人一样低吟浅唱悲秋之曲,那似乎也难于上青天。

　　然而,以"安史之乱"为分水岭,大唐帝国终于告别了它的全盛时期,如日中天的太阳逐渐西斜,最后成了晚唐李商隐诗中的只是近黄昏的落照。在夏日的惊雷与电闪之后,却道天凉好个秋,大唐帝国也由春而夏由夏而秋了。也许是由于国势日衰,江河日下,昔日的青春焕彩变成了疮痍满目,朝气蓬勃变成了老大悲伤,诗人们也仿佛一下子从豪气干云的青年,变成了摒除丝竹的中年和感时伤逝的老年。使人意冷心寒的秋声,早在欧阳修的《秋声赋》之前,就已经纷纷起于唐代诗人的纸上,而那萧然黯淡的秋色,只要我们展卷而吟,也仍然会从千年前袭上我们的眉头与心头。

杜甫就是一个代表。他一生忧国忧民又坎坷不遇,乐少而苦多,诗中难得一见云开日出的笑脸。"却看妻子愁何在?漫卷诗书喜欲狂",那首被前人评为老杜"生平第一首快诗"的《闻官军收河南河北》,其"快"不仅在节奏,更在心情,是悲怆奏鸣曲中一个难得的亮丽的音符。杜甫写到秋天,也常常不免由己及人,万感交集:"曲江萧条秋气高,菱荷枯折随风涛,游子空嗟垂二毛,白石素沙亦相荡,哀鸿独叫求其曹。"(《曲江三章章五句》)"阑风伏雨秋纷纷,四海八荒同一云。去马来牛不复辨,浊泾清渭何当分"(《秋雨叹》)。长安十年困守时期,他就有许多悲秋之歌了。及至支离东北,漂泊西南,辗转江汉与湖湘,更不禁悲从中来,秋声满纸:"八月秋高风怒号,卷我屋上三重茅。"(《茅屋为秋风所破歌》)如果生当今日,像杜甫这样的成就和级别的诗人,其居室纵然赶不上大款的别墅和高官的宅第,但也绝不至于局促于破败的茅屋了。"风急天高猿啸哀,渚清沙白鸟飞回。无边落木萧萧下,不尽长江滚滚来。万里悲秋常作客,百年多病独登台。艰难苦恨繁霜鬓,潦倒新停浊酒杯",杜甫的这首《登高》,明代胡应麟推许为古今七言律诗的冠军,其情悲壮而不悲哀,但同为悲秋则一。至于在四川夔州作的一组七言律诗《秋兴》八首,一开篇即是"玉露凋伤枫树林,巫山巫峡气萧森",如同一阕交响曲的主旋律,诗人在组诗中反之复之的,既是悲故国也是悲秋日,或者在悲故国中悲秋日。我的朋友黄维梁教授舌耕与笔耕于香港中文大学,他运用加拿大学者佛莱的"基型论",分析杜甫的《客至》与《登高》,撰有《春的豫悦和秋的阴沉》一文,他说杜甫的《登高》"其悲苦,其潦倒,其英雄末路日落西山的情形,正吻合了佛莱所说的悲剧的基型"。香港四时不甚分明,一年四季都是金灿灿的初秋,由香港的金秋而夔州的哀秋,黄维梁思接千载,他真可以说是杜甫的知音。

英国诗人济慈说:"一年有四季,人的心灵也有四季。"中唐已是夕阳西下了,而晚唐呢?悲凉的晚钟敲来的是苍茫而苍老的暮色。盛唐时代的英风胜概早已荡然无存,诗人们的心态也早已进入了秋日和冬天。悲秋,是中晚唐诗坛流行的风景。如果要投票公决,白居易大约是悲秋的代表人物。他年轻时在《秋思》中早就说过"萧条秋气味,未老已深谙"。三十二岁时,作《秋思》说"何况镜中年,又过三十二",三十六时又作《曲江早秋》,说什么"秋波红蓼水,夕照青芙岸。独信马蹄行,曲江池四畔。……我年三十六,冉冉昏复旦。人寿七十稀,七十将过半"。以后连续几年中,年年照写《曲江感秋》,到五十一岁时还旧事重提，一副度日如年未老先衰之态，这就难怪他的《琵琶行》一开篇，破空而来的，就是"浔阳江头夜送客，枫叶荻花秋瑟瑟"的瑟瑟秋声。吴经熊在写于三十年代的专著《唐诗四季》中，把白居易列为"秋季诗人"，一点也不算冤。与他唱和甚多关系极"铁"的元稹，也曾写诗"劝君莫作悲秋赋，白发如星也任垂。毕竟百年同是梦，长年何异少何为"。可见连元稹也认为他悲秋之作太多，但他相劝的理由也颇低调而灰调，本身也不免悲剧意味。不过，悲秋的当然也不止白居易，"大历十才子"之一的卢纶，就有一首《同李益伤秋》："岁老人头白，秋来树叶黄。搔首问黄叶，与尔共悲伤。"自己独自悲秋还意犹未尽，还要彼此彼此，大家一起来同悲，这真是有福同享，不，有秋同悲了。然而，除上述这些诗人之外，中唐时悲秋病患者最严重的，莫过于李贺这位多愁多病有志不伸的短命诗人。他在《南山田中行》中说"秋野明，秋月白。圹水潆潆虫啧啧"，在《开愁歌》中唱"秋风吹地百草千，华容碧影生晚寒，我当二十不称意，一生愁谢如枯兰"，年纪轻轻，满怀壮志不酬的苦闷，不是"开愁"而是"聚愁"。如同在当前商业大潮中有的文人认为文学贬值，李贺有时也对自己的写作价值产生了怀疑："寻章摘句老雕虫，晓月当帘挂玉弓。不见年年辽海上，文章何处哭秋风"（《南园》）。而《秋来》一诗的"桐风惊心壮士苦，衰灯络纬啼寒素。……秋坟鬼唱鲍家诗，恨血千年土中碧"，就更是字字血声声泪的血泪交迸的悲秋之曲了。在李贺之后，晚唐的诗人接踵而来悲秋，如李商隐的"扇风渐沥簟流离，万里南云滞所思。守到清秋还寂寞，叶丹苔碧闭门时"(《倒秋》)，如陆龟蒙的"荒亭古树只独倚，败蝉残蛩苦相仍。虽然诗胆大如斗，争奈愁肠牵似绳"(《早秋吴体寄袭美》)，虽然可谓深情绵邈，但也可以说是气若游丝。

然而，众声齐奏中也仍然有裂帛而鸣的异响，千篇一律里也仍然有别具光辉的异采，使我们从几乎无法自拔的哀思怨绪的沼泽，振羽飞向响晴亮丽的天空，这就是中唐刘禹锡的《秋词》和晚唐杜牧的《山行》。

在中唐诗人中，刘禹锡与白居易齐名，时称"刘白"。唐代不少诗人都有美丽的别名雅号，李白是"诗仙"，杜甫是"诗圣"，王维是"诗佛"，白居易是"诗魔"，李贺是"诗鬼"，刘禹锡生时就荣获了"诗豪"之名，而且是白居易命名的："彭城刘梦得，诗豪者也。"他的《秋词》二首确实是劲风拂纸，豪气凌云：

自古逢秋悲寂寥，我言秋日胜春朝。
晴空一鹤排云上，便引诗情到碧霄。

山明水净夜来霜，数树红深出浅黄。
试上高楼清入骨，岂如春色嗾人狂？

"永贞革新"失败之后，刘禹锡被贬为朗州(今湖南省常德市)司马。朗州"地居西南夷，土风僻陋"，

秋之歌

是唐代安置被贬官员的下州，而"司马"又是没有实权的下吏，但在这南蛮之地，刘禹锡却整整谪居了十年。其时，革新派的领袖王叔文被赐死，参与革新的好友柳宗元等人被贬遐荒，大环境恶劣，小气候也不行，独居无友，壮志不伸，其精神之压抑与痛苦可想而知。然而，刘禹锡写秋色，咏秋光，却一洗自古相传的常态与旧调，唱出了"我言秋日胜春朝"的壮歌与"岂如春色嗾人狂"的新声，表现了高远奋发的精神境界。抗日战争时期，幼小的我随家人流亡湘西，一叶船帆溯清碧的沅江而上经过常德，虽然城外那一湾江水今仍然碧在我的记忆里，但当时年幼无知，怎么会知道自己竟然和千年前的刘禹锡擦肩而过？及至人到中年，我多次从长沙前去常德凭吊，今日的常德已是一座热闹繁华的现代都市，刘禹锡的遗踪已渺不可寻，只有他豪迈清越的诗句啊，依然写在山上水上白云之上鹤翅之上和我永不老去的心上。

可以和刘禹锡的《秋词》比美的，那就是晚唐杜牧的诗了。杜牧生活和创作的时代，正是李唐王朝行将闭幕的前夕，社会动荡不安，危机四伏，出身世家望族的杜牧虽怀抱大略雄才，但却同样是壮志难酬。然而，他的诗风却清峻豪放，峭拔劲健，一扫晚唐诗中的苍然暮色，敲响的竟是凛然的晨钟。他写北方的秋天如《长安秋望》：

楼倚霜树外，镜天无一毫。

南山与秋色，气势两相高。

毫无衰飒之气，只有豪壮之神。气爽秋高，固然是客观之物象所致，也是由于诗人胸怀爽朗，襟怀高远。如果这首写北方秋色的诗可谓"壮丽"，那么，他写南方秋景的《山行》，就堪称"明丽"：

远上寒山石径斜，白云生处有人家。
停车坐爱枫林晚，霜叶红于二月花。

同时代的诗人写枫叶，杜甫是"玉露凋伤枫树林，巫山巫峡气萧森"（《秋兴》八首），白居易是"临风杪秋树，对酒长年人。醉貌如霜叶，虽红不是春"（《醉中对红叶》），从来没有人像杜牧一样，认为枫叶比二月的春花鲜艳灿烂。长沙湘江西岸之岳麓山下，青枫峡里，有一处名胜"爱晚亭"，就是清代诗人袁枚根据《山行》一诗取名。每当枫叶流丹的深秋时节，我便和一二好友渡湘江而西去观赏枫的大展，满山的枫树在绿过了春青过了夏之后，在秋风与秋霜的助威之下，忽然发出一声呐喊，纷纷举起了火把，把岳麓山烧成了一座火焰山。好美丽的一场火灾呵，迟迟不见平日心急火燎的消防车队奔来救火，只有于山下与山中观火的我们，还若无其事地高吟低咏杜牧的《山行》。

如今，我的生命的驿车早已驰过了蓬勃的春热烈的夏，到达了早秋这个驿站。青春在于精神，生命在于创造，刘禹锡和杜牧千年前的高歌犹在耳畔，不要去低吟"悲哉，秋之为气也"吧，不要去浅唱"一叶

落而知天下秋"吧,当代诗人郭小川慨当以慷的《秋歌》中的诗句,如同催征的鼓点,敲沸了我不冷的热血激励了我不老的肝胆:

秋天呵,请把簌簌的风声喝断,
我的歌儿呀,唱了还不到一半!

简评

李元洛先生长期从事诗歌理论和艺术的研究。他的获奖作品《唐诗之旅》是以唐诗和唐代诗人为题材创作的专题系列散文。作者抒写了对唐诗的个人生命体验和人生感悟,挖掘了唐诗的当下意义和现代价值。作者以自己的真情实感、国学造诣为读者解读他所知道的唐诗,把诗与人、情与理、古与今、诗意的抒发描绘与精到的分析评论结合起来,文字优美,知识丰富,见解独到,激情洋溢,确实是别出心裁、别开生面、别具一格、别有洞天。作者深厚坚实的学术功底、富有灵气的艺术智慧和才华横溢的亮丽文采,在文中得到了令人惊喜和赞叹的充分发挥。读《秋之歌》,既是一种很好的艺术享受,令人沉醉着迷,也是一次深入系统地对唐代诗人与诗歌的综合学习,并有身临其境之感。用诗一般的语言或富有诗意的散文笔调来谈诗论文,来鉴赏名篇佳作、探讨艺术规律、阐述文艺观点,这是我国古代诗论文论的优良传统,从孔、孟、老、庄到陆机的《文赋》、刘勰的《文心雕龙》、司空图的《诗品》以及历代许多诗话词话,都是如此。今天的年轻人读这样的诗评文章意义是十分重大的。那是因为,千年而下,唐诗并没有和时间一起老去,而是像葳蕤的春花一样年轻而新鲜,如同沾着清晨露珠的花瓣,如同春日天边初生的朝霞。作者这充满活力的诗评将带领我们涉足唐代诗的国土，"将古典诗词与现代生活熔于一炉，将读万卷书和行万里路合为一事"，引导我们去聆听穿过朔风寒雨隐隐传来的"天籁"之音。

唐朝是中国诗歌史上的黄金时代。"黄金"般的唐代诗歌，不同的时代、不同的人均能作出自己的理解。袁行霈先生在《中国文学概论》中说过："唐诗之不可及处，在气象之恢弘、神韵之超逸、意境之深远、格调之高雅……唐诗的美是一种空灵的美，如镜中花水中月，宛在目前，却又不可凑泊。唐诗的美是一种健康的美，好像是天生的健美体魄，无矫揉造作之态。唐诗的美是一种内在的美，其魅力在于其所表现的生活之丰富多彩，性格之天真率真。"我们今天读唐诗就是要承传高贵的人文精神和高雅的艺术审美情趣。衡量的价值倾向，无疑应该是否定低级而弘扬高级，否定丑恶而颂扬美好，否定卑劣而礼赞高尚；否定庸俗而倡导高雅。因为，"人类文明进程中的一个重要旨趣就是走向高贵和高雅。如同科学和自由是人类永不停息的追求一样，高贵和高雅也是人类永远心仪的生存佳境。否则，那便是一种堕落。"

作者把唐诗装在心中，远离了红尘纷争，笑谈初盛中晚，把四季之中的"秋"参悟得那么透彻，借以将唐诗梳理得条分缕析，自然与诗歌，诗品和人品都成了"取之不尽、用之不竭"的精神源泉。文章的结尾，作者意在不要纠缠于诗坛的春夏秋冬，唐诗的驿车驰到了秋的驿站，随之而来的便是冬了。作者和诗的生命世界交织在一起，如同催征的鼓点，敲沸了不冷的热血，激励了赤诚的肝胆。还是流连在秋光寥廓的唐诗里吧，"不似春光，胜似春光"，唐诗是生命的世界，呼应了前文：少年时生命如同春日，只觉春阳初照，春花始荣，秋季还在遥远的天边，连它先是金黄后是苍凉的身影都不见——为了明天，我们要随作者走进唐诗的生命世界！

俄罗斯的伤口

◇洪烛

本文选自洪烛《眉批大师》(天津教育出版社2001年版)。洪烛,原名王军,1967年生于南京,1979年进入南京梅园中学,1985年保送武汉大学,1989年分配到北京,后任中国文联出版社文学编辑室主任。有诗集《南方音乐》《你是一张旧照片》,长篇小说《两栖人》,散文集《我的灵魂穿着草鞋》《浪漫的骑士》《眉批天空》《梦游

普希金之死,并不仅仅是他一个人的事情。还在许多诗人的记忆里留下伤口。

不必说与他同时代的莱蒙托夫了——他在成名作《诗人之死》里愤怒地谴责:"你们即使用你们所有的污黑的血,也洗涤不净诗人正义的血痕!"即使像茨维塔耶娃这样迟到的女诗人,也为之心痛不已。茨维塔耶娃敏感的童年,一度笼罩在普希金的死亡阴影里——仅仅因为家中挂有一幅描绘普希金决斗场景的油画。普希金就这样进入三岁小女孩的印象——而这位女孩长大后决心做他的妹妹,开始写诗。"我所知道的普希金的第一件事,就是他被人杀害了……丹特士仇视普希金,因为他自己不会写诗,于是向他挑起决斗,也就是把他骗到雪地里,在那里用手枪射穿肚子把他杀害了。因此我从三岁起就确

定无疑地知道,诗人有肚子……我要做妹妹的心愿乃是受了普希金决斗的启发。我还要说的是,'肚子'这个词对我有一种神圣的东西,甚至一句普普通通的'肚子疼'都会使我产生一种战栗的同情感,这种同情感排除一切幽默。这一枪击伤了我们大家的肚子。"肚子仿佛成了诗人身上最柔软、最缺乏保护的地方——因而最遭受打击。这一切仅仅因为普希金的缘故。普希金那高贵的血,从肚皮上枪伤里流出来,染红了俄罗斯的雪地。而这份疼痛,这份被污辱的尊严,即使一个世纪之后仍遗传在诗人们的记忆里——这几乎已构成一种先天性的记忆。所以俄罗斯诗人是那么忧伤,那么自尊,在多灾多难的命运面前也不愿意轻易低下骄傲的头颅。

叶甫图申科在《诗歌绝不能没有家》一文中提及普希金对茨维塔耶娃的影响:"即使在可爱的祖宅,在一个三岁小女孩儿的内心便产生了丧失家园的情感。普希金走进了死亡——进入了不可挽留的、恐怖的、永恒的丧失家园的状态,而要想把自己当作他的妹妹,就必须亲自体验一卜这种无家可归。后米,茨维塔耶娃在异国,由于思念祖国而心焦如焚,甚至企图嘲弄这种乡愁,就像'一头受伤的野兽,被什么人打伤了肚了',用嘶哑的声音吼叫着……"这一次受伤的是茨维塔耶娃自己了,她被乡愁折磨得夜不成眠,辗转反侧。只不过她是被无形的对手和无形的子弹击中了——我们可以把这叫做命运。被不幸的命运放逐的茨维塔耶娃,变得孤癖了,变得不轻信

者的地图》《游牧北京》《抚摸古典的中国》《冰上舞蹈的黄玫瑰》《逍遥》等数十种。

这个世界了："一切家园我都感到陌生，一切神殿我都感到空洞，一切都无所谓，一切我都不在乎……"回到祖国之后，现实仍令她失望，她觉得在任何环境里自己都是个流亡者或局外人，遭受别人的疏远与中伤，因而最终走上了自缢的绝路。好在她曾经写过这样一句诗："我就是在临终咽气时也仍然是一个诗人。"——这不仅是她活着时的信条，也将是她死去时的慰藉。她无愧于自己，无愧于作为"普希金的妹妹"而存在的诗性人生。

茨维塔耶娃是维护普希金的，她终生都在用自己的诗歌为普希金守灵——于是我们在巨人的身后发现了另一盏灯，发现了同样呕心沥血的烛光。她写过一首《嫉妒的尝试》："在卡拉拉大理石之后，您怎能与石膏的废物生活在一起？"能猜得出它是写给谁的吗？它是写给普希金的妻子冈察罗娃的——因为她在普希金死后居然嫁给了兰斯科伊将军。叶甫图申科说："茨维塔耶娃是那样怒不可遏地、几近女人蛮横无理地谈到了普希金的妻子……这种情调，已经是自卫的情调。"她在捍卫普希金的同时也在捍卫自己的信仰。

茨维塔耶娃的死因，不像普希金的被杀那样明显、那样富于社会性，但仍然令人心痛。诗人的自杀，同样是被命运伤害的结果。他（她）本人也是无辜的。茨维塔耶娃的诗里面有一种隐晦的伤口，不流血的伤口——这导致她疼痛、愤怒并且诅咒。有人说她"大胆地将符咒一类的格式引入诗中"像个叛逆的女巫。还是叶甫图申科概括得好："如果试图找到茨维塔耶娃诗歌的心理公式的话，那么，这个公式与普希金的和谐恰恰相反，是用自然力打破和谐……诗人不怕让自然力进入自己的内心，不怕被它撕得粉碎。"茨维塔耶娃既坚强又温柔的心被撕碎了，但同样也构成最昂贵的一件牺牲品——祭奠着不灭的诗魂。就像普希金为尊严而牺牲一样，你不能说她更为卑微或更为脆弱。

诗人啊诗人，为什么总是那么容易受伤——尤其是精神上？普希金的肚子受伤了，茨维塔耶娃的心灵也受伤了——他们都遭到了致命一击。从他们的诗篇里能闻见命运的血腥——这些滴血的艺术品，反而显得更高傲了。它的残酷也就是它的真实。赝品是不会流泪也不会流血的，赝品制造不出那种先天的敏感。诗人们在损失幸福的同时却获得了艺术的价值——从普希金到茨维塔耶娃，在此之前和之后，都是如此。

这是一种古老的伤口，在帕斯捷尔纳克、曼德尔施塔姆、阿赫玛托娃、叶赛宁等其他诗人的作品里仍能找到。甚至马雅可夫斯基身上也有这祖传的伤口，只不过他藏匿得较深而已——在其自杀之前，世人都以为这是最乐观的一位诗人呢。所以伤口已构成诗人的集体记忆。他们的诗篇是从伤口里流出来的，染红了俄罗斯的雪地。而这雪地里掩埋过普希金那光荣的尸体。俄罗斯文学的辉煌——不管是"黄金时代"，还是"白银时代"，都是结疤的伤口演变成的勋章。

直到今天，我仍然能感受到他们的疼痛，并且倾听到他们伤口的倾诉。他们不是为展览伤口而存在的，却无意间展示了站在苦难的对立面的自己。这是从普希金开始就一直得到保持的诗人的立场。俄罗斯诗人，可以被自己的时代打倒，却无愧于更为久远的历史。这或许就是所谓的诗歌传统吧？他们可以把被封杀的伤口带进坟墓里，也不会像官廷乐师那样虚伪地歌功颂德。

如果说茨维塔耶娃把自己当作普希金的妹妹，那么普希金恐怕还有另一个妹妹——阿赫玛托娃。人们把普希金称为俄罗斯诗坛的太阳，而把阿赫玛托娃称为月亮。她对普希金的敬爱，可借用其一首诗来表现："尘世的荣誉如过眼云烟……我并不希求这种光环。我曾经把幸福的情感向我的所有情人奉献。有一个人今天还健在，正和他现在的女友情爱绵绵；另一个人已经变成青铜雕像，站在雪花飞舞的广场中间。"那塑像无疑是普希金的。这简直是一种可以超越时空的爱情。阿赫玛托娃还在《普希金与涅瓦河之滨》一文中，详尽记述了曾苦苦寻找十二月党人埋葬地的普希金："对十二月党人的想念，也就是对他们的命运和他们的死亡的思虑无休止地折磨着普希金……普希金毫无疑问在以此痛苦谴责尼古拉一世……在《波尔塔瓦》草稿上画有绞刑架的上方，普希金写道：'我也有可能像个侍从丑角'，而在致乌沙科娃的诗中——'假如我被绞死，您可为我叹息?'他仿佛把自己也算作12月14日牺牲者了。他觉得,涅瓦河之滨的无名墓,几乎就应该是他本人的坟墓……"可见普希金在被保皇党人丹特士及其背后的沙皇杀害之前,早已做好了这样的准备。他并不畏惧伤口,所以更不畏惧枪口。普希金血淋淋的伤口就这样烙印在俄罗斯诗人们的记忆里,甚至连阿赫玛托娃这样温柔的女诗人也不例外,也能意识到它鲜明的存在。她在遭受攻讦之时也拒绝了流亡国外的朋友们的召唤,不愿离开祖国,多少年后她仍然将这种坚强引以为骄傲:"我剩余的青春在这儿,在大火的烟雾中耗去,我们从来没有回避过对自己的任何打击。"

是的,诗人为什么总是容易受伤——因为他们永远也不愿意学会逃避命运的打击。他们似乎已将受伤视为某种宿命。

阿赫玛托娃还咏叹过跟普希金一样在决斗中被杀的莱蒙托夫:"迄今,不仅他的墓地,而且他的被害地都充满对他的怀念。好像他的灵魂飘荡在高加索上空,与另一位伟大诗人的灵魂互相呼唤:普希金的流放始于此,而莱蒙托夫的流放终于斯……"这是莱蒙托夫在高加索的墓志铭。普希金曾写过长诗《高加索的俘虏》,莱蒙托夫《诗人之死》的开头就引用了:"诗人死了!光荣的俘虏——倒下了,为流言蜚语所中伤,低垂下他那高傲不屈的头颅,胸中带着铅弹和复仇的渴望!"而莱蒙托夫本人,是在高加索山地遇难的,成为死神的俘虏。胸中也一样带着铅弹

俄罗斯的伤口

与复仇的渴望。我们会讶异于他的伤口,跟普希金的伤口惊人的相似。仅仅间隔着四年,他们先后倒在决斗场上——以鲜血染红白雪覆盖的俄罗斯大地。不能说莱蒙托夫重演了普希金的悲剧,这简直像同一位诗人,被以同样的方式,连续击中了两次。

普希金的伤口如此醒目,俄罗斯诗人们又怎么能够忘却呢。而他那高贵的血统,毕竟在后来的诗人们身上得到了延续。所以我说俄罗斯诗人的遗传基因里,有那么一种受难意识——他们总是挺起胸膛去接受打击。密集的伤口,与其说表示着他们心灵的脆弱,莫如说证明了一种超越与勇敢。

简评

生于 1799 的普希金,1830 年 5 月 6 日,同莫斯科第一美女冈察洛娃订婚。1831 年 2 月 18 日,婚礼仪式在尼基茨基门的教堂进行。1837 年,法国籍宪兵队长丹特士疯狂追求普希金的妻子,挑逗激怒了普希金,普希金和丹特士决斗。决斗中普希金身负重伤,1837 年 1 月 29 日不治身亡,年仅 38 岁。这在俄罗斯文学史上是一次骇人听闻的大事件。

遥远的东方,普希金的愤怒和命运长久以来一直活在中国文学中,一直活在热爱文学人的心中。

"普希金曾是我年少时的偶像,我早期的情诗不无他的影响。"20 世纪 60 年代成长起来的著名作家洪烛先生说:"我印象中有两大爱情诗人,一个是外国的,一个是中国的,一个叫普希金,一个叫徐志摩。普希金比徐志摩要多一些愤怒,也就多一些力量。普希金要为自己寻找一个情敌,为自己的女人同时也为自己的诗歌。否则他就没有决斗的对象,情敌似乎比朋友更容易使人忘掉孤独。爱神或诗神,都擅长替那些痴迷者树立假想敌。为女人而决斗,这样的事也只有普希金能做出来。尤其这个女人并不是一般的女人，甚至不是他妻子：莫斯科第一美女冈察洛娃，而是缪斯。他必须表现出加倍的勇气。决斗时冈察洛娃不在现场，而缪斯并未缺席。她温情脉脉地注视着走向枪口的诗人。普希金之死，并不仅仅为了维护他妻子的贞操，同时也在捍卫诗神的荣誉。他的情敌丹特士，是否有沙皇撑腰？这不重要。普希金的身后，却确实站立着流泪的缪斯。"

作者曾经精到、深刻地评价普希金之死：哪位非正常死亡的诗人影响最大？普希金在被保皇党人丹特士及其背后的沙皇杀害之前，早已做好了这样的准备。他并不畏惧伤口，所以更不畏惧枪口。普希金血淋淋的伤口就这样烙印在诗人们的记忆里，这是一种古老的伤口，在帕斯捷尔纳克、曼德尔施塔姆、阿赫玛托娃、叶赛宁等其他诗人的作品里仍能找到。甚至马雅可夫斯基身上也有这样的伤口，只不过他藏匿得较深而已——在其自杀之前，世人都以为这是最乐观的一位诗人呢。所以伤口已构成诗人的集体记忆。他们的诗篇是从伤口里流出来的。

诗人普希金是《俄罗斯的伤口》作者少年时的偶像，在他的生活与写作的经历中，偶像是无处不在的。作者在《普希金：忧郁的竖琴》一文中回忆道："那时我还小，尚不知晓诗人的确切含义，但通过母亲闲坐在书房里断断续续的解释，我朦胧地意识到诗人能把内心的激情以最美丽的方式表达出来，……这么多年来，再也没有第二个名字像普希金那样成为我心目中诗人的代称——并非先入为主的原因，而是随着日积月累的阅读与思索，在我的认识中，普希金不仅仅作为一个名字，而且概括了 位杰出人物生命中所有内容，以及比其生命更为持久存在的全部诗歌。"之后，作者洪烛先生和诗人普希金结下了不解之缘。他在长篇诗论《我的诗经》里写道："我今年38岁，正是普希金死去的那个年龄。我意识到自己身上的双重使命：不仅为自己，还要接替另一个人活下去。我要把普希金没来得及写的诗全部写出来。包括他那些还没来

俄罗斯的伤口

087

得及开始或完成的爱。我正在把虚拟中的普希金的下半辈子变成现实。这也是我的下半辈子：与另一个活着的死者同在。"同是38岁年龄的契合，留给读者心中的感触是意味深长的！

　　据作者在散文《普希金：忧郁的竖琴》中回顾，他很早就接触俄罗斯文学和诗人普希金。母亲50年代留学苏联，刚上初中的时候，《普希金诗选》是母亲送给他的心爱的礼物。"在俄罗斯很少有人不知道普希金。"母亲经常跟他说。从中学到大学，作者至少读过四种版本的普希金诗选。大学四年室友的床头不断更换明星的肖像画，而跟随他的始终是一幅普希金的油画像。作者由衷地感叹："我一生对美的事物将保持的信仰，与普希金高尚的诗歌的最初启发有关。"的确，"普希金之死，并不仅仅是他一个人的事情。还在许多诗人的记忆里留下伤口。"所以，"如果说茨维塔耶娃把自己当作普希金的妹妹，那么普希金恐怕还有另一个妹妹——阿赫玛托娃。人们把普希金称为俄罗斯诗坛的太阳，而把阿赫玛托娃称为月亮。"作者把眼光聚焦在两位同样杰出、同样命运坎坷女诗人身上。茨维塔耶娃的诗以生命和死亡、爱情和艺术、时代和祖国等大事为主题，被誉为不朽的、纪念碑式的诗篇，在20世纪世界文学史上占有重要地位，被认为是20世纪俄罗斯最伟大的诗人。30年代是茨维塔耶娃散文创作的高峰期。在《我的普希金》中，诗人描述了她走进普希金的心路历程，以一个现代诗人的激情向本民族的经典诗人表示了由衷的敬意。与她同时代的诗人爱伦堡曾经这样评价她："作为一个诗人而生，并且作为一个人而死"。俄罗斯诗歌的"月亮"1924年因《耶稣纪元》中的一些诗篇激怒了当时的政府官员，阿赫玛托娃的诗歌被禁，这对一个诗人来说无疑也是被判死刑。然而她没有一蹶不振，没有销声匿迹，在这段"沉默"的时期内她研究了彼得堡的建筑和普希金的创作，写下了可以看到普希金身影的瑰丽华章。普希金给了她无穷的创作灵感和人生启迪。苏联一些著名诗人和批评家都高度赞扬她的诗歌创作，公认她是"诗歌语言的光辉大师"，"20世纪俄罗斯诗坛屈指可数的诗人之一"。

虽然普希金在俄罗斯留下了伤口，但他闪光的灵魂飞向了天际化作了星辰。后来的人能做的就是对诗人表示理解与崇敬，肃立在由无数诗人不朽的灵魂化作星辰后构成的历史的天空下，我们一定会受到来自他们孤独眸子的注视，思考诗人之死，并与之产生共鸣，沐浴他们洒下的万里星光中。这是阅读本文最好的理解。

洪烛先生写下这篇《俄罗斯的伤口》，赞美伟大诗人们的诗魂，同时在揭示一种现象——我们生活的这个星球需要诗人需要他们愤怒的控诉与深沉的感慨。这篇议论中带着抒情的文章仿佛一把利刃，挑开俄罗斯诗人的命运，挑开俄罗斯诗歌的璀璨，也挑开了一个属于诗歌的时代，带我们走进一片属于诗人的星空。文章阐述了由于诗人普希金的死而开启传奇人生的俄罗斯诗人们。普希金的死是一道无形的伤口，划在那个已经满目疮痍的时代表面，划在诗人们的心里，由此揭开他们伤痕累累的灵魂。文中有一句话正阐述了这个残酷事实的来由："是的，诗人们为什么总是容易受伤，因为他们永远也不愿意学会逃避命运的打击。他们似乎已将受伤视为某种宿命。"

作者告诉我们，我们能做的，就是对诗人表示理解。"所以我说俄罗斯诗人的遗传基因里，有那么一种受难意识——他们总是挺起胸膛去接受打击。密集的伤口，与其说表示着他们心灵的脆弱，莫如说证明了一种超越与勇敢。"

诗人之死是俄罗斯永远的伤口！

星空夜话
——关于人与大自然的断想

◇ 徐刚

本文选自《民主与科学》(1998年1期)，有删减。徐刚(1945—)，上海崇明人。当代著名作家，诗人。1963年开始发表作品。20世纪70年代毕业于北京大学中文系。中国作家协会会员、中国环境文学研究会理事、国家环保总局特聘环境使者，以诗歌散文成名。

爱因斯坦说："我同意伟大的美国人本杰明·富兰克林说的一句话：'从来不曾有过一场好的战争或者一次坏的和平。'"他还指出："技术进步的最大害处，在于它用来毁灭人类生命和辛苦赢得的劳动果实，就像我们老一辈人在世界大战中毛骨悚然地经历过的那样。但是我以为比这种毁灭更可怕的，还是战争加给个人的卑贱的奴役。"

爱因斯坦，伟大、孤独而痛苦的一个真正的科学家。20世纪初叶的15年，爱因斯坦便让这个我们共同的世纪开始闪烁光彩了，他最先断言物质和能量的相对性，并对空间、时间和引力都赋予了全新的概念，他的一个方程式 $E=mc^2$ 彻底改变了人类世界的若干重要方面，从而使粒子可以转变为巨大能量的预言，由原子弹、氢弹的威力得到了确证。

我相信，爱因斯坦的另一段话在不少人听起来已经是相当陌生了：

"我们切莫忘记，仅凭知识和技巧并不能给人类的生活带来幸福和尊严。人类完全有理由把高尚的道德标准和价值观的宣道士置于客观真理的发现者之上。在我看来，释迦牟尼、摩西和耶稣对人类所作的贡献，远远超过那些聪明才智之士所取得的一切成就。"

如果人类要保持自己的尊严，要维护生存的安全以及生活的乐趣，那就应该竭尽全力地保卫这些圣人所给予我们的一切，并使之发扬光大。

当月球是所有人的月球时，当星空是所有人的星空时，当宇宙是所有人的宇宙时，月球、星空、宇宙才是圆满的、美丽的、动人心弦的。它是另外一个世界，它是人类全部心灵的寄托之所在，它是想象的源头。它是不可知，因为不可知，它的魅力便恒久长远，它忽晴忽阴忽风忽雨忽冷忽热，它无所谓历史，它就是历史；它无所谓将来，它就是将来，它是"道"，它是"无"。

人类曾经分割过海洋。

假如有一天星空也被分割，你不要感到奇怪。

到那时，不，从现在开始，为了可能忘却的记忆，我们要重温泰戈尔的话：

"繁星的韵律可以在教室里用图表来阐释，而繁星的诗歌只在心灵与心灵相晤的沉寂里,在光明和黑暗的交汇处。在那里,无限在有限的额头印下了它的亲吻;在那里,我们能够倾听'伟大的我'的旋律,在庄严的管风琴里,在无穷的簧管里,无限和谐地奏鸣着。

当我的心突然充满了爱,告诉我这世界与我的心灵同在,难道我不会感觉到阳光更明媚,月光更幽静?当我歌唱雨云的来临,淅沥的雨声就在我的歌声里感觉到凄婉。自历史的黎明起,诗人和艺术家们就将他们心灵的颜色和旋律,倾入了生命的大厦。我深知,大地和晴空织上了人的思想的纤维,人的思想亦是宇宙的思想。假如这不是真实的,那么诗歌就是虚幻,音乐就是欺骗,缄默的世界会把人的心灵驱入绝对的沉寂中。"(《人格的世界》)

凡是大地的孩子,都会感到泰戈尔的亲切。

他走了,他还在,他静止着,却和光一样来临,他在天上,也在青草丛生的时间的花圃里,他在地上,又像风一样摇晃着树的最高枝。

我再一次从我斗室的窗户仰望星空。

无月无星,但有风。我闭目沉思,暂时地拒绝我桌上的和别人窗户里透出的灯光,与夜空的黑色融为一体,沉入它的深邃中。

这个时候,我能看见也能听到。

那些观星者及伟大智者的身影,所有投向星空的目光也都由星空留存在宇宙的怀抱中了。现在好了,他们与尘粒、星云为伴了,可以看得更清楚了,我听见他们在互道"晚安"。

这是谁的声音呢？

泰戈尔还是吟哦着这样的诗句："黑夜就像一个黑孩子，诞生于白昼之母。繁星簇拥着它的摇篮，默默地静立，惟恐它醒来。"

风吹动着泰戈尔的长须，也吹动着爱因斯坦一头散乱的头发。

泰戈尔对爱因斯坦说："其实你是个诗人。"

爱因斯坦："我知道你有一个中国名字—竺震旦。"

泰戈尔："那是迷人的地方，和印度一样。我的朋友梁启超和徐志摩送了我一个中国人的姓名。"

爱因斯坦："东方是神秘的，中国人早就会造纸，并且最早发明了火药，中国人似乎更喜欢过田园生活。"

然后是沉默。

这沉默如同暗夜一般宽阔。

他们知悉地球上一切，他们不时和风霜雨雪一起作还乡之旅，然后又像风一样飘走。

"气候变暖了！"

"江河污染了！"

"就连亚马逊的热带雨林也快砍光伐尽了！"

"而且，战争的阴影仍然弥漫在一些地区，这太令人焦虑了，地球上人类储存的核武器已经把地球变成火药桶了！"

"这个世界到底缺少什么？需要什么？"

"什么是文明? 什么是野蛮?"

"我的朋友梁启超说过,除了科学和民主即'德先生'、'赛先生',还应有'爱先生'和'美先生',那时你大概正在纸上演算方程式。"

"妙极了!'爱先生'和'美先生'。"

"中国人真是很有意思的,他们最早造出了纸却主要用来写诗,美妙绝伦的诗,中国的古人连字纸都不能踩,视为神圣。"

"如果中国人有纸以后就演算公式,发明了火药便造炸弹,世界会是什么样子?"

"用火药做爆竹放烟花玩,你回头想想真是妙不可言。"

"玩,是孩子们说的话,'我们去玩',玩水玩泥玩贝壳那是充满了爱意的。"

"现在的孩子们玩'星球大战'、游戏机。"

"玩完了!"

"西方文明中技术的侵略和扩张像个疯狂的漩涡,整个世界都被晕头转向地卷进去了。不再有家园,只有居室;不再追问美与不美,只有所谓的先进和落后。大地为什么还不起来和这世界争执?"

"到处都在谈论21世纪。"

"那不过是时间的一个寻常小站。"

"炎热的世纪。"

"缺水的世纪"。

"沙化的世纪。"

"克隆人的世纪。"

"中国淮河两岸的人富了,淮河彻底污染了。"

"所有的快跑都是短跑。"

"墙壁是一扇门。"

"门是一个陷阱。"

"加速富裕就是加速毁灭。"

泰戈尔提议,不妨借用中国古人的传统,在手掌上各写一句话,寄语地球人。

俄顷,几位智者同时推出左手,真是英雄所见略同,那掌心上写的都是——守望家园。

"世界万物非瞬息之作!"康德披星戴月闻讯赶来了……

这个夏夜,有雷声,有闪电。

简评

"中国环保文学"是在20世纪80年代中后期问世的。1988年,徐刚在《新观察》上发表报告文学《伐木者,醒来!》可视之为中国大陆环保文学的滥觞。文章报告了国内很多地方大肆砍伐森林,造成生态失衡、水土流失的现状。有人认为它可与美国颇具世界影响的环境报告文学名篇卡森的《寂静的春天》相媲美,甚至称徐刚为中国的"卡森"。文学是现实生活的反映,20世纪以降,人类生活的环境江河日下,每一个有良心的人类,不能不看到这一点。康德说,世上有两样东西最使他敬畏,那就是头上的星空和心中的道德律。长期以来,我们很多人很少能有空闲长时间地遥望星空,实际是我们自己时时地忙碌,让我们远离了星空,而不是星空远离了我们,至少在那些僻静的远离喧嚣的地方,星空依旧。远离了星空的我们就远离了思考,远离了思考,就自然接近了浅薄。也许这就是我们今天共有的无奈。是的,"大自然!她环绕我们

——我们既不能挣脱她的怀抱,也无法深入她的胸怀……。她永远创新;一切现存的都未曾有过,一切存在过的都永不返回。万物常新,万物常旧。她无所不在,我们对她却一无所知;她谈锋永健,却从不向我们吐露自己的秘密。我们在她身上流尽血汗,却不能主宰她……。她在永恒地建造,她在永恒地拆毁,而天地茫茫,却不见她的作坊……她是唯一的艺术家。"(歌德语)

评论家王晓华《作家是宇宙的良心》一文高度赞扬了作者徐刚对宇宙间生态平衡的忧患意识:"由于作者是以宇宙为背景展开其思维与表达的艺术氛围,因此,他的散文呈现出一种博大的生命意识和历史感,一种超越了人类中心主义的生命意识和历史感,其深度和广度都是时下流行的文化散文所不及的。……而徐刚的散文则将人类的历史放到整个生态系统乃至整个宇宙中,其视野之广阔、时间感之悠长、生命意蕴之深厚,都超过了前者。这才是真正的大散文。"徐刚面对环境的改变不无深情地说:"当月球是所有人的月球时,当星空是所有人的星空时,当宇宙是所有人的宇宙时,月球、星空、宇宙才是圆满的、美丽的、动人心弦的。"星星永远在我们头顶上闪耀。它镶嵌在深奥莫测的苍穹之上,在遥远的银河深处若隐若现。走过几千万光年的路程,它到达我们眼前时,已早不是过去的形象了。但是星空似乎离我们还是那么近,那么亲近人类。"坐地日行八万里,巡天遥看一千河。"这个大胆的假设,现在已部分地实现了,星星再也不会离我们太遥远了。很可能有一天人类的家园会拓展到美丽的繁星中某一颗。但是,人类征服星空的路还很长很长;不过聪明的人类却更热衷于"守望家园",无非是说地球才是我们的家,不能只是"征服"。如果一味是征服,结果将会是不妙的。人,是物质世界产生的精神之花,物质世界以其铁则产生了人,也要以其铁则消灭人。但物质世界既然能产生人,那我们相信,人在这个地方被消灭了,他在另一个地方又将以同样的铁则被产生出来。从自然的角度讲,人与万物同源,人如能珍惜同源之物,人就会生存得更自在、更幸福。恩格斯曾经强调:"我们不要过分陶醉于我们的胜利,对于每一次胜利,自然界都报复了我们。"人类今天的处境有许多都被恩格斯不幸言中!

　　人类从一种野蛮生物开始,为摆脱野蛮,必然经历一个野蛮的过程。在自然界的生存斗争中,弱肉强食的丛林原则是正常状态。统治人类原始社会的也只有一个信条,那就是至高无上的求生欲望。"人类的历史就是饥饿的动物寻找食物的历史",也是为此奋斗争夺的历史。发展到过分地掠夺地球,给人类自己带来种种灾难,是让人痛心的。"环境问题"已经越来越清楚地让人类感受到自己的愚蠢。地球的灾难,是由于人类不合理地开发和利用自然源所造成的。触目惊心的环境问题主要有大气污染、水质污染、噪声污染、食品污染、不适当开发利用自然资源这五大类。"一个个铁一样的事实告诉我们,它们像恶魔般无情地吞噬着人类的生命。它威胁着生态平衡,危害着人体健康,制约着经济和社会的可持续发展,它让人类陷入了困境。"

　　我们也相信,只要我们——人类,有时刻不忘保护环境的意识,有依法治理环境的意识,地球村将成为美好的"乐园"。未来的天空一定是碧蓝的,水是清澈的,绿树成荫,鲜花遍地,人类可以尽情享受大自然赋予我们的幸福。"真正检验我们对环境的贡献个是言辞,而是行动。"虽然我现在做得只不过是一些微小的事,但是我们坚信要是我们人人都有保护环境的责任心,从自己做起,从小事做起,携手保护我们的家园,自然会给人类应有的回报。奔腾不息的江河,星罗棋布的湖泊、壮阔的海洋、皑皑的雪山、飘动的白云,茂密的树林,可爱的动物,绚丽多彩的植物,自然构成了美丽的地球。我们人类要做的不是别的,"泰戈尔提议,不妨借用中国古人的传统,在手掌上各写一句话,寄语地球人。俄顷,几位智者同时伸出左手,真是英雄所见略同,那掌心上写的都是——守望家园。"只要我们地球上的人尽心尽力完全能够做得到。

　　徐刚先生在本文中借助泰戈尔和爱因斯坦的睿智的大脑、宽阔的胸襟以及深邃的目光,立足在现实的大地上,俯仰天地,眼观浩瀚的宇宙,为纷乱的人类,芸芸众生,敲响了警钟!

法

门寺

◇季羡林

法门寺，多么熟悉的名字啊！京剧有一出戏，就叫做《法门寺》。其中有两个角色，让人永远不了：一个是太监刘瑾，一个是他的随从贾桂。刘瑾气焰万丈，炙手可热。他那种小人得志的情态，在戏剧中表现得惟妙惟肖，淋漓尽致，是京剧中最著名的人物之一。贾桂则是奴颜婢膝，一副小人阿谀奉承的奴才相。他的"知名度"甚至高过刘瑾，几乎是妇孺皆知。"贾桂思想"这个词儿至今流传。

我曾多次看《法门寺》这一出戏，我非常欣赏演员们的表演艺术。但是，我从来也没想研究究竟有没有法门寺这样一个地方？它坐落在何州何县？这样的问题好像跟我风马牛不相及，根本不存在似的。

本文选自《季羡林散文精选》（浙江文艺出版社2010年版），有删改。季羡林（1911—2009），山东聊城市临清人，字希逋，又字齐奘。季羡林是国际著名东方学大师、语言学家、文学家、国学家、佛学家、史学家、教育家和社会活动家。历任中国科学院哲学社会科学部委员、北京大学副校长、中国社科院南亚研究所所长，是北京然而，我何曾料到，自己今天竟然来到了法门寺，而且还同一件极其重要的考古发现联系在一起了。

这一座寺院距离陕西扶风县有八九里路，处在一个比较偏僻的农村中。我们来的时候，正落着蒙蒙细雨。据说这雨已经下了几天。快要收割的麦子湿漉漉的，流露出一种垂头丧气的神情。但是在中国比较稀见的大棵大朵的月季花却开得五颜六色，绚丽多姿，告诉我们春天还没有完全过去，夏天刚刚来临。寺院正在修葺，大殿已经修好，彩绘一新，鲜艳夺目。但是整个寺院却还是一片断壁残垣，显得破破烂烂。地上全是泥泞，根本没法走路。工人们搬来了宝塔倒掉留下来的巨大的砖头，硬是在泥水中垫出一条路来。我们这一群从北京来的秀才们小心翼翼，战战兢兢地踏着砖头，左歪右斜地走到了一个原来有一座十三层的宝塔而今完全倒掉的地方。

这样一个地方有什么可看的呢? 千里迢迢从北京赶来这里难道就是为了看这一座破庙吗? 事情当然不会这样简单。这一座法门寺在唐代真是大大地有名，它是皇家烧香礼佛的地方。这一座宝塔建自唐代，中间屡经修葺。但是在一千多年的漫长的时间内，年深日久，自然的破坏力是无法抗御的，终于在前几年倒塌了。我们现在看到的就是倒塌后的样子。

倒塌本身按理说也用不着大惊小怪。但是，倒塌以后，下面就露出了地宫。打开地宫，一方面似乎是出人意料，另一方面又似乎是在意料之内，在这里发现了大量异常珍贵的古代遗物。遗物真可以说是丰富多彩，琳琅满目，其中有金银器皿、玻璃器皿、茶碾子、丝织品。

据说，地宫初启时，一千多年以前的金器，金光闪闪，光辉夺目，参加发掘的人为之吃惊，为之振奋。最引人瞩目的是秘色瓷，实物还从来没有看到过。另外根据刻在石碑上的账簿，丝织品中有中国历史上唯一的一位女皇武则天的裙子。因为丝织品都黏在一起，还没有能打开看一看，这一条简直是充满了神话色彩的裙子究竟是什么样子。

但是，真正引起轰动的还是如来佛释迦牟尼的真身舍利。世界上已经发现了的舍利为数极多，我国也有不少。但是，那些舍利都是如来佛遗体焚化后留下来的。这一个如来佛指骨舍利却出自他的肉身，在世界上从来没有过。我不是佛教信徒，不想去探索考证。但是，这个指骨舍利在十三层宝塔下面已经埋藏了一千多年，只是它这一把子年纪不就能让我们肃然起敬吗？何况它还同中国历史上和文学史上的一段公案紧密地联系在一起呢！唐朝大文学家韩愈有一篇著名的文章《论佛骨表》，千百年来，读过这篇文章的人恐怕有千百万。我自己年幼时也曾读过，至今尚能背诵。但是，我从来也没有想到，唐宪宗"令群僧迎佛骨于凤翔"的佛骨竟然还存在于宇宙间，而且现在就在我们眼前，我原以为是神话的东西就保存在我们现在来看的地宫里，虚无缥缈的神

法门寺

话一下子变为现实,它将在全世界引起多么大的轰动,目前还无法预料。这一阵"佛骨旋风"会以雷霆万钧之力扫过佛教世界。这一点是肯定无疑的了。

我曾多次来过西安,我也曾多次感觉到,而且说出来过:西安是一块宝地。在这里,中国古代文化仿佛阳光空气一般,弥漫城中。唐代著名诗人的那些名篇名句,很多都与西安有牵连。谁看到灞桥、渭水等等的名字不会立即神往盛唐呢?谁走过丈八沟、乐游原这样的地方不会立即想到杜甫、李商隐的名篇呢?这里到处是诗,美妙的诗;这里到处是梦,神奇的梦;这里是一个诗和梦的世界。如今又出现了如来真身舍利。它将给这个诗和梦的世界涂上一层神光,使它同西天净土,三千大千世界联系在一起,生为西安人,生为陕西人,生为中国人有福了。

从神话回到现实,我们这一群北京秀才们是应邀来鉴定新出土的奇宝的。对我们这些凡夫俗子来说,如来真身舍利渺矣茫矣。对每一个中国人来说,古代灿烂的文化遗物却是活生生的现实。即使对于神话不感兴趣的普通老百姓,对现实却是感兴趣的。现在法门寺已经严密封锁,一般人不容易进来。但是,老百姓却有自己的想法,有自己的价值观。我曾在大街上和飞机场上碰到过一些好奇的老百姓。在大街上,两位中年人满面堆笑,走了过来:

"你是从北京来的吗?"

"是的。"

"你是来鉴定如来佛的舍利吗?"

"是的。"

"听说你们挖出了一地窖金子?!"

对这样的"热心人",我能回答些什么呢?

在飞机上五六个年轻人一下子拥了上来：

"你们不是从北京来的吗?"

"是的。"

"听说,你们看到的那几段佛骨,价钱可以顶得上三个香港?!"

多么奇妙的联想,又是多么天真的想法。让我关在屋子里想一辈子也想不出来。无论如何,这表示,西安的老百姓已经普遍地注意到如来真身舍利的出现这一件事,街头巷尾,高谈阔论,沸沸扬扬,满城都说佛舍利了。

外国朋友怎样呢? 他们的好奇心,他们的轰动,决不亚于中国的老百姓。在新闻发布会上,一位日本什么报的记者抢过扩音器,发出了连珠炮似的问题:"这个指骨舍利是如来佛哪一只手上的呢? 是左手,还是右手? 是哪一个指头上的呢? 是拇指,还是小指?"我们这一些"答辩者",谁也回答不出来。其他外国记者都争着想问,但是这一位日本朋友却抓紧了扩音器,死不放手。我决不敢认为,他的问题提得幼稚,可笑。对一个信仰佛教又是记者的人来说,他提问题是非常认真严肃的,又是十分虔诚的。据我了解到的,现在世界上许多国家,特别是日本、印度以及南亚和东南亚佛教国家,都纷纷议论西安的真身舍利。这个消息像燎原的大火一样,已经熊熊

法门寺

103

燃烧起来了,行将见"西安热"又将热遍全球了。

就这样,我在细雨霏霏中,一边参观法门寺,一边心潮起伏,浮想联翩。多年来没有背诵的《论佛骨表》硬是从遗忘中挤了出来,我不由地一字一句暗暗背诵着韩愈的一首与《论佛骨表》有关的诗:

> 一封朝奏九重天,
> 夕贬潮州路八千。
> 欲为圣明除弊事,
> 肯将衰朽惜残年!
> 云横秦岭家何在?
> 雪拥蓝关马不前。
> 知汝远来应有意,
> 好收吾骨瘴江边。

韩愈因谏迎佛骨,遭到贬逐,他的侄孙韩湘来看他,他写了这一首诗。我没有到过秦岭,更没有见过蓝关,我却仿佛看到了一个孤苦伶仃的老人,忠君遭贬,我不禁感到一阵凄凉。此时月季花在雨中别具风韵,法门寺的红墙另有异彩。我幻想,再过三五年,等到法门寺修复完毕,十三级宝塔重新矗立之时,此时冷落僻远的法门寺前,将是车水马龙,摩肩接踵,与秦俑馆媲美了。

简 评

西安,古代称长安,历史上有周、秦、汉、隋、唐等在内的 13 个朝代在此建都,是世界四大古都之一,曾经作为中国首都和政治、经济、文化中心长达 1100 多年。我们知道,文化交流能促进彼此文化的发展,促进经济的发展,能提高生产力,促使社会发展前进。在法门寺发现的物品中,有不少的东西表现出明显的文化交流的痕迹。比如,玻璃器皿,茶碾子,丝织品,梵文题记,等等,有的是我们接受外来的技术又加以提高,有的是从中国传向外国。把这些问题研究清楚,就丰富了中外交流史的内容,能加深中国人民同外国人民的友谊与了解。法门寺博物馆又称法门寺珍宝馆,位于陕西省扶风县城北,东距西安 110 公里,"西宝""法汤"高速公路贯通,交通条件十分便利。法门寺佛指舍利为护国真身舍利,唐代曾有八位皇帝每三十年开启一次法门寺地宫,迎舍利于皇宫供养。

1987 年 4 月,考古人员对法门寺地宫进行了发掘,封闭了 1113 年的 2000 多件文化宝藏得以面世。其中包括佛教世界千百年来梦寐以求的四枚佛祖释迦牟尼真身指骨舍利,这是目前世界仅存的佛指舍利;首次发现的失传千年的唐皇室秘色瓷;来自古罗马等地的晶莹透明的琉璃器皿;上千件荟萃唐代丝织工艺的丝金织物等。5 月 29 日,北京大学教授、著名学者季羡林先生在陕西省人民政府举行的新闻发布会上指出:扶风县法门寺如来指骨舍利和佛教文物的发现是继半坡和秦俑的发现后,第三次重要发现。这次发现在历史、文化、宗教、政治、经济、科学技术和文化交流等方面都有重要意义。

历史上佛教的崇拜在唐宪宗朝掀起一个小高潮,此后急剧发展占用了不少国家资源,减少了税收来源,让唐武宗感到了压力。加之他本人崇信道教,终于在会昌五年(845 年)下诏严令废佛。全国大概有

4600余座佛寺被拆毁,寺院土地被大量没收,勒令还俗的僧尼达26万人之多。武宗曾下令捣毁佛指舍利,但僧人们只是毁掉了舍利的影骨交差,冒着生命危险将真身舍利秘藏起来。当时收藏真身舍利的"四大灵境"中,代州五台山塔、终南山五台寺的舍利,均毁于此次灭佛运动;泗州普光寺在清代沉入洪泽湖底,舍利也随之沉没;法门寺成为仅存的圣冢。846年武宗因服丹药暴毙,唐宣宗一继位,又下令复兴佛教。此次考古发现,佛教文化是法门寺研究的一大核心,成果丰硕,前景广阔,主要包括以下几个方面:

一是舍利崇拜问题的探讨:包括舍利来源、祈请仪式、瘗埋制度、供养法式、迎送仪轨,特别是作为一种持续近3个世纪的风俗信仰的一个重要方面,在我们心目中,应提高到一个新的高度。

二是佛教与政治的关系。我们应该改变以往权变思维,而应多从文化建设的角度去看二者关系。在佛教发展上,很多时候,统治者是主动的,法门寺可为一例。从一心想取缔佛教的唐武宗毁佛结果看,佛骨没有砸碎,京都四寺保留,都说明佛教与中国传统文化已到了水乳交融的地步。

三是加强曼荼罗文化的研究,四十五尊造像函在内的一批密教曼荼罗艺术造像,几乎在既往的佛经中就没有原版,而地宫的布设方式更是前无师后无学。这就从一个侧面说明史籍中的文化和历史与业已发生过的历史之间有很大的距离,甚至还有矛盾,在资料有限的情况下,应该进行范围更广的研究。

学术界盛赞季羡林先生的学术生涯是:"梵学、佛学、吐火罗文研究并举,中国文学、比较文学、文艺理论研究齐飞"。对佛学颇有研究的季老受邀来到法门寺,参与了这次发掘工作。在《法门寺》这篇散文中,季羡林写道:"这样一个地方有什么可看的呢?千里迢迢从北京赶来这里,难道就是为了看这一座破庙吗?事情当然不会这样简单。这一座法门寺在唐代真是大大的有名，它是皇家烧香礼佛的地方。这一座宝塔建自唐代，中间屡经修葺。但是在一千多年的漫长的时间内，年深日久，自然的破坏力是无法抵御的，终于在前几年倒塌了。我们现在看到的就是倒塌后的样子。"作者季羡林先生是学力深厚的学界巨擘，所以他的散文显示了深厚的文化功底。本文写的是一次重大的考古发现，但目的又不在这个考古发现本身，而是重在抒发对这一发现的感叹，表现出作为一位资深学者对于历史文化的深层思考：古代灿烂的文化遗物却是活生生的现实，即使对于神话不感兴趣的普通老百姓，对现实却是感兴趣的。法门寺的遗存把1000多年以前的现实生动地展示出来，在一定意义上，历史和现实在这里交汇，这便是活生生的历史文化。在了解、继承中国古代传统文化方面提供了一个鲜活的标本，可以说在传统文化的继承与发扬过程中，季羡林先生的地位和影响是不容低估的，《法门寺》中所涉及的知识领域和研究领域又是有目共睹的。

在散文《法门寺》的姊妹篇《大觉寺》中，历经沧桑的寺庙在作者的笔下焕发了青春。"我现在希望得到的是一片人间净土，一个世外桃源。万没想到，我又无意中得到了净土和桃源，这就是欧阳旭在大觉寺创办的明慧茶院。"那还是70多年前，季羡林先生在清华园读书的时候，京畿的名刹寺院如：潭柘寺、戒台寺、碧云寺、卧佛寺等都曾留下过他的足迹。文中有这样的记载：我曾同一些伙伴"细雨骑驴登香山"雨中山清水秀，除了密林深处间或有小鸟的啁啾声外，几乎是万念俱寂。我决非像陆放翁那样的诗人，但是，此时此地心中却溢满了诗意。"此中有真意，欲辩已忘言"，实不足为外人道也。可是却偏偏和大觉寺失之交臂。70多年过去了，当年的翩翩少年已是垂垂老矣的望九之年。在大觉寺听到的是佛乐，"骊宫高处入青云，仙乐轻飘处处闻。"乐声回荡在憩云轩前苍松翠柏之间，回荡到下面玉兰之王所住的明德轩小院中，回荡到上面山泉流出处的楼阁间，佛乐弥漫了整个大觉寺，仿佛这里就

法门寺

107

是人间净土，地上桃源。季羡林先生说："我心中则增添了一个亮点儿。"两处寺庙，一种心态。

读《法门寺》《大觉寺》不由得让人在心底赞叹：九旬老翁欣逢盛世，也正是青春焕发的年华，当然，这其间，是否也包含着佛教兴衰的命运？可是，"此中有真意，欲辩已忘言"，实不足为外人道也。

音乐是水

◇ 耿翔

坐在朝北的窗前，早晨，我像翻书一样，企图把北方的天空，一页页翻开。

我的旁边，应该说离手最近的地方，是一杯新沏的春茶。好像是受了音乐的感染，这些在南方的山上，曾经舞蹈了一个春天的嫩叶，就是身陷水中，还保持着在野的动态。你看，它们以温柔之唇，似乎有意要告诉我——一位心并不在茶的饮者，面对这杯音乐一样的茶，能忍心饮下吗？

埋头在今早的音乐里，我听到许多不需要翻译，也不需要解释的声音。

此刻，仰视天空的深处，已不见天，而是一张不停地旋转着的光盘。

本文选自作者"读莫扎特与忆乡村"系列随笔(发表于广州花城出版社《随笔》2000年01期)。耿翔，陕西永寿人。1983年毕业于咸阳师范学院(原咸阳师专)中文系。中国作家协会会员，陕西日报社文艺部副主任。著有散文诗集《岩画：猎人与鹰》《望一眼家园》，诗集《母语》《西安的背影》等。

我问自己：你听到了什么？

我回答我：听到了莫扎特。

是呵，在我崇尚诗意的日常生活中，莫扎特，已成为一种必不可少的音乐早茶。我一天的精神，都要靠你的凝固了音乐的符号来唤起。这不，又是那曲从诗人维兰德的童话中飞出的《魔笛》，把我身体里沉睡了一夜的每一个部分，一下子激活了。我已走出昨夜的残梦，像一位精神上的行者，走进生命的又一片风景里，一路寻找，那些曾经覆盖着我的祖先的森林。

事实告诉我，森林已经残败了。残败得像一些稀疏的头发，盖不住任何一方水土。只有在大地痛苦流失的过程中，站得更加枯萎和孤寂，因此我说，那片茂密如处女的森林，已在地球上消失了。作为后来人，我和我的子孙们，再也享受不到它的浓荫的沐浴了。这是人类自己制造的悲哀呵。我惶恐，在这场集体无意识的大戕害还在继续中，我的善良和美丽的亲人，能否超越物质的诱惑？我想问天：有没有一种东西，能帮助还在进化途程上的人类，去消解血液里那些带有破坏性的基因？

我想莫扎特的音乐，是能让我们弃恶扬善的。

你听，那些从你以抚摸巴伐利亚的山水，代替抚摸亲人的指缝里，天然地流淌出来的音乐，无一不是对大自然的崇拜。在你创造的所有旋律里，能听到高山流水，能闻到鸟语花香，能看到美丽奴羊。热爱生命，是你对世界的全部忠告和浩叹。此刻，我在云朵汇集出的涡状天体里,几乎见到了所有消失前的森林。它们原始,它们庞大,它们神秘,它们以天然的形态,构造了一个对我们来说,已经成为神话的森林世界。或许,我甘愿相信它还是那个曾经的真实,至于把它当成森林化石,当成音乐的虚幻,那是别人的事情。你看,那座站在《魔笛》里的岩石山,到处都是茂盛的林木,它是人类最初的家园呵。莫扎特,它在你的幻想里,永远亲历一切地站着。那位得到一柄神铃的捕鸟人,应该是受到拥戴的护林人。

让我从《魔笛》里,请他庄严地出场。

因为这个世界,漫长地流落到今天,太需要一种爱心和力量的保护了。

依我说,早在二百多年前,莫扎特就看出地球上的河流山川、草木万物,最需要的就是保护。保护它,是保护人类的衣食,是保护人类的住所,也是保护人类的脸面和尊严。所以,身处北方高高的黄土坡上,我祈祷你的音乐,是早晨的太阳和野风,是傍晚的月亮和露珠,是我坐在这扇朝北的窗户前,所能看见、听见和理解的一切。

弹奏吧,用自然女神的手指,把今早的情景弹出来。今早,我能从你握满欢乐的手中,接过那根魔笛吗?西方和东方,欧洲和亚洲,都会为你不朽的音乐,在每个因爱而跳动的心里,建造一座富丽堂皇的音乐殿堂。而我,还要替我不到四岁的小女儿,建造一座更精美的,让她从小,就住在音乐的童话里。

莫扎特,望着这杯被霞光雾化得十分清香的音乐早茶,我想,坐在这间充满着音乐的屋子里,我也变成了一枚春茶,正在日日夜夜,接受你音乐的浸泡。

因此我说,音乐是水。

是清洗灵魂的水。

简评

《音乐是水》由一杯春茶联想到了音乐,由音乐联想到了莫扎特,接着由《魔笛》引导我们寻找森林的痕迹,继而联想到森林里曾经的风景,思路极为开阔,内容异彩纷呈。行文中主要有两个突出的地方:一是首尾呼应,开篇在春茶中引出音乐,收束时在音乐中融入情感,全文由浅入深,浑然一体;二是联想丰富,使文章的内涵高度升华。"音乐是水,是清洗灵魂的水。"音乐是凝固了的艺术符号,能够唤起我们的精神,它能让我们弃恶扬善。孔子在闻《韶乐》之后,竟然三月不知肉味,感慨言之:'不图为乐之至于斯也'。这说明我们的先民早就和音乐有着密不可分的关系。《音乐是水》的作者耿翔先生早年经历的生活也是对音乐的一种诠释,可以帮助我们加深对音乐的理解。他说:"当我还在北方的一个小村子里,跟着年迈的父母,像蚕儿结茧一样,完成将被土地封闭的童年时,一种内心的躁动,使我对来自土地的每一种声音,都十分敏感,都想通过声音的翅膀,飞抵一片比麦田更令人动情的地方。莫扎特,我不知道在你生活的大地上,声音的翅膀,最初是怎样飞翔的? 当你用耳朵,听见花的骨朵,轻轻地颤动出季节的消息时,你的内心,是否被音乐的潮水浸湿了? 那时,站在维也纳郊外的山坡上,你是否做着这样的遐想:大地的内心,也是五颜六色的。要不,这些永远被踩在脚下的泥土,怎会生出这样美好的花朵? 正是土地,给了你这样的遐想,正是这样的遐想,塑造了你的童年。"

　　作家对音乐的感受、了解,好像不是来自音乐本身,至少不是来自音乐教科书;他是从自然当中发现聆听音乐的,这样的"天籁"之音培养了他对音乐不同于别人的理解。"音乐告诉人们的位置。不是人生的位置,而是众生的位置。"真正的音乐是属于人生的,更是属于人生的童年的。耿翔先生在本文中从莫扎特的音乐感受到了自己内心的躁动,"飞抵一片比麦田更令人动情的地方。"音乐是通过心灵的共鸣进而净化人的心灵,开拓人的思想,莫扎特的音乐是"能让我们弃恶扬善"的。柴可夫斯基曾在给朋友的一封信中说得更简单明了:"音乐是人的忠实朋友"。在谈到宗教、教会、上帝、哲学、命运等矛盾之后,他说:"我亲爱的朋友,我就是由许多矛盾造成功的呀,虽然我已活到中年,但是我的心境还没有把我不安的精神与宗教或哲学妥协。如果不是为音乐,确实有理由可以发狂的呢! 音乐是上天给人类最伟大的礼物——给在黑暗中的流浪者的礼物。只有音乐能够说明安静和静穆。音乐是一个忠实的朋友、保护神和安慰者。为着她,才可以在世间过活。天堂里也许没有音乐的吧? 那么就让我们生活在地上好了。"

　　我们知道,音乐是人们心灵飞动的符号。莫扎特的音乐,让人们弃恶扬善。音乐,永远是人们精神家园的倾诉者,只有心和音乐内容发生共鸣,音乐才能产生无穷的魅力。生活在变。是的,人类曾经拥有的诗意的栖居,已经退到城市的边缘,退到乡村的边缘,退到地球的边缘。就是在作者曾居住的大唐长安,中国五行中的木没有了、水没有了、土没有了,只剩下一堆制造废都的金和火了。而充斥在秦砖汉瓦旁的音乐,已不是真正的音乐了。"莫扎特,挽救我的城吧,用你的音乐。"这是作者的心声,这是音乐的呐喊!

　　著名作家、《白鹿原》的作者陈忠实先生读过耿翔"读莫扎特与忆乡村"系列散文之后,激情洋溢地写道:"耿翔视觉里的莫扎特和听觉里的莫扎特的音乐,凝结成的这一组散文,不是一般的音乐爱好者的膜拜和痴迷,更不是一般的欣赏和感慨,而是作为一个中国诗人对一位伟大的音乐天才的情感世界的交融和沉浸,是两颗纯净而极富音乐敏感的心灵的互相映照,是对人类充满博大爱意的灵魂与灵魂的对话。"这是跨越时空的精神对话,这是跨越东西方文化层峦叠嶂的心灵沟通。这样的对话与沟通,也许是纯文化、纯灵魂、纯精神、纯理想的,实在太少了、太难了,也就太珍贵了。耿翔与莫扎特这种心灵沟通,是那么神奇,又是那么现实,是那么深刻而广泛地撞击人心。他的心灵与莫扎特产生按捺不住的共鸣之后,发出了震颤读者心灵的声音:"莫扎特,我以平民的身份,请求你在世纪之末,为遭遇不幸的人们安魂吧。我也告诉那些在世界面前,硬着脸皮表演的人,莫扎特的音乐,是一座清洁生命、改造人性的最好教堂。走近它吧,那里的每一个音符、每一个旋律、每一个乐章都会倾吐同一个乐思:和平、友爱、幸福。这是创世纪者教给我们的一句共同的密语。"

莫扎特的音乐,是能让我们弃恶扬善的。

汉

唐雄风解

◇杨文锸

踏着历史的青苔与蔓草,不妨去仔细找寻解读华夏曾经开放的历史奥秘——

"大风起兮云飞扬",汉唐雄风在呼啸那些华夏史上曾足以自豪的盛世。

那是一个个逝去的疲惫的王朝,但整个中国都归属了华夏版图;那是一个个东方古老王朝,但世界都神往这片热土。

单道盛唐。

盛唐之音,掀开了中国古代历史最为灿烂夺目的篇章,结束百年内乱,"均田制"经济改革促成政治、财政、军事的全面昌盛,边塞军功频传,从上层高官门第到市井寒士,为国立功的荣耀感弥漫朝野。

本文选自杨文锸《中国人的境界》(文津出版社2013年版)。杨文锸,高级编辑。曾任四川报业集团副总编辑。享受国务院特殊政府津贴专家,全国百佳新闻工作者,四川大学文学与新闻学院硕士研究生导师。出版著述有《过去如斯》《当代亚文化潮》《中国人的境界》《新闻评论论纲》《新闻随笔论》《AIDS哲学文化透视》等书。

东征西讨,大破突厥,融和吐蕃,招安回纥,连诗家词客也争相出入疆场。著名大诗人几乎没有不亲历大漠边关者,习武戍边蔚为时尚。"宁为百夫长,胜作一书生"(骆宾王)、"白陇西布衣,流落楚汉。十五好剑术,遍干诸侯;三十成文章,历抵卿相。"(李白《上韩荆州书》)豪迈雄风,跃然诗行,哪里去找半点书生议政的文弱相。

雄风呼啸,开放的中外交流才是其最辉煌动人的乐章——

雄风既振,随之而来的是无所畏惧的交流开放,无所留恋的创造革新,诚招海外客商东来,引来外资企业落户。且看,"落花踏尽游何处?笑入胡姬酒肆中。"(李白《少年行》)胡姬酒肆的异域风味,就像今日北京城的美国肯德基。中原不乏美味,能教西餐中原开店铺,能容异国女士掌酒店,足见引进开放胸襟的博大宽广。而千万外商云集,"邸店酒肆,杂居京师,殖产甚厚",造就"自古京师未有"的国际大都会。至今,西安城时有远至波斯、大食、希腊大批古币文物出土,金融业之盛,未敢说当年就没有外汇兑换、炒作之盛。

雄风既振,随之而来的是无所谓畏惧的引进吸收与创造,让中国文化与西洋之风融会出璀璨的盛唐之音。"西域之音乃亡国之音,奈何遣我用耶?"(隋文帝)前朝陈见,一反无虞。胡乐入汉,成了宫廷市井的"流行音乐"。"拨拨弦弦意不同,胡啼番语两玲珑"(李白),异国曲调汹涌,龟兹乐、天竺乐、波斯乐、西凉乐、高昌乐、骠国乐尽入"雅""颂"。胡旋舞流行朝野，纵横跳跃，旋转如风，不再只独行玉步轻摇，不再只有杨柳扶风，华夏传统舞与西洋"现代舞"交辉，弄得长安"伎进胡音务胡乐""京城人人学圆转"，几近前时迪斯科。

雄风既振，随之而来的是华夏文化的大发扬、大传播、大发展。亚、非、欧学子跋涉求学，长安外国留学生使"国子监"一千二百间学舍爆满，"汉学之盛，近古未有"。西来的"刹那""众生""契机""活泼泼"等外语词儿也由此汉化，影响汉语八百载。域外新潮摩登打扮更风行，"女为胡妇学胡妆"，喇叭裤百叠裙，胡服胡饰竞纷纷舶来，甚为时髦，不逊今日Fashion（时尚）装……

唯独开放，汉唐才那么从容安详，后世功泽才那么久远。人笑马嘶，四海商贾毕至，是汉唐超乎寻常的生命力所在，是健全的历史性格烙下的重重印记。雄风与开放同在，开放与雄风并行，而开放与雄风同源于汉民族思维力的强健。这是历史的定论。

从一个已逝去的汉唐历史背影，是否可得出一个人文层面上的结论：生命潜能的不断张扬，是雄风既振的前提。封闭是懦弱委琐的外记，而懦弱与委索是生命枯萎的前奏。巍巍华夏的不竭雄风，源于斯、长于斯。

回首漫漫开放程途，阅尽坎坷心路历程，中华大地终于挥去封闭、懦弱与委琐，迈向开放、雄健与张扬。今日雄风，岂是汉唐能匹；未来世纪的历史华章,非开放雄风能穷。

重领汉唐雄风,不禁令人掩卷长啸:一个风云时代,生命的潜能总在不断地张扬。

大声告慰汉唐:国门大开,有我今日中华雄风!

简评

汉代和唐代在中国古代社会发展史和中华民族形成的历史中均占有非常重要的地位。在中国封建社会2000多年的历史长河中,国家统一、文化昌明、武功强盛、国威远播,是汉唐两朝的共同特点。汉朝有文景之治、汉武盛世等,而唐朝则有贞观之治、开元盛世等。人们常常认为中国在汉朝和唐朝时文治武功及国际声望是最强盛的,故将它们两朝出现的盛世统称为"汉唐盛世"。杨文锚先生写作《汉唐雄风解》不啻是一曲这两个伟大时代的赞歌。

多姿多彩的汉唐文化不仅继承和发扬了中华传统文化,同时,还走出国门,广交朋友,吸纳天下进步的文明、文化,对世界文明史的发展都产生了重大影响。

在汉文帝和汉景帝统治的空前繁荣时期。先秦"民本思想"主要体现受黄老思想影响下宽慈待民的众多社会政策上。为了提高民众生产经营的积极性,汉文帝下令免除田租赋税的一半,由汉初的"十五税一"改为"三十税一",后来还免除农民的土地租税。文帝在减免税收的同时,还采取一定政策改善社会底层人民生活。《资治通鉴》记载,文帝在即位当年就给鳏、寡、孤独及穷困之人提供资助,对于80岁以上的老人,每个月都赏赐米、肉和酒。

在唐朝,政府推行开明兼容的文化政策,为文化的发展创设了有利的氛围,在各族人民的共同努力下,在继承前代文化和吸收外来文化的基础上,创造了辉煌灿烂的唐文化。诗歌在唐朝大放光彩,是唐文化的重要组成部分,在中国乃至世界文学史上占有极其重要的地位。从唐代诗歌中,我们可以领略唐代历史发展的面貌和社会生活方方面面的缩影,为我们展示唐代丰富的历史画卷。千百年来一直受中外不同人群的喜爱。宗教文化兴盛是汉唐文化的又一特点,统治者大力提倡佛教、道教,对其他宗教也采取了宽容态度。佛教在唐代达到极盛。鉴真东渡、玄奘西游为发展唐朝与亚洲各国的交流和友谊做出了重要贡献。盛世王朝,也是艺术发展的鼎盛时期。尤其是书法和绘画,颜真卿、顾恺之、阎立本……名家名作,异彩纷呈,流芳千古。

生命潜能的不断张扬是巍巍华夏文明绵长不竭的永恒动力。"秦时明月汉时关,梦回盛唐忆长安。"雄风呼啸的大汉,边关巍峨的盛唐,"那是华夏史上曾足以自豪的盛世"。中华文化的复兴,应该是中国人能够重新找到自豪与自信的精神支点。振兴中华是现实的需要和历史的必然。阅读本文,"汉唐雄风",曾经的自豪留给我们不尽的思考。汉唐的宽容、开放到明清一变为闭关锁国,其实,这反映了文明行将衰落时统治者的怯懦和不自信。大汉雄风、盛唐气象是中国的骄傲,形成这一局面的原因是开放、宽容的心态。鲁迅说过,"汉唐虽有边患,但魄力究竟雄大,人民具有不至于被异族奴隶的自信心",这就是自豪感,一种民族的骄傲和蓬勃向上的朝气和力量,他们可以打开门,"无所畏惧的交流开放""无所畏惧的引进吸收与创造""随之而来的是华夏文化的大发扬、大传播、大发展。"蓬勃向上的朝气和力量则离不开民本思想和重农思想的兴起和实践。二者的结合,才是盛世得以产生的重要原因。

诚然,汉唐时的中国是生气勃勃的,封建社会后期那种死气沉沉的样子根本就不是中国人民的本来面目。历史教给我们,重振雄风和我们每一个人息息相关;回首逝去的汉唐,中华民族文化的伟大复兴能不落在我们每一个人的肩上？重要的是："回首漫漫开放程途,阅尽坎坷心路历程,中华大地终于挥去封闭、懦弱与畏缩,迈向开放、雄健与张扬。今日雄风,岂是汉唐能匹;未来世纪的历史华章,非开放雄风所能穷。"作者说出了每一个炎黄子孙的心里话。更重要的还在于:

我们要"大声告慰汉唐:国门大开,有我今日中国雄风!"

我们还要鲁迅

◇ 王铁仙

前一阵子,有些人一讲到鲁迅,总是先大大感慨一通过去如何神化鲁迅,然后把鲁迅本人牵连进去,贬低一番,大意是说鲁迅有什么了不起? 为什么不能批评? 好,于是就"批评",批评的内容则是鲁迅"好斗""喜欢骂人""没有写过长篇""阿Q是概念的产物""国民性批判源自西方传教士那里",因而并不"伟大",他的时代"早已过去",等等。言语之间还透露出"要和他比试一下,可能还不如我呢"的意思。然而,实际上时至今日,并没有人还在神化鲁迅,也没有谁在说鲁迅不能批评。如今许多严肃的学者的鲁迅评论中就并非对鲁迅没有"批评",只是他们几乎都仍然肯定他在今天的意义,这一点和那些"精

本文选自《广东教育学院学报》(2001年08期)。王铁仙(1941—),男,大学本科毕业,浙江诸暨人。华东师范大学中文系终身教授、博士生导师,中国作家协会会员。曾任华东师范大学出版社总编辑,华东师范大学副校长。出版专著《瞿秋白论稿》《瞿秋白文学评传》《新时期文学二十年》,编著有《新文学的先驱——〈新青年〉〈新

潮〉作品选》《二十世纪中国社会科学文学学卷》（主编）等。另发表了一些散文和随笔。

英"不同。看那些"精英"的意思，似乎过去神化了鲁迅，现在就一定要完全反过来，丑化一番，全部抹煞，才是合理。

我现在并不是要来"捍卫鲁迅"。我不赞成"捍卫鲁迅"的说法。因为如果鲁迅本身无价值，在今天也没有意义，就不必捍卫；如果他本身有价值，对于我们有意义，不捍卫也倒不了。而究竟有无价值、意义，价值意义又在哪里，最基本的做法，是不神化他也不丑化他，而面对本然的、真实的鲁迅；然后，如果判断他过去的价值，要结合他当时的社会状况、政治分野，如果议论他在今天的意义，要看一看他在今天社会前进中的作用。否则，都说不清楚。

根据这样的态度和尺度，我们要说：鲁迅在过去是伟大的，在今天，对于中国的前进，仍有直接的积极作用，仍有很大的价值。

今天的时代当然已很不相同，世界已进入以和平和发展为主题的时代，已是市场经济遍及全球、知识经济初露端倪的时代，而不是工业经济时代更不是农耕经济时代。但是，一方面，中国的发展很不平衡。不少地区和社会群体里，文化传统中的一些旧有的落后思想（无论是儒家的还是道家的）仍然存在。尤其是正统儒家的思想观念及以它为主导的封建主义思想意识、潜在的封建社会机制、封建宗法性社会关系等等，在有的地方还有相当严重的存在；由此而生的奴性、自欺、愚昧、迷信和封闭心态，在有的群体中还触目地表现出来。另一方面，"现代化"又产生了负面效应,如人的物欲炽张、弄虚作假、见利忘义以至兽性大发等等。这种负面效应与上述的残留的封建性东西交织,使种种灰色的、黄色的、黑色的风习和势力,虽屡遭打击却不断地如沉渣泛起。而对于这两个方面,在鲁迅的杂文里都有极为深刻有力的暴露、剖析和批判。如对儒家思想观念的特征的针砭("与现实人生离开"、重"言"轻"行"等),对封建主义的伦理和整个文化精神的弊害的抨击(没有"个人的自大"、集个体的主体性、"善于改变"和"做戏"等),对资产阶级文明给社会带来的种种虚伪、颓败风气的揭露(在其后期杂文中随处可见)。因此,我们今天如果稍稍认真地读一点鲁迅,无论是前期的还是后期的,我们常会掩卷兴叹:鲁迅的时代并未完全过去,我们还要鲁迅! 我们还要从鲁迅对正统儒家思想观念深刻剖析中吸取养料,还要从鲁迅的强烈的似乎显得偏激的反封建主张中受到启发,还要从鲁迅关于资本主义文明的弊端的揭露中得到清醒。

在此同时,我们会重新理解鲁迅的"好斗"和"骂人"。我甚至认为,我们今天当然要善于化解矛盾和注重教育;在稳定大局的前提下,还需要学一学鲁迅的"斗"和"骂"。在这以"和平"与"发展"为主题的时代里,决不就是"世界充满爱",决不就是物质文明精神文明的阳光已一起普照全球,皆大欢喜了。不必说世界上的一些地方不断出现暴力和血腥,我们社会里上述的那些屡屡出现的坏人坏事坏风气,也不能不骂，不能不斗。现在有的人，一提到一个"斗"字，一概回避，生怕有损自己的形象。而实际上，有些时候和地方，大家又都看到，却是敢斗的人太少。既然如此，为什么要回避？"斗"，正如鲁迅说的"为的是改革"的"战斗"；"骂"，正如鲁迅说的"揭穿假面""指出了实际"。否则就无法改革，不能前进。温厚、宽容、闲适、风雅，可能是我们这个时代的人生的主调，但一味沉浸在这调子气氛里面，一味是读林语堂、梁实秋、徐志摩以及周作人一类，一味是写他们这类文章，实在说，也会失之肤浅，离开时代和民众，由高雅而跌入庸俗的。

最后我还要说，鲁迅也不只是在今天具有现实的功效性价值，他与一切伟大的作家、思想家一样，具有永恒的人文价值，甚至更深广一点。鲁迅一直在复杂、深刻的矛盾中思考问题，形成观念，一直非常执著于当时的实际的战斗，极少作缥渺、超然的宇宙人生的玄想，因而为当时和今天的一些自命风雅的浅薄之徒所讥嘲。然而正如鲁迅所说："失去了现在，也就没有了将来"，"为现在"正是实实在在地为"将来"，实实在在地为着"尤为高尚尤为圆满"的理想人类的出现。在鲁迅的杂文包括他后期杂文里，都时时表现出他的这种精神和信念，只是有的是渗透在否定性的言论之中，不为常人所注意罢了。其中，最具有永恒人文价值的，是他的以"最清醒的现实主义""正视"现实的人生态度，他总是着眼于具体实在的事物，而拨开种种障眼的名目；是他的异常重视人的个体生命力的释放和发挥，他一再对"看客"消沉和怯弱等主体精神的萎靡表示鄙视。他永远不满足于现状，他觉得活着就"要赶快做"，他认为"为中国大众工作"是他的职责。这对于任何人，尤其是对于长期受到封建性文化传统熏染的中国人来说，更有久远的警戒、针砭、激励的意义。同时，鲁迅从正面表现出来的对人际和谐关系的向往、对一切活泼生命的赞颂、对优美事物的热爱和眷恋、对普通人性问题的探究，以及对艺术创造的热情，一点也不亚于如今很多人津津乐道的古今文人雅士，他的艺术造诣至今还远远超越一般人。他对人类，对世界，对生活，对文学艺术，满怀深情，充满温厚、博大的爱，只不过不像有的人那样浮浅直露地表现出来，更绝不作秀罢了。

也许，鲁迅于逝世前一年的一句话："能杀才能生，能憎才能爱，能生与爱，才能文"，最能表现出鲁迅的人生哲理，最能体现出鲁迅的深刻与伟大，最能启示我们于永远，因而最后不妨以他这句话，来为我这篇小文作结。

简评

"鲁迅乃一代文学宗师，其对现代文学的影响，绝非他人可比！好比英国人之于莎士比亚，俄国人之于托尔斯泰，德国人之于歌德，中国人怎么能不读鲁迅的文章？"这是很多人的心里话。也有人说鲁迅的文章，半文言半白话，很难读懂，又拗口；甚至青少年学生中还流行什么："一怕文言文、二怕写作文、三怕周树人"。这也是见怪不怪的事。鲁迅作品真的不需要了吗？答案当然是否定的。所以，本文作者王铁仙教授以真挚的情感和深邃目光写下了《我们还要鲁迅》的华章，铁肩担道义，站在一个老教育工作者的角度大声疾呼："中学语文教材绝不能没有鲁迅作品。"

鲁迅先生是有超越性的思想家，尽管去世几十年，但他当年所思考、所焦虑的问题，直到今天还依然不同程度的存在。回首百年来的中国近代历史，在浩浩荡荡的知识分子大军中，对中国文化了解最深入、最彻底的，鲁迅可能是第一人，是鲁迅发现了"中国和中国人"。鲁迅先生独具慧眼，他发现了中国和中国人根本性的特征，特别是中国传统文化中衍生、遗留的一些问题、弊病，就是现在还大量以不同的面貌存在于社会中。鲁迅的出现是个奇迹，鲁迅是我们民族精神普遍溃败时的中流砥柱。鲁迅和陀思妥耶夫斯基、克尔凯郭尔、帕斯捷尔纳克、布罗斯基这些思想家，是同一水准的。把中国的病根看得清晰彻底。这是鲁迅的伟大。早在1937年，著名作家郁达夫先生给日本《改造》杂志写了一篇只有230余字的短文《鲁迅的伟大》把这个问题阐述得很深刻："如问中国自新文学运动以来，谁最伟大？谁最能代表这个时代？我将毫不踌躇地回答：是鲁迅。鲁迅的小说，比之中国几千年来所有这方面的杰作，更高一步。至于他的随笔杂感，更提供了前不见古人，而后人又绝不能追随的风格，首先其特色为观察之深刻，谈锋之犀利，文笔之简洁，比喻之巧妙，又因其飘逸几分幽默的气氛，就难怪读者会感到一种即使喝毒酒也不怕死似的凄厉的风味。当我们见到局部时，他见到的却是全面。当我们热衷去掌握现实时，他已把握了古今与未来。要全面了解中国的民族精神，除了读《鲁迅全集》以外，别无捷径。"近80年的历史风烟丝毫没有黯淡这篇短文色彩。同样，依然为数不清的人所称道的最短、影响最大的悼念鲁迅的文章《悼鲁迅》，今天读起来仍然使我们记起："鲁迅的灵柩，在夜阴里被埋入浅土中去了；西天角却出现一片微红的新月。"

所以，毛泽东说：鲁迅是中国文化革命的主将，是伟大的思想家和革命家。鲁迅的骨头是最硬的，他没有丝毫的奴颜和媚骨。这是殖民地半殖民地人民最可宝贵的性格。鲁迅是在文化战线上的民族英雄。叶圣陶早在20纪后期针对一些有关鲁迅的评价说：与其说鲁迅先生的精神不死，不如说鲁迅先生的精神正在发芽滋长，播散到大众的心里。但是，近一段时间以来，对鲁迅的研究、探讨与再评价几乎成了一个大众话题。据2000年11期《新华文摘》介绍："1998年，韩东、朱文等一批新生代作家搞了一次名为《断裂》的作家问卷调查，一批年轻作家对鲁迅采取了不屑的态度；1999年，葛红兵又抛出一篇《为20世纪中国文学写一份悼词》，攻击了包括鲁迅在内的一大批现代文学大师；2000年又有王朔的《我看鲁迅》等，这几次行动在文学界激起的反响一次比一次大。在学术界，关于鲁迅的批评与反批评一直在进行。

鲁迅已经成了历史，鲁迅可以说走入历史范畴，评价鲁迅最好是历史的眼光。著名哲学家李泽厚先生说："鲁迅的多方面成就，他的巨大思想深度，他也把这深度化为情感力量和文体创造等等，形成一种其他现代作家难以比拟的境界。张爱玲的一些小说虽然也不错，确实有文采，描绘精致，但从整体境界说，就无法与鲁迅相比。多年来拼命拔高张爱玲、拔高周作人，声音很响，气势很盛，但看来无济于事，仍然动摇不了鲁迅在读者心中的位置。在近年几次百年作家评选中，鲁迅不仍然是稳居第一么？"（见《李泽厚、刘再复：鲁迅为什么无与伦比》《鲁迅研究》第3期）

本文作者、华东师范大学原副校长王铁仙教授，多年来一直参与中学语文教材的编写工作。面对来自网络、校园的质疑声，王铁仙教授称："就拿《祝福》一文来说吧，这部作品将人物、情节、环境融为一体，具有一部短篇小说的完美特征。这样好的作品,有什么理由不把它选进我们的教材中去?""再拿《为了忘却的记念》来说,我在编教材的时候,将它和恩格斯《在马克思墓前的讲话》,以及马丁·路德·金的《我有一个梦想》编在一起,另两篇都是举世闻名的为理想斗争的文章,而我们中国的作品中,我认为类似主题的文章中几乎找不到《为了忘却的记念》那样深沉到位的好文章了。"

王铁仙教授还认为,鲁迅的文章并不全是生涩难懂的,一些诗歌、散文照样很生动,比如《从百草园到三味书屋》《社戏》《故乡》《风筝》等,其实孩子们是会接受和喜爱这样的文章的。"鲁迅精神不仅仅是'横眉冷对千夫指',我们大可以选一些孩子能读懂的文章,来进行教学,让学生更全面地认识鲁迅。"他的许多作品,在很高层次上达到了工具性和人文性的统一,中国其他现代作家没有能够达到他那样高的水准。我们编写初、高中语文教材,认真、广泛阅读各家作品,反复进行比较,选择,我在这个过程中,更具体地、深切地体会到,鲁迅作品的语言准确、精炼、生动,篇章结构严谨而又灵活,写作手法多样、新颖;鲁迅作品的思想情感博大、深刻、丰富、意味深长,这些都明显地在众人之上。当然,任何作家都有局限性,鲁迅在题材、社会视野上也有其局限(如曹聚仁说鲁迅主要接触"小资产阶级知识分子"中的文人,主要熟悉他原来所属的阶层);而且,艺术风格没有高下之分,选编语文教科书的范文需要尽可能多地选不同的作家作品,呈现多种风格,以利于学生发展各自的个性。同时,我们还要澄清一个问题,就鲁迅作品有很高的艺术水准来说,就鲁迅作品的思想内容总是涉及重要的人文主题而且非常深刻来说,从培养人才的高度来说,语文教材决不能排除鲁迅的作品,并且必须有一定的数量。否则,可以说,我们的语文教学的目标就不能很好实现。鲁迅作品在中小学课本中的去留问题,由来已久。这虽然无关鲁迅在中国文学史上的地位,但是它关乎鲁迅精神在当今时代的价值,以及今天我们怎样更全面地解读鲁迅。

　　中小学生如何阅读鲁迅的作品，王铁仙教授语重心长的评说给了我们深刻的、切实可行的建议。

　　鲁迅的骨头是最硬的。他的一生，但有公仇，决无私怨。传统文化中的落后、消极的东西在民族文化心理深层积淀形成的某些劣根性，是难以自省自察自知的，它是妨碍我们民族进取的痼疾。不仅仅中国知识分子都应该经受鲁迅的拷问，从鲁迅作品中吸取智慧和力量，像鲁迅本人那样千百遍地拷问自己。当正义被践踏的时候，当美遭到破坏的时候，我们一次次呼唤挺身而出的人！不由得让人想起鲁迅的名言：战斗正未有穷期。

　　当然，我们还要鲁迅。

庄子
在我们无路可走的时候

◇鲍鹏山

本文选自人民教育出版社《高中语文（试验修订本）》（第五册）。鲍鹏山，男，1963年3月1日出生。文学博士、作家、学者。安徽六安人，毕业于安徽师范大学中文系，现为上海电视大学（2012年6月更名为上海开放大学）中文系教授，硕士生导师，上海交通大学兼职教授，中国孔子基金会学术委员会委员，中国作家协会会员。

当一种美，美得让我们无所适从时，我们就会意识到自身的局限。"山阴道上，目不暇接"之时，我们不就能体验到我们渺小的心智与有限的感官无福消受这天赐的过多福祉么？

读庄子，我们也往往被庄子拨弄得手足无措，有时只好手之舞之，足之蹈之。除此，我们还有什么方式来表达我们内心的感动？这位"天仙才子"（李鼎语），他幻化无方，意出尘外，鬼话连篇，奇怪迭出。他总在一些地方吓着我们，而等我们惊魂甫定，便会发现，呈现在我们面前的，是朝暾夕月，落崖惊风。我们的视界为之一开，我们的俗情为之一扫。同时，他永远有着我们不懂的地方，山重水复，柳暗花明；

永远有着我们不曾涉及的境界,仰之弥高,钻之弥坚。"造化钟神秀",造化把何等样的神秀聚焦在这个"槁项黄馘"的哲人身上啊?

庄子钓于濮水。楚王使大夫二人往先焉。曰:"愿以境内累矣。"

先秦诸子,谁不想做官?"一朝权在手,便把令来行。""在其位,谋其政。""君子之仕,行其义也。"谁不想通过世俗的权力,来杠杆天下,实现自己的乌托邦之梦? 庄子的机会来了,但庄子的心已冷了。这是一场有趣的情景:一边是濮水边心如澄澈秋水身如不系之舟的庄周先生,一边是身负楚王使命恭敬不怠颠沛以之的二大夫。两边谁更能享受生命的真乐趣?这可能是一个永远聚讼不已不能有统一志趣的话题。对幸福的理解太多样了。我的看法是,庄周们一定能掂出各级官僚们"威福"的分量,而大小官僚们永远不可能理解庄周们"闲福"对真正人生的意义。这有关对"自由"的价值评价。这也是一个似曾相识的情景——它使我们一下子就想到了距庄子约700多年前渭水边上发生的一幕:80多岁的姜太公用直钩钓鱼,用意却在钓文王。他成功了。而比姜太公年轻得多的庄子(他死时也大约只有60来岁),此时是真心真意地在钓鱼。且可能毫无诗意——他可能真的需要一条鱼来充实他的辘辘饥肠。庄子此时面临着双重诱惑:他的前面是清波粼粼的濮水以及水中从容不迫的游鱼,他的背后则是楚国的相位——楚威王要把境内的国事交给他了。大概楚威王

央视《百家讲坛》等栏目的主讲嘉宾。出版《寂寞圣哲》《论语新读》《天纵圣贤》等三十余部著作。作品《庄子:在我们无路可走的时候》被选入《全日制普通高级中学教科书语文》(第五册)《永恒的乡愁》被选入《全日制普通高级中学语文读本》(第五册)。

也知道庄子的脾气,所以用了一个"累"字,只是庄子要不要这种"累"?多少人在这种累赘中体味到权力给人的充实感成就感?这是生命中不能承受之"重"。

庄子持竿不顾。

好一个"不顾"!濮水的清波吸引了他,他无暇回头看身后的权势。他那么不经意地推掉了在俗人看来千载难逢的发达机遇。他把这看成了无聊的打扰。如果他学许由,他该跳进濮水洗洗他干皱的耳朵了。大约惊走了在鱼钩边游荡试探的鱼,他没有这么做。从而也没有让这二位风尘仆仆的大夫太难堪。他只问了两位衣着锦绣的大夫一个似乎毫不相关的问题:楚国水田里的乌龟,它们是愿意到楚王那里,让楚王用精致的竹箱装着它,用丝绸的巾饰覆盖它,珍藏在宗庙里,用死来换取"留骨而贵"呢,还是愿意拖着尾巴在泥水里自由自在地活着呢?二位大夫此时倒很有一点正常人的心智,回答说:"宁愿拖着尾巴在泥水中活着。"

庄子曰:"往矣,吾将曳尾于涂中。"

你们走吧!我也是这样选择的。这则记载在《秋水》篇中的故事,不知会让多少人暗自惭愧汗颜。这是由超凡绝俗的大智慧中生长出来的清洁的精神,又由这种清洁的精神滋养出拒绝诱惑的惊人内力。当然,我们不能以此来要求心智不高内力不坚的芸芸众生,但我仍很高兴能看到在中国古代文人中有这样一个拒绝权势媒聘,坚决不合作的例子。是的,在一个文化屈从权势的传统中,庄子是一棵孤独的树,是一棵孤独地在深夜看守心灵月亮的树。当我们大都在黑夜里昧昧昏睡时,月亮为什么没有丢失?就是因为有了这样一两棵在清风夜唳的夜中独自看守月亮的树。

一轮孤月之下一株孤独的树,这是一种不可企及的妩媚。

一部《庄子》,一言以蔽之,就是对人类的怜悯!庄子似因无情而坚强,实则因最多情而最虚弱!庄子是人类最脆弱的心灵,最温柔的心灵,最敏感因而也最易受到伤害的心灵……

胡文英这样说庄子:

> 庄子眼极冷,心肠极热。眼冷,故是非不管;心肠热,故感慨万端。虽知无用,而未能忘情,到底是热肠挂住;虽不能忘情,而终不下手,到底是冷眼看穿。

这是庄子自己的"哲学困境"。此时的庄子,徘徊两间,在内心的矛盾中作困兽之斗。他自己管不住自己,自己被自己纠缠而无计脱身,自己对自己无所适从无可奈何。他有蛇的冷酷犀利,更有鸽子的温柔宽仁。对人世间的种种荒唐与罪恶,他自知不能用书生的秃笔来与之叫阵,只好冷眼相看,但终于耿耿而不能释怀,于是,随着诸侯们剑锋的残忍到极致,他态度也就偏激到极致。天下污浊,不能用庄重正派的语言与之对话,只好以谬悠之说,荒唐之言,

无端崖之辞来与之周旋。他好像在和这个世界比试谁更无赖,谁更无理,谁更无情,

　　谁更无聊,谁更无所顾忌,谁更无所关爱。谁更赤条条来去无牵挂,从而谁更能破罐子破摔。谁更无正义无逻辑无方向无心肝——只是,我们谁看不出他满纸荒唐言中的一把辛酸泪?

　　对这种充满血泪的怪诞与孤傲,我们又怎能不悚然面对肃然起敬油然生爱?

简 评

　　评论几千年前的人物,有一个难以跨越的历史鸿沟:简言之,通过什么的渠道才能走进人物的内心?读了鲍鹏山先生的《庄子 在我们无路可走的时候》,我们会发现,只有像作者这样阅读了大量的作品,才能一开篇就底气十足,全文一气呵成,写出庄子的神韵,才会在心中抽象出"孤月下的树"的形象,才会在最后一解庄子的郁结,替这位孤绝的古代哲人一吐心声,这才是庄子的知音。《庄子》的天地,是一个异彩纷呈的世界;庄子的心胸,是一片汪洋恣肆的情怀。我们知道,正是因为他胸中的块垒郁积得比谁都多,都重,对当时残酷的现实看得比谁都深都透,因而他的孤独和痛苦也比谁都强烈深刻,也因而才造就了怪异的庄子和他那让人无法企及的思想深度。走进庄子,走进他的灵魂,你会发现,其实庄子对生活充满热爱……"庄子在我们无路可走的时候",也就是我们思想上出现困顿的时候,读庄子的文章往往会感受到心理上的安宁。"庄子钓于濮水。楚王使大夫二人往先焉。曰:'愿以境内累矣。'"清高清苦清醒如庄子,此时正处在人生的岔路口。《庄子》一书最能体现庄子思想灵魂的就是本文提到的《外篇·秋水》里的"庄子钓于濮水","庄子曰:'往矣,吾将曳尾于涂中'"。接下来,作者给了我们一个

漂亮的比喻:"一轮孤月之下一株孤独的树,这是一种不可企及的妩媚。"生动形象地诠释了这一中国特有的哲学境界。

庄子的物质生活虽然贫困,但精神生活却异常丰富:读书、漫游、观察、遐想,追求"至人无己"的自由境界。庄子的思想较为复杂:在政治上,他激烈而深刻地抨击统治阶级,赞同老子的"无为而治",主张摈弃一切社会制度和文化知识;在思想意识上,他片面夸大一切事物的相对性,否定客观事物的差别,否定客观真理,属于主观唯心主义思想;在生活态度上,他顺应自然,追求绝对的自由。庄子一生隐默无闻,却著述甚丰,作为道家思想的集大成者,他在中国哲学史、文学史以及各艺术领域都有极大的影响。

庄子在哲学上继承发展了老子的思想,认为"道"是客观真实的存在,把"道"视为宇宙万物的本源。他继承了老子《道德经》中的"人法地,地法天,天法道,道法自然"的思想精华,在政治上,主张无为而治,在人类生存方式上主张返璞归真。以今人的眼光观之,老、庄与孔、孟共同构成了国民精神的源头。

庄子主张"天人合一"和"清静无为"。他的学说涵盖着当时社会生活的方方面面,但精神还是皈依于老子的哲学。庄子曾做过漆园吏,生活贫穷困顿,却鄙弃荣华富贵、权势名利,力图于乱世中保持独立的人格,追求逍遥无恃的精神自由。对于庄子那些后来人所说的在中国文学史和思想史上的重要贡献,封建帝王尤为重视。唐开元二十五年庄子被皇帝敕封诏号为"南华真人",后来被道教隐宗妙真道奉为开宗祖师,视其为太乙救苦天尊的化身。《庄子》一书也被称为《南华真经》。

1929年将要过去的时候,闻一多先生发表了他的重要论文《庄子》,结合庄子的生存状况,集中对《庄子》一书的文学特征作了生动、全面的阐述。"古来谈哲学以老、庄并称,谈文学以庄、屈并称。'南华'的文辞是千真万真的文学,人人都承认。可是《庄子》的文学价值还不只在文辞上。实在连他的哲学都不像寻常那一种矜严的,峻刻的,料峭的一味皱眉头、绞脑子的东西;他的思想的本身便是一首绝妙的诗。"

为此,他对世俗社会的礼、法、权、势进行了尖锐的批判,提出了"圣人不死,大盗不止","窃钩者诛,窃国者为诸侯"的精辟见解;在"返璞归真"人类生存方式上他崇尚自然,提倡"天地与我并生,万物与我为一"的精神境,并且认为人生的最高境界是逍遥自得,是绝对的精神自由,而不是物质的享受与虚伪的名誉。庄子的这些思想和主张对后世影响深远,是人类思想史上一笔宝贵的精神财富。所以说,在一个千百年文化屈从权势的传统中,庄子是一棵孤独的树,是一棵孤独地在深夜看守心灵月亮的树,当我们大都在黑夜里昏睡时,月亮为什么没有丢失?"就是因为有了这样一两棵在清风夜唳的夜色中独自看守月亮的树。"

作者在文中引用了胡文英对庄子的评说:"庄子眼极冷,心肠极热。眼冷,故是非不管;心肠热,故悲慨万端。虽知无用,而未能忘情,到底是热肠挂住;虽不能忘情,而终不下手,到底是冷眼看穿。"这是庄子自己的"哲学困境"。正因为如此,成就了庄子在中国古代思想史中的至高无上的地位。我们为什么在无路可走的时候(或者更通俗地说困惑、困难的时候)想起了他? 鲍鹏山先生本文意在提醒当今的知识分子,当你们无路可走的时候,千万莫失去独立之意志、自由之精神,看看庄子吧,学学庄子吧,做"一棵孤独地在深夜看守心灵月亮的树"。不过,理解有一定的难度,这是有历史的渊源的。《史记》说:庄子"其学无不窥",又说他"善属书离辞,指事类情,用剽剥儒、墨,虽当世宿学不能自解免也。"无奈他的脾气有些不合时宜。不但毕生寂寞,死后还埋没了很长时间。西汉人讲黄老而不讲老庄。到了东汉,班嗣有报桓谭借《庄子》的信札,博学的桓谭连《庄子》都没见过。一到魏晋忽然就声名显赫起来,可见暂时的沉寂毕竟为那永久的显赫作了张本。

一部《庄子》，一言以蔽之，就是对人类的怜悯。庄子似因无情而坚强，实则因多情而虚弱。表面上持竿不顾的庄子，实际上是人类最脆弱的心灵，最温柔的心灵，最敏感因而也最易受到伤害的心灵。作者睿智的评判，指点迷津，引导读者读出原本就不难理解的隐藏在满纸荒唐言中充满血泪的怪诞与孤傲。

庄子

美

丽的哀愁

◇ 夏岚馨

本文选自《散文》(海外版),1999年09期。夏岚馨,作家,生于20世纪70年代。2000年开始小说创作,在《花城》《清明》《特区文学》《作品》等杂志发表过中短篇小说多部。著有长篇小说《紫灯区》《广州,我把爱抛弃》《你们的恶》等。

十几岁便对李煜的词一见钟情了,最初是一首《虞美人》,那是一种如获至宝、生怕被别人知晓分了去的珍爱。在如今情感快被逼成快餐的年月,李煜词中那份美丽的哀愁,似乎遥远、奢侈得像一个收不拢的梦了。可是,当我有幸将尘世的喧嚣关在门外,虔诚地进入李煜的词所创设的境界之中,一颗麻木冷漠的心就变得敏感和热烈了。

细细品味,《虞美人》中那个美丽的"愁"字,竟镶嵌在那么曼妙的一堆文句中。

春花秋月何时了,往事知多少!小楼昨夜又东风,故国不堪回首月明中。

雕栏玉砌应犹在，只是朱颜改。问君能
有几多愁，恰似一江春水向东流。

　　这首词是李煜在公元 975 年降宋之后的作品，
当时他居于汴京。中国诗词史上多有哀国忧民之佳
作，但有了个李煜，那些佳作在思想情感上就显得虚
浮莫定了。因为，没有人比曾是南唐后主、一国之君
的李煜，对"江山""家国"的理解更真实、具体、透
彻。"江山""家国"就是他身下的王位、手中的权力以
及奢华的生活和成群的妃嫔。失去"江山""家国"对
于李煜来说是切肤之痛。因此，他身陷宋朝汴京后，
于明月夜里忆起曾归他所有的故国——雕花栏杆、
玉石台阶和豪华宫殿时，心中的那份哀愁就铺天盖
地而来了。他由问天、问地到自问，难平起伏的忧
思，只有无可奈何地叹息。不是真正的伤心人、不到
真正的伤心处，道不出满腹哀愁似流水的词句。
　　若是说《虞美人》中的那份愁还黏附着过往奢靡
的帝王生活印记，《乌夜啼》中的那份哀愁已进入无
声、无色、无言的境界。

　　无言独上西楼，月如钩。寂寞梧桐深院
锁清秋。
　　剪不断，理还乱，是离愁。别是一番滋
味在心头。

　　月是勾人幽思的东西。每当有月的夜晚，李煜

总想登楼远眺故国一眼,而一怀的愁绪却不能自己。"别是一番滋味在心头"再次述说出一个亡国之君心头非同寻常的隐痛,那是一种难以用言语表达的滋吵。"无言"二字,早已摄尽了凄婉之神。令李煜始料不及的是,他那份凄清的哀愁在中国特有的、伴着清秋梧桐的晦涩的风里竟流动了千年,带着些许美丽的、隽永的霉味在中国人的心里流动了千年。

到了写出《浪淘沙》的时候,李煜心底的希望彻底破灭,消极颓废达到了极限,他的生命也走到了极限,词的艺术魅力也达到了极限。《草堂诗余隽》卷二中称这首《浪淘沙》为"亡国之音哀以思"的一个代表作。

> 帘外雨潺潺,春意阑珊,罗衾不耐五更寒。梦里不知身是客,一饷贪欢。
> 独自莫凭栏,无限江山。别时容易见时难。流水落花春去也,天上人间。

当时的李煜,像是一只濒临绝境的鹿,在受人宰割之前嗷嗷哀鸣、流泪。有谁能够在潇潇的雨夜里,平心静气地聆听这冥冥之中,从古老遥远年代里传来的一声声绝望的哀鸣?恐怕不等读完这首词,早已和当时的作者一样喉头发堵、唏嘘落泪了。明李攀龙说:"结云'春去也',悲悼万状,为之泪不收久许(见《草堂诗余隽》卷二)。"若说"梦里不知身是客"轻易地就把人引入哀伤的境地,那么"独自莫凭栏"可以说是哀伤到了极致。李煜极想登楼一眺故国的无限江山，可心头的矛盾又使他马上提醒自己，那样只能引起更严重的哀伤。精神已处于恍惚游离状态的李煜，只有自言自语地对自己说："独自莫凭栏！"

有人说，没有经历过肉体或精神磨难的人，成不了伟大的诗人。李煜既体验过炼狱之苦，也体验过天堂之乐，因此，才将一个"愁"字写到前无古人、后无来者的境界。我们可以从公元975年之前李煜还没有降宋时，描绘豪华生活和艳情的词作中品味其风流倜傥、富于才情的一面。他的一首《玉楼春》是这样描述一次在皇宫里，欣赏成群结队的美丽宫娥们吹奏演唱《霓裳羽衣曲》的：

晚妆初了明肌雪，春殿嫔娥鱼贯列。笙箫吹断云水间，重按霓裳歌遍彻。

临春谁更飘香屑？醉拍栏杆情味切。归时休放烛花红，待踏马蹄清夜月。

当时，无忧无虑的南唐后主的周围是宫闱里的众多女子，古代中国的绫罗绸缎包裹着她们纸一样单薄、苍白的身躯；包裹着她们被压抑、扭曲的灵魂。她们在历史的卷典里只能代表一声美丽的叹息。当时，作为一国之君的李煜，无暇去体会那些女子的心。他沉浸在像蜜糖一样甜腻的日子里，他拥有一个精通音律的大周后，两个人一起修订已散佚残阙的《霓裳羽衣曲》，常常让宫女们在宫中演奏。

那是众多男人的理想：带着几分醉意，边听乐曲边打着拍子，直至听完，才踏着月光、被一群美女前呼后拥着归去。

若说拥有那么多后宫美女的李煜令人羡慕，那么，拥有火热细腻爱情的他就令人嫉妒了。作为一国之君，他完全可以用手中的权力威慑任何女子就范。但他没有那样做，他也希望和常人一样，与心上人幽会。那种不能为外人知的恋情，在李煜看来也是最珍贵的吧。大周后娥皇卧病期间，他就常和官中的小周后幽会。那份火热销魂的恋情在一首《菩萨蛮》里有淋漓尽致的描绘：

> 花明月暗笼轻雾，今宵好向郎边去。刬
> 袜步香阶，手提金缕鞋。
> 画堂南畔见，一向偎人颤。奴为出来
> 难，教君恣意怜。

幽会时那份危险的浪漫被李煜写绝了。比起世界级的经典之作——莎士比亚的《罗密欧与朱丽叶》之中对情爱的描绘有过之而无不及，并且罗密欧与朱丽叶相会时的情境氛围，远及不上李煜的"花明月暗笼轻雾"的朦胧与暧昧；也及不上"刬袜步香阶，手提金缕鞋"那份慌张谨慎、撩人心跳的细腻。后世有许多文学作品描写幽会时，爬阳台、翻篱笆的情种们也大都脱掉了鞋子，怕的是弄出声响，相信多多少少受了李煜之《菩萨蛮》的影响。那句"一向偎人颤"将幽会时的胆怯与张扬毫无顾忌地写了出来,实在堪称中国古代诗词中善用白描的典范。李煜在权力方面达到过巅峰状态,在爱情方面也享受到了巅峰的体验。

文学史上不乏感人流泪的小说,却少见有如此深刻感染力的诗词。李煜具备深厚的艺术潜质是一个原因。他喜好读书,信佛,"精究六经,旁综百氏","洞晓音律,精别雅郑",而且又工书、善画、精于鉴赏,是一位相当全面的艺术家。王国维《人间词话》说:"词至李后主而眼界始大,感慨遂深,遂变伶工之词为士大夫之词。"

简评

也许是历史老人的错误选择,李煜从南唐国主降为囚徒,他在对宋委曲求全中过了十几个春秋的苟且偷安的生活。也许是中国古代文学的幸运,丢掉江山的一国之君虽纵情声色,侈陈游宴,却留给后人许多"珠玉之声"的佳作,可谓惊天地泣鬼神而千古传诵不衰。正是这侏儒和巨人的统一,词坛的美丽哀愁才传唱至今。因为他刻骨铭心地写出了人类心灵深处共同的情感涟漪,历经岁月沧桑也不褪色的爱恨情仇与孤独寂寞,他的这种缠绵悱恻的情感,恰似一江春水,绵绵不绝。真如《美丽的哀愁》作者夏岚馨女士所说,"没有经历过肉体或精神磨难的人,成不了伟大的诗人"。

李煜(937—978),南唐元宗李璟第六子,初名从嘉,字重光,号钟隐、莲峰居士,汉族人,祖籍彭城。南唐最后一位国君。他天资聪颖,好读书,"精研六艺,旁综百氏",又喜欢佛教。文章、诗、词样样通,还"洞晓音律,精别雅郑",工书善画,尤精鉴赏,可以说是一个才华惊艳的文学艺术家。北宋建隆二年,公元961年继位。公元978年,李煜死于汴京,世称南唐后主、李后主。

前人有论李后主诗云:"做个才人真绝代,可怜薄命作君王。"作为亡国之主的李煜,对南唐的治理是不称职的国君。他内政不修,外交紊乱,佞佛成性,宴乐无度,沉湎于歌舞。亲小人、远贤臣、杀名将。面对强敌压境,他虚与委蛇,俯首称臣,幻想着与虎谋皮,向往着苟且偷生。一个靠"欢娱、念佛、填词、行贿"度日的国君,要不亡国也真是不可能的了。他是政治上彻头彻尾的失败者,而在艺术上,却是个"精究六艺,旁综百氏"的多才多艺的艺术家。他对我国古代文化发展,尤其是对宋词的发展有着无可比拟的功绩。他为后人留下了许多具有永恒魅力的词作,开拓了词的境界,创造了宋词之前的第一个艺术高峰。他的词有着极高的艺术造诣,对后人的影响极大。后代的文人学士对他的评价也极高。

李煜流传下来比较可靠的词约30多首,这30多首词中,从他的生活环境、生活方式、思想感情的转变,体现出几种不同的面貌:

一是写豪华生活和艳情生活的,内容为降宋之前所写的,主要为反映宫廷生活和男女情爱,声色豪奢,风情万种,爱和美支配他整个人生,题材较窄;二是写别离怀抱和其他的伤感情调的,在做俘虏之前尽管有着优渥的物质享受,但家仇国难日渐深重,他在文学上的修养累积深厚,创作也达到了更高的境界;三是写囚徒生活和哀痛心情的,这是李煜入宋后家国情仇集中表现。(引自詹安泰编著《李璟李煜词》)

降宋后,李煜因亡国的深痛,对往事的追忆,寄予了自身沉痛情感而作,此时期的作品"深哀浅貌,短语长情。"无论就思想内容说,就艺术技巧说,成就远远超过前期,都达到了词的最高境界。他继承了晚唐以来花间派词人的传统,但又通过具体可感的个性形象,反映现实生活中具有一般意义的某种意境,将词的创作向前推进了一大步,扩大了词的表现领域:"梦里不知身是客,一晌贪欢。"(《浪淘沙》)"自是人生长恨水长东!"(《乌夜啼》)"人生仇恨何能免,销魂独我情何限!"(《子夜歌》)

"问君能有几多愁？恰似一江春水向东流！"（《虞美人》）……体现了李煜此独到的风格。

李煜的词，从作者的阶级、地位、名望来论定作品的高下与得失，这些评价对李煜都是极不公平的。因为作为封建帝王的李煜，他一直生活在狭小的圈子里，始终没有从宫廷走向市井，从台阁走向江山与大漠，他的词作所反映的生活内容和感情范围，在生活的前期，只能是他自己和身边一些人的生活；亡国后，他生活范围更窄小。还是王国维评价李煜为什么词能够感人至深时概括得较为辩证："词人者，不失其赤子之心者也。故生于深宫之中，长于妇人之手，是后主为人君短处，亦即为词人所长处。"

但是他的词何以会引起人们广泛的"共鸣"呢？这主要是由文学特殊的审美特性所决定的，具有美感特征的事物是超越时空的，才会引起不同时代、不同阶级的人的共同愉悦。特别是在后期的词作中，李煜并没有表现其愁苦的具体内容，而只是真切地写出了一般人所共同感受到的失去心中美好事物的愁苦。这样，许多读者，特别是有着不幸遭遇和丧失美好事物的读者，就很容易从他的词中获得感情上的呼应，这使得李煜的词感动着各个不同社会阶层的人们，使读者撇开它的具体事件去接受其真情实感，从而忘记他的帝王身份而同情他的不幸遭遇，也激发着人们对美好生活的殷切眷恋。

从艺术角度分析，李煜的词，善于锻炼词的语言，形象鲜明，有高度的表现力。最突出的，他没有书袋气，没有雕琢气，也没有脂粉气，纯用白描手法，创造出那些人人懂得的通俗语言而同时又是千锤百炼的艺术语言，真实而又深刻地表现出那种最有抽象性的离、别、愁、恨的情感。把这些难以捉摸的东西，写得很具体，形象，达到了前所未有的境界。具有强烈的感染力，形成一种独特的风格。

法国作家缪塞说：最美丽的诗歌是最绝望的诗歌，有些不朽的篇章是纯粹的眼泪。王国维《人间词话》说:"词至李后主而眼界始大,感慨遂深,遂变伶工之词为士大夫之词。"本文结尾将李煜在词中善写的那份美丽的哀愁上升到一个精神的层面和艺术的殿堂,这便是李煜的词和词的李煜。"文学史上不乏感人流泪的小说,却少见有如此深刻感染力的诗词。李煜具备深厚的艺术潜质是一个原因。"他喜好读书,信佛,"精究六艺,旁综百氏","洞晓音律,精别雅郑",而且又工书、善画、精于鉴赏,是一位相当全面的艺术家。"这样的人,内心即便萌生了苦苦的哀愁也是美丽的。

以假当真

◇冯骥才

那年,在伦敦街头巷尾一家小小饭店与当地的几位作家聚谈,有两件事至今犹然记得。一件是这家小店的外墙如同室内那样粉刷成白色,而店内的墙面反而是砖砌的,一如外墙,从外边走进这家小店,反倒像由屋内走到大街上坐下来吃饭,这感受其是奇异!另一件是这几位作家中,滔滔不绝者所说的话,过后叫我一句也记不得;但其中一位下巴蓄着小胡子、死守着缄默的老头儿,忽然蹦出口的几句话,倒叫我深记难忘。后来从报上才知道他得了诺贝尔文学奖,便是写《蝇王》的威廉·戈尔登。

他忽然问我:"中国画家为什么用黑颜色作画?"

黑颜色,中国人谓之墨。他所说的便是水墨

本文选自《冯骥才艺术随笔》(浙江文艺出版社2000年版),有修改。冯骥才,男,1942年出生于天津,当代著名作家、文学家、艺术家,民间艺术工作者,民间文艺家,画家。2000年出任天津大学"冯骥才文学艺术研究院"院长。冯骥才是一位多产的作家,选入语文教材的有:《珍珠鸟》《好嘴杨巴》《刷子李》《维也纳生活圆舞曲》《花的勇气》《挑山工》《献你一束花》《日历》《泥人张》《花脸》《维也纳森林的故事》等。作品被译成英、法、德、意、日、俄、荷、西等十余种文字，在海外出版各种译本四十余种。

画。我答道："因为黑色是一种语言，就像黑白照片……"他听了似乎不以为然。我又说："因为黑色是最重要的颜色，与水调和能调出深浅不同最丰富的色调，其他颜色很难调出这样多的色调……"他的神情依然肃穆不动。我想了想再说："因为中国人从来不把画当做真的。怎么……你不能理解吗？"

他像被什么打中了那样，身子一震，眼睛放光，声音好似更亮，他说："不不，中国人真棒，真是棒极了！"他摇头晃脑，赞叹不已。

无须我再多说一句，他已经理解了，而且一下子也理解了中国艺术最伟大的特征之一——以假当真。东西文化的不同，被他以一种感悟沟通了。艺术的道理对于他这种人，一点即透，毋须多言，我朝他欣赏地点点头，他也会意，一笑便了。

墨之黑，本来只是缤纷世界千颜万色中的一种，但中国人用它描绘一切，为什么不失却真实，也决不会引得人笨拙地问：这树为什么是黑的？荷花为什么是黑的？麻雀为什么是黑的……难道人的嘴会是黑的吗？

在中国的章回小说中，每回结束必写一句话："欲知后事如何，且听下回分解。"难道作者不怕这样一下子把读者从故事里拉出来，明白这故事原是他编造的吗？

同样，在京剧《三岔口》中，任堂惠与刘利会的全部"夜战"，竟然都是在灯火通明中进行的。为什么没有观者指责这种不真实已经近乎荒唐，反倒看得更加津津有味。在中国的戏曲舞台上，一根马鞭便是一匹千里神骏，几个打旗的龙套便是浩浩三军，抬一下脚便是进一道院或出一道门。西方人面对这些可能惊奇莫解，中国人却认可这就是艺术的真实。

中国艺术家为什么敢于如此大胆地以假当真，将读者与观众"欺弄"到这般地步，非但不遭拒斥，反而乐陶陶地认同？我想，中国的艺术家更懂得读者与观众的欣赏心理——假定这是真的。

其实，无论是东方还是西方，没有任何一个读者或观众会把一部小说当做真实的事件，把一幅画当做真实的景物，把一出戏当做真实的生活场景，只不过东西方艺术家对此所做的全然是背道而驰的罢了。

西方戏剧家从易卜生到斯坦尼斯拉夫斯基，都在努力使演员进入角色，演员在舞台上必须忘掉自己，舞台不过是"四面墙中抽掉一面"的生活实况，观众好像从钥匙眼里去看别人家中发生的事；然而在中国的戏剧舞台上刚好相反，《空城计》中诸葛亮唱完后，轮到司马懿唱时，诸葛亮可以摘掉胡子，拿手巾擦擦汗，喝口茶水润润嗓子，因为他完全清楚观众知道这是唱戏。戏是假的，只有演员的艺术水准和功夫才是货真价实的。这样，东西方的剧场也就截然不同。在西方的剧场里，观众不敢响动，甚至忍住咳嗽，怕破坏剧场的气氛，影响真实感；但在中国的剧场里，观众却哄喊叫好，以刺激演员更卖力气。对于中国观众来说，这种剧场高潮往往比戏剧高潮更能得到满足。

西方的古典画家同样把真实视为最高的艺术法则。他们采用焦点透视、光线原理与人体解剖学来作画，尽力使观众感到物像的逼真如实，而中国画家却用黑色描绘山水、花鸟和人物，为了表达的自由，他们将"泰山松、黄山云、华山石、庐山瀑"超越时空地集于一纸，这种透视不是依据眼睛，而是依据心灵（现代美术理论家称之为"散点透视"），他们甚至还把诗文图鉴都搬到画面上来，与画中种种形象相映生辉。因为中国画家知道观者要看的，不是生活的，而是生活中没有的。比如画中的意境、品格、情趣以及笔墨的意蕴。

至于小说，更是如此。

西方的小说家着意刻画他笔下人物皮肤的光泽、衣服的质地与眼神种种细微的变化，努力把他的读者导入如实的感受和逼真的情境中；中国的小说家则只用"沉鱼落雁之容，闭月羞花之貌""熊腰虎背，声如洪钟，力能扛鼎"之类的套话来形容一位美女或英豪。因为中国的小说家知道读者更关注的是这些人物超乎意料的行为，以及故事怎样一步一步更牢牢地抓住他们向前发展。

以假当真，不是艺术家非要这么做不可，而是读者与观众需要这么做。

中国的艺术自始就立在这一点上。因为艺术家深知艺术不是重复生活，而是超越生活。艺术，也正因为它是生活中没有的，所以才更有存在价值。

音乐不是大自然的声音,诗不是生活用语;小说当然不是生活的记录,画当然不是现实事物或景物的重现。人们日日生活在现实里,何需你再来复制一个现实? 这也正是自然主义最没有艺术价值的缘故。

西方的写实主义蓬勃于没有摄影和电影的时代。自从人类发明了照相机和摄影机,写实精神在西方艺术中便不是至高无上的了。而中国人就像明白罗盘的原理那样,早早地就明白了艺术不是复制生活的法则,从不崇拜写实,从不顺从器官的感受,而听凭心灵的感受,大胆地以假当真,创造了高明又伟大的东方艺术。倒是当代的中国人陷入愚蠢,把自然主义和摄影现实主义奉若神明。于是,文学只剩下表面上杂乱不堪的"感觉真实",绘画坠入了模仿照相的技术主义。毕加索、克里姆特、马蒂斯等人从东方悟到艺术的真谛,从而使西方的艺术更"艺术",但他们哪里知道如今的东方艺术正在退化?

艺术由于它给予人们的都是生活中没有的,因故才叫创造。

创造都是由无到有,创造都是为了需要。

人们需要艺术,除去认识上的启迪,审美的享受,心灵的慰藉,闲时的消遣,还有好奇、愉悦、消解、释放以及对生活和生命的种种的补充。

艺术家一旦明白这一艺术原理,现实生活就变得有限。艺术家在复制生活时常常陷入被动和无能,超越生活时才进入放纵和自由:诗人更加浪漫,小说家更富于想象。为此之故，中国古典小说的主要特征和主要魅力是传奇。

再说京剧《三岔口》，它不是依据漆黑的夜色——这视觉上的真实，而是抓住人们在黑夜里的动作特征——摸索和试探，这样不仅将灯火通明中的夜战表现得巧妙又可信，人物面对面的探头探脑和摸爬滚打反而更加妙趣横生。一招一式，惊险机智，又富于幽默，倘若把舞台的灯光完全关闭，一片漆黑，虽然真实了，却什么也看不见了。中国戏曲正是这样把戏当做戏，艺术创造上才能更自由。

至于中国戏曲舞台上的演员和角色，它们既是"合二为一"，又是"一分为二"。演员有时进入角色而表现角色，有时跳出角色表现自己。演员的技艺刻画了角色的能耐，演员的功夫又加强了角色的魅力。观众既欣赏到角色的本领，同时也欣赏到演员超凡的功力，得到双重的满足。演员与角色，真真假假，浑然一体。艺术家所能发挥的天地是双倍的。

那些"不求形似"的中国画家，更是水墨淋漓，满纸云烟，信手挥洒，尽情张扬自己的意趣与个性。对于这些画家，"眼中之竹不是手中之竹，手中之竹又不是心中之竹也"。这"眼中之竹"便是属于大自然的，"心中之竹"是超越自然而属于艺术家主观的、理想的和艺术的。于是，郑板桥的清灵潇洒，朱耷的悲凉寂寞，王冕的高洁脱俗，都不是来源于自然风物，而是活脱脱的深刻的自己。然而中国观众要看的也正是这些。

写到此处，方应说道，中国人真是懂得艺术。正像我曾对威廉·戈尔登所说："中国人从来不把画当做真的"，艺术家才获得天宽地阔的创造自由。东方艺术的特征、东西方艺术的区别也就因此而生。任何艺术的形成，一半靠艺术家的天才创造，一半靠富于悟性的读者与观众的理解。艺术史往往只强调前一半，可是谁来写一部读者史或观众史？

简评

　　冯骥才先生早年在天津从事绘画工作，后专职文学创作和民间文化研究。20世纪80年代起，担任中国作家协会会员，从事文学创作等活动，并且担任《文学自由谈》杂志和《艺术家》杂志主编。创作了大量优秀散文、小说和绘画作品。还曾经担任天津市文联主席、国际笔会中国中心会员。曾经是"文革"后崛起的"伤痕文学运动"代表作家，1985年后以"文化反思小说"饮誉文坛并对文坛产生了深远的影响。"文学风格对于他从来没有凝固过。于是，他的笔下不断变换着场景：'神鞭''三寸金莲'等等，而新文人画的创作成功，又让人们看到一个新奇的他。他便是这样构思着他的音乐。短小的篇章，展示着他的真实，他对艺术性和生活的理解。"（李辉品书小辑——冯骥才随笔《秋天的音乐》）阅读《以假当真》，我们可以先试着读一下文章的结尾："写到此处，方应说道，中国人真是懂得艺术。正像我曾对威廉·戈尔登所说：'中国人从来不把画当做真的。'艺术家才获得天宽地阔的创造自由。东方艺术的特征、东西方艺术的区别也就因此而明朗。任何艺术的形成，一半靠艺术家的天才创造，一半靠富于悟性的读者与观众的理解。艺术史往往只强调前一半，可是谁来写一部读者史或观众史？"作者认为：中国的艺术自始至终就立在这一制高点上。因为艺术家深知艺术不是重复生活,而是超越生活。艺术,也正因为它是生活中没有的,所以才有存在价值。音乐不是大自然的声音,诗不是生活用语,小说当然不是生活的记录,画当然不是现实事物或景物的重现。人们日日生活在现实里,何须你再来复制一个现实?这也正是自然主义最没有艺术价值的缘故。

冯骥才先生在《以假当真》中有这样一段很形象的描写:"在中国的戏曲舞台上,一根马鞭便是一匹千里神骏,几个打旗的龙套便是浩浩三军,抬一下脚便是进一道院或出一道门。西方人面对这些可能惊奇莫解,中国人却认可这就是艺术的真实。"作者告诉我们,世界上各种艺术都与京剧一样存在着程式,没有程式就没有了艺术。程式化就像我们写文章时的语汇、词组和成语经过严格的语法规范连缀起来一样。再比如,中国画家在勾画山水花鸟时的勾勒,泼墨、积墨、皴法、烘托和用色的程序;芭蕾舞在表现各种情感时的大跳、托举、旋转、倒踢紫金冠;歌剧演员在抒发情感时的咏叹调、宣叙调以及演出过程中的序曲、间奏曲、舞曲;电影在表现不同画面时的特写、近景、中景、远景、蒙太奇、化入化出和话外音等不都是不同艺术中的程式吗?如果取消了这些程式,这些艺术也就不能存在了。

所以,"以假当真",说的是艺术家从生活真实中提炼、加工、概括和创造出来的,通过艺术形象集中反映了一定历史时期的本质、规律的社会生活的真的面貌。艺术真实是艺术作品英具备的重要品格,是艺术职能得以有效发挥的重要条件。它是艺术作品"善和美"的前提条件,也是艺术作品艺术生命力的保障。艺术真实直接来源于社会生活。艺术家以生活真实为基础,按照生活发展的必然逻辑和自己的美学理想,对生活进行提炼加工和集中概括,以反映生活的本质真实。它可以以生活中的真人真事为基础,也可以以生活中可能有的人和事为基础进行艺术创造,达到艺术的真实。艺术真实并不要求照搬生活现象,并不排斥艺术想象和艺术虚构。它的真谛在于艺术形象与社会生活内在规律和内在逻辑的艺术吻合。在艺术创作中，不管运用何种艺术方法和手段，从生活真实到艺术真实，是其共同的原则和要求。能否从生活真实达到艺术真实，取决于艺术家是否具有进步的思想、丰富的生活阅历和娴熟的艺术技巧。

作者还说过：西方的写实主义蓬勃于没有摄影和电影的时代。自从人类发明了照相机和摄影机，写实精神在西方文艺中便不是至高无上的了。而中国人就像明白罗盘的原理那样，早早地就明白了艺术不是复制生活的法则，从不崇拜写实，从不顺从器官的感受，而听凭心灵的感受，大胆地以假当真，创造了高明而又伟大的东方艺术。水墨山水的灵气，舞台艺术的抽象，唐诗宋词的概括等足以说明这一点。倒是当代的中国人陷入愚蠢，把自然主义和摄影现实主义奉若神明。于是，文学只剩下表面上杂乱不堪的"感觉真实"，绘画坠入了模仿照相的技术主义。当毕加索、克里姆特、马蒂斯从东方艺术中悟到艺术的真谛，从而使西方的艺术更"艺术"时，他们哪里知道如今的东方艺术正在退化。

艺术真实是文学创作的基本原则之一，它要求作家以主观性感知与诗艺性创造，在其营造的假定性情境中表现对社会生活内蕴、特别是那些本质性、规律性的东西的认识与感悟。与生活真实不同，艺术真实以假定性情境表现对社会生活内蕴的认识和感悟。从这个侧面来说，艺术真实是一种内蕴的真实，是假定的真实。艺术真实是刈生活真实的超越与飞升，作家只有在广泛观察与深刻体验社会生活的基础上，认识和感悟其内蕴——主要是本质性的东西，并予以提炼与集中，才能创造出艺术的真实。如果说表现社会生活中某些本质性的东西，是艺术真实的内在要求，那么艺术情境的假定性则是艺术真实的外在特征。这使我们想起了李泽厚先生在《画廊谈美——给L·J的信》中说的一段话："记得吗？二楼展出的是邓散木的书法和印谱。面对着那一幅幅时而如松石刚健，时而如柔条披风的大字书法和朱红印章，你这个偏爱西方艺术的年轻人，也不禁赞叹：'美'！但这里哪有一点点生活模拟的影子呢？'写真实'的美学原则如何用到这里来呢？书法、金石的美在哪里呢？"

艺术是站在人的生命体验与审美感受以及对社会人生关注的立场上看待客体世界的，因而其对客体世界的认识、感悟与表现带有浓厚的主观性。以真假来讨论艺术，不可能触及艺术的神理。一般人在欣赏风景时，会脱口而出："真美，像画儿似的。"在欣赏一幅画时，也会说："真像，像真的一样。"这里，是采取了两种不同的标准，而这两条标准，譬如两条异面直线，既不相交也不平行，既不互相矛盾也不彼此补充。不过，一副水墨淋漓的中国山水画，画家信手挥洒尽情地张扬自己的意趣与个性，这只是一方面；另一方面如何从墨分五色的写意中读出空灵潇洒、悲观凄凉来，观赏者见仁见智很难做到在一个水平线上，这是另一个范畴的问题，亦即文章结尾强调的：艺术史往往只强调前一半，可是谁来写一部读者史或观众史？写出一部好的"读者史"或"观众史"是绝对离不开"以假当真"的抽象。

所以，我们必须明白这个道理："以假当真，不是艺术家非要这么做不可，而是读者与观众需要这么做。"

文

天祥千秋祭

◇ 卞毓方

漫长的囚禁生涯开始了。

站在文明文化的角度看,这是人类的一场灾难。一个死去七百年犹然光芒四射的人物,一个再过七百年将依然如钻石般璀璨的人物,当年,他生命的巅峰状态,却被狭小的土牢所扼杀,窒息。且慢,正是站在文明文化的角度看,这又是人类一大骄傲。

说到文天祥的崇高人格,我们不能不想到他那些撼天地、慑鬼神的诗篇。请允许我在此将笔稍微拐一下。纵观世界文学史,最为悲壮、高亢的诗文,往往是在人生最激烈、惨痛的漩涡里分娩。因为写它的不是笔,是生命的孤注一掷。这方面,中国的例子读者都很熟悉,就不举了。国外太大,姑且画一个

本文节选自《雪冠——卞毓方散文选》(复旦大学出版社1998年版。本文最早刊于《大地·副刊》1994年第4期),有删改。卞毓方,男,1944年生于江苏,毕业于北京大学东语系日语专业和中国社会科学院研究生院国际新闻系专业,文学硕士。社会活动家,教授,作家。长期从事新闻工作。1991年加入中国作家协会。代表

散文有：《文天祥千秋祭》《煌煌上庠》《韶峰郁郁，湘水汤汤》《思想者的第三种造型》《凝望那道横眉》《高峰堕石》《书斋浮想》《少女的美名像风》《张家界》《雪冠》《烟云过眼》等；散文特写集有《站在历史的窗台上》《啊，少年中国》《人生得一知己足矣》。

小圈子，限定在文天祥同一时代。我想到意大利的世界级诗人但丁，他在那欧洲文学史上具有划时代意义的《神曲》，便是在流亡生活最苦难的阶段孕育。圈子还可以再画小，比如威尼斯旅行家，仅仅早文天祥四年到达大都的马可·波罗，日后也是在热那亚的监狱里，口述他那部蜚声世界的游记。太史公司马迁和南唐后主李煜，亦无例外，他二人分别是在刑余和亡国之后，才写下可歌可泣的力作。对照文天祥，情形也是如此。在他传世的诗文中，最为撼人心魄的，我认为有两篇。其一，就是《过零丁洋》；其二，则是在囚禁中写下的《正气歌》。

你想知道《正气歌》的创作过程吗？应该说，文天祥早就在酝酿、构思了。滂沛在歌中的，是他自幼信奉的民族大义；呼啸在歌中的，是他九死一生的文谏武战；最后，催生这支歌的，则是他的宁死不屈的坚贞，以及在土牢里遭受的种种恶浊之气的挑战。何为恶浊之气？关押文天祥的牢房，是一处狭窄、阴暗的土室，每当夏秋，外有烈日蒸晒，暴雨浸淫，内有炉火炙烤，加之朽木、霉米、腐土、垃圾，联合进攻，空气是坏得不能再坏的了。这时候的文天祥，愈加显出了他一腔凛然沛然浩然的正气，在常人难以忍受的恶劣环境里，照旧坐歌起吟，从容不迫。他把这些恶浊之气，总结为"水、土、白、火、米、人、秽"七种，并向天地宣称："彼气有七，吾气有一，以一乱七，吾何患焉！"——这就激发了他一生中最为高昂的《正气歌》。

让我们把镜头摇到公元1281年夏末的一个晚上。那天，牢房里苦热难耐，天祥无法入睡，他翻身坐起，点起案上的油灯，信手抽出几篇诗稿吟哦。渐渐地，他忘记了酷热，忘记了弥漫在周围的恶气浊气，仿佛又回到了"夜夜梦伊吕"的少年时代，又成了青年及第、雄心万丈的状元郎，又在上书直谏、痛斥奸佞、倡言改革，又在洒血攘袂、出生入死、慷慨悲歌……这时，天空中亮起了金鞭形的闪电，随后又传来了隐隐的雷声，天祥的心旌突然分外摇动起来。他一跃而起，摊开纸墨，提起笔，悬腕直书：

天地有正气，杂然赋流形。

下则为河岳，上则为日星。

于人曰浩然，沛乎塞苍冥。

皇路当清夷，含和吐明庭。

文天祥驻笔片刻，凝神思索。他想到自幼熟读的前朝英烈：春秋的齐太史、晋董狐，战国的张良，汉代的苏武，三国的严颜、管宁、诸葛亮，晋代的嵇绍、祖逖，唐代的张巡、颜杲卿、段秀实，他觉得天地间的正气正是充塞、洋溢在这十二位先贤的身上，并由他们的行为而光照日月。历史千百次地昭示，千百次啊：一旦两种健康、健全的人格碰头，就好比两股涌浪，在大洋上相激，又好比两颗基本粒子，在高能状态下相撞，谁又能精确估出它所蕴藏的能量！又一道闪电在空中划过，瞬间将土牢照得如同白昼，文天祥秉笔书下：

> 时穷节乃见，一一垂丹青。
>
> 在齐太史简，在晋董狐笔，
>
> 在秦张良椎，在汉苏武节……

一串霹雳在天空炸响，风吹得灯光不住摇曳，文天祥的身影被投射到墙壁上，幻化成各种高大的形状，他继续俯身狂书：

> 是气所磅礴，凛烈万古存；
>
> 当其贯日月，生死安足论。
>
> 地维赖以立，天柱赖以尊；
>
> 三纲实系命，道义为之根……

室外，突至的雨点开始鞭抽大地。室内，文天祥前额也可见汗淋如雨。然而，他顾不得擦拭，只是一个劲地笔走龙蛇。强风吹开了牢门，散乱了他的头发，鼓荡起他的衣衫，将案上的诗歌吹得满屋飘飞，他兀自目运神光，浑然不觉。天地间的正气、先贤们的正气仿佛已经流转灌注到了他的四肢百骸、关关节节！

啊啊，古今的无穷雄文宝典，在这儿都要黯然失色。这不是寻常诗文，这是中华民族的慷慨呼啸。民族精神在历史发展的紧要关头，常常要推出一些人来为社会立言。有时它是借屈原之口朗吟"哀民生之多艰"，有时它是借霍去病之口朗吟"匈奴未灭，何以家为!"这一次,便是借文天祥之口朗吟《正气歌》。歌之临空,则化为虹霓;歌之坠地,则凝作金石。五岳千山因了这支歌,而更增其高;北斗七星因了这支歌,而益显其明;前朝仁人因了这支歌,而大放光彩;后代志士因了这支歌,而脊梁愈挺。至此,文天祥是可以"求仁得仁"、从容捐躯的了,他已完成在尘世的使命,即将跨入辉煌的天国。

哲人日已远,典型在夙昔。

风檐展书读,古道照颜色。

写完最后四句,文天祥掷笔长啸。室外,滂沱大雨裂天而下,夹杂着摧枯拉朽的电闪雷鸣,天空大地似乎崩裂交合了。天祥凝立不动,身形俨如一尊山岳!

简 评

　　著名学者卞毓方先生,自1995年以来,致力于散文创作。他的散文作品充满了学者文人的文化氛围:或如天马行空、大气游虹,或如清风出袖、明月入怀;熔神奇、瑰丽、嶙峋于一炉,长歌当啸,独树一帜,颇受读者喜爱。《留取丹心照汗青——文天祥千秋祭(节选)》便是一篇集中体现了作者散文独特风格的大作。

　　南宋伟大的爱国主义诗人文天祥的不平凡的生活经历,具有很深的传统文化背景,他受到传统的以孔孟思想为代表的儒家文化的深刻影响,就是到战败被俘,他仍念念不忘自己是大宋的状元、宰相,非常珍惜国家赋予他的荣誉,勇敢无畏地承担报答国家的义务,尽到了"士"人的道德责任。作为封建文人的优秀代表,文天祥走过的不仅是读书报国的典型历程,还投身于政权危难时的抗击侵略的军事斗争,最后英勇牺牲,在他身上所体现出的士的精神更加鲜明、更为全面,更有代表意义。他的精神世界,超出了一般士人的精神水准。因此,他对后世的巨大影响不仅是政治层面,更具有突出的社会意义。

一个民族历经艰险仍能屹立不倒,必定有他"登高山如履平地"的克难精神之所在,一种文明于跌宕起伏中仍传承不辍,也必然有他"虽九死其犹未悔"的克难精神之所在。"中国人惯常凭借着何种样的精神来克服诸艰?我们可以直截了当地说,主要是凭仗着一股气。气不壮,气不足,非难亦难;气壮气足,难亦非难。旧说称之为一股气,新说则称之为一股精神。"(见钱穆《中华民族的克难精神》)自古但凡遇到改朝换代,必定会有先朝的臣子们思及前朝的恩义而以死殉国追列祖列宗于地下。文天祥,陆秀夫与张世杰三人被并称为"宋末三杰",是他们对宋室效忠,至死不悔的节气,这种儒家所推崇的成仁取义精神在他们三人身上得到了最大体现,他们是突出的典型代表,其实,除去文、陆、张三人,当时士人普遍具有这种舍生取义的精神,例如蒙古军攻占长沙时岳麓书院数百名儒生全部壮烈战死,这就是古时读书人所推崇的气节。值得后人景仰!

文天祥用他的生命创造了一个不死的神话。站在文明文化的高度,千年而下,他那些惊天地、泣鬼神的诗篇,依然是人类不可逾越的高峰。公元1281年夏天(元世祖至元十八年),兵败被俘囚禁燕京的第二年,自幼饱读诗书的文天祥,在狭小、阴暗、潮湿的土牢里,以无所畏惧英雄气概,徜徉在中华文化的海洋里,养浩然之正气,写下了彪炳千古的《正气歌》,表现出强烈的爱国主义精神和昂扬的斗志,用生命塑造了不死的灵魂,对后世产生了巨大的教育作用。

本文运用想象,分别描写了文天祥被俘、拒降和创作《正气歌》的主要情节。同时,文章还运用比喻、拟人等修辞手法生动展现了对于文天祥高贵品质的赞扬与敬佩。正气,是一种高尚的精神状态和道德境界,指的是刚正的志气和节操，包括忠贞、刚直、清正、仁爱等。文天祥为了挽回南宋覆亡的命运，寸土血战，百折不挠，直到战败被俘仍然宁死不屈，表现出令人敬佩的精神。他的诗文是他战斗生活的真实记录，浩然正气的自然流露。这是我们读本文文天祥伟大精神的震撼！也是作者具有独特个性散文创作的生命力所在。

有人说，卞毓方是文学界的特例。季羡林先生曾这样评价他："毓方之所以肯下苦功夫，惨淡经营而又能获得成功的原因是，他腹笥充盈，对中国的诗文阅读极广，又兼浩气盈胸，见识卓荦；此外，他还有一个作家所必须具有的灵感。"何建明从工作的立足点出发，比较大量散文作品之后，得出这样的结论："卞毓方的散文写得好、写得比一般名家的好，是我作为一个出版人和当了二十多年文学大刊的主编在大量阅读当代诸多作品中所得出的一个结论。"据说，散文界有"南余（秋雨）"和"北卞（毓方）"的称谓，成为当今中国文坛佳话。由于卞毓方先生和季羡林先生在精神上的一脉相传，他在强调"大"文化视野的同时，用自己的笔拓展了大散文的四个维度。一是境界高，卞毓方的散文中没有儿女情长，也没有卿卿我我，更没有世俗的隔靴搔痒或后现代式的文化搞笑。二是视界宽，他的散文涉及的经、史、子、集资料比比皆是，内容非常宏阔。三是跨界大，如果说视界宽涉及东方古代、近代、现代，还有西方哥伦布、麦哲伦、马克思等，那么跨界人涉及的文、史、哲、考古、艺术、宗教等。四是情感深，一个才高八斗但无情的人常令人生畏。情感可以把境界、世界、眼界点活，让它们变得生动、流畅、灵活、入木三分。

读卞毓方先生的散文有淋漓尽致之感，原因就在于此。

现代文化的基本特点

◇ 周有光

本文选自周有光《现代文化的冲击波》（生活·读书·新知三联书店2000年版）。周有光（1906—2016），原名周耀平，"周有光"是他的笔名。他生于中国江苏常州，是中国著名的语言学家、文字学家、经济学家，通晓汉、英、法、日四种语言。周有光先生早年研读经济学，青年和中年时期主要从事经济、金融工作。1955年奉调到

现代文化是逐渐发展起来的新事物，有些国家还有不少人没有感觉到它的存在，以为只不过是原来西方的文化而已。因此需要把它的基本特点略作说明。

现代文化是全世界人民"共创、共有、共享"的文化。它不属于某一个人、也不属于某一个国家，任何人、任何国家，都可以参加进去，作出创造、共同利用。例如，诺贝尔物理学奖金的获得者已经有十六七个国家的一百二十多位学者，虽然西方学者居多数，但是东方学者也做出了重要贡献，其中有华人、日本人、印度人等。世界各国大学的物理学课程中都在讲解这些学者的创造。在图书馆里查看一下各

国的大学课程,可以看到极大部分是现代文化,只有很少一些课程属于当地的传统文化,强调民族主义的国家也不例外。

现代文化是全球化的文化。交通阻隔、往来不便的时代,不可能有全球化的文化;交通发达、往来频繁的时代,地球缩小成为一个地球村,才可能有全球化的文化。全球化的现代文化没有国界,它是国际文化。例如,月球在不同的国家原来有不同的神话,你的月球神话跟我的月球神话不同,那是地区的传统文化。人类登月成功之后,拍下了月球的照片,拿回了月球的土块,月球的面貌从神话变成现实,大家有了对月球的共同认识,这是国际性的现代文化。

现代文化是现代知识的最新成果。知识是逐步积累、不断更新、永远前进的。中国古代相信"天垂象",这样的迷信在西欧也曾经流行过。例如,1066年,欧洲发现彗星,欧洲人认为这是诺曼底人征服英国的预兆。天是什么东西,人类在几千年中无法看透。天体运行的规律到1687年牛顿发现万有引力才有初步的解释,1905年爱因斯坦提出相对论之后得到进一步的理解,后来发现的宇称不守恒现象又补充了关于天体的知识。现代文化是当前的最新成就,当然还需要不断研究和更新。

现代文化以科学和源出于科学的技术为主体。人类的文化发展在原始文化之后可以分为三个时期:早期以宗教为主体,中期为哲学为主体,后期以科学为主体。科学是一元性的,全世界科学家一致

北京,进入中国文字改革委员会,专职从事语言文字研究。85岁以后开始研究文化学问题。周有光在语言文字学和文化学领域发表专著30多部,论文300多篇,在国内外产生了广泛影响。周有光在2007年10月31日获得"吴玉章人文社会科学奖"特等奖。"吴玉章人文社会科学奖"为全国性哲学社会科学研究较高规格的奖项。

认可才是科学，没有公说公有理、婆说婆有理的民族科学。苏联创造米丘林生物学和马尔语言学的失败经验已经证明了这一点。

现代文化既有物质、又有精神。物质和精神是相互依存、相互促进的，不是彼此矛盾、彼此分离的。现代文化已经把人类生活彻底改变，既改变了物质，也改变了精神。有人说物质和精神的分别是，物质有重量，精神无重量。如果这个说法能够成立，那么，硬件是物质，软件是精神，硬件和软件是形影不离的。

有了现代文化，不是就不要传统文化了。现代文化和传统文化是并行不悖的。现代人是"双文化人"，既需要现代文化，又需要传统文化，甚至既需要科学，又需要宗教。现在世界上有四种传统文化：西欧传统文化、西亚传统文化、南亚传统文化和东亚传统文化。西欧文化传播到北美，合称西方文化，其他三种亚洲的传统文化（西亚、中亚、东亚）都是东方文化。以中国文化为主导的东亚传统文化是东方文化之一种。中国不能独占"东方"的名义。把现代文化说成西方文化，是不正确的；说成美国文化，更加不正确。把东西文化看作势不两立，不是东风压倒西风，就是西风压倒东风，那是不了解文化演变的历史规律。现代文化是从不同的传统文化相互接触之后，经过彼此学习、提高、检验、公认而后形成的新文化。没有公认的部分照旧保留于地区的传统文化之中。在现代文化向全世界传播的潮流中，各个地区的传统文化都在自动适应，自我完善，自然代谢。

简评

有人说周有光先生身上体现了"自由之思想，独立之人格"的光辉精神；北京大学中文系教授苏培成称其"敢于说真话、说实话"；《晶报》称他"敢讲一般人不敢讲的话"。2006年，适值周有光先生百岁寿辰，上复旦大学校长王生洪曾在恭祝周有光老寿诞时说了这样一句话："周有光是一百年来无数有志之士的精神象征。"学术界有一个共识,百岁老人周有光对时代和人生的反思值得后来人认真学习与借鉴。周有光先生早年修读经济学,青年和中年时期主要从事经济、金融工作,担任过复旦大学经济学教授,1955年奉调到北京,进入中国文字改革委员会,专职从事语言文字研究。他的学术方向完全改变了,与自己研读的专业,似有风马牛之嫌。1956年,开始专职从事语言文字的实用研究,曾参加并主持拟定《汉语拼音方案》(1958年公布),几十年来一直致力于语文改革。周有光先生的语言文字研究,领域十分宽广,研究的中心是中国语文现代化。他对中国语文现代化的理论和实践做了全面的科学的阐释。周有光先生是汉语拼音方案的主要制订者,并且,主持制订了《汉语拼音正词法基本规则》。

让人匪夷所思的是,85岁以后的周有光却开始研究文化学问题。在接受国内一家很有影响的杂志采访时,周有光先生说:"把人类文化分为东方和西方的'东西两分法'虽然流传很广,可是不符合客观事实。根据历史事实,有四种传统文化,亚洲有三种,东亚是中国文化,南亚是印度文化,西亚是伊斯兰文化。第四种是西欧文化,西欧文化传到美洲成为西方文化。就是西欧文化加上北美文化,代表是美国文化。东亚文化、南亚文化和西亚文化合称东方文化。东亚文化是东方文化的一个部分,不能代表全部东方文化。"在《现代文化的冲击波》一书中周有光先生进一步明确综合了现代世界文化的几个重要问题:现代文化是全世界各个地区的传统文化的融合和升华,它是全人类共同的创造,19世纪开始形成,20世纪快速发展,21世纪将普遍展开。周有光还认为现代是双文化时代。他把文化分成两个层次:地区传统文化和国际现代文化。并且描述了人类文化发展步骤的三个主要方面:一、经济方面,从农业化到工业化到信息化;二、政治方面,从神权政治到君权政治到民权政治,简单地说,就是从专制到民主;三、思维方面,从神学思

现代文化的基本特点

167

维到玄学思维到科学思维。

现代文化的表现形式多种多样,包含现代科技、现代理念、现代景观等。周有光先生多次提到的:"现代文化是全世界各个地区的传统文化的融合和升华,它是全人类共同的创造,19世纪开始形成,20世纪快速发展,21世纪将普遍展开。"(《群言》,1999年第11期,周有光)工业社会以来新产生的文化是与传统文化相对应的概念。现代文化产生于传统文化基础之上,又与之并存。每个民族的文化中既有传统的成分,又有现代的成分。从16世纪开始的宗教改革和文艺复兴运动以及18世纪的工业革命,是现代文化产生和发展的两大来源。此后的工业化、电气化、自动化则是现代文化在物质生活方面的具体表现;实现人的价值、追求人的彻底解放,是现代文化在意识形态领域里的主要表现。现代文化中的物质和非物质元素,多发源于欧洲,后传播到世界各地,并得到发扬光大。现代文化在一个民族文化中所占的比重,标志着这个民族的发展水平。

"现代文化以科学和源出于科学的技术为主体。"这是作周有光先在本文的根本观点。所以,我们要对现代文化的核心价值:民主与科学有一个新的认识。由于中国文化具有极强的包容性,使得它虽然缺乏民主、科学的传统,但并不排斥民主和科学。中国文化对西方文化的消化、融合是一个相当漫长的过程。更重要的是,我们在吸收消化现代文化时,不是就不要传统文化了,认识到现代文化和传统文化的并行不悖,才是现代人应有的态度。

情

圣白居易

◇韩静霆

一

那年夏天,我在洛阳龙门石窟,拜谒了众石佛,回头便去拜望唐代大诗人白居易。白诗人最后的归处,与众佛隔河遥遥相望,就在龙门山麓。天阴沉得很急,从石佛这边儿望去。晚霞升腾,乌云攒集,山峦若失,江岸消遁,不知白公安在?

白居易五十七岁那年离别帝京长安,逃开官场的倾轧,选定洛阳度过残生,再也没回头。他在洛阳一住就是二十一年,一直到死。他在古都洛阳的最后的日子,很凄凉的。闹了肺病,害眼病,眼病未好,

本文选自韩静霆《伴醉与伴狂》(百花文艺出版社2000年版),有删改。韩静霆,男,汉族,1944年出生于吉林东辽,中国电影编剧、作家。先后就读于四平艺校、吉林艺专、中央音乐学院。1968年毕业于中国音乐学院民族器乐系。1973年应征入伍,曾任原北

京军区炮兵政治部干事，军委空军政治部文艺创作室创作员、副主任、主任，大校军衔。中国作家协会全国委员会委员。1973年开始发表作品。他的主要作品有长篇小说《凯旋在子夜》，中篇小说《战争，让女人走开》以及电影、电视连续剧《大出殡》《市场角落的"皇帝"》《孙武》等。多次获全国、全军奖项。其创作歌曲《今天是你的生日，中国》亦唱彻全国。

又患脚疾，最折磨人的是脑血栓，半身不遂，弄得他颠来倒去，半死不活。俗话说，病来如山倒，病去如抽丝，诗人本来就形容枯槁，常常以病鹤自比。这时更是瘦成了秋秸扎的纸活儿一般，似乎风一吹就能把他掀到河里去。他七十三岁这年，已经在冥冥中听到了阴曹地府阎罗君的呼唤，自知所剩时日不多了。这年他最后一次到附近的赵村去看杏花，拱手与杏花诀别，叹息道："今春来是别花来。"如今洛阳杏花依旧，诗人却音容杳然了！

也还是白居易七十三岁这年冬天，他还在想着拼却余生为百姓做点儿事情。他看见：龙门潭下，八节滩里，常有舟船颠覆。劳苦船工过滩时，只好跳进冰水里推船。他听船工们饥冻哀号，听了一整夜，听得心动，发誓要凿通这段水路。诗人抱着病残之躯，主持监理，奔走呼号，险滩终于凿成了通途。一千一百五十多年以后，我辈晚来凭吊白公，此时此刻，八节滩上，龙门潭中，在风雨来临之前，正是白波似箭，白居易，白居易，你身在哪里？

对于诗人来说，比疾病更残忍的是孤独。几乎是弹指之间，白居易平生最好的四个朋友，元稹、刘禹锡、崔玄亮、李建，一个个撒手而去，死了。他的哥哥白幼文死了，他的弟弟白行简死了，他的女婿谈宏暮死了，他三岁的小儿子阿崔死了，连他无言的伙伴华亭鹤也死了……白居易老泪纵横，蹒蹒跚跚，送了朋友送兄弟，几乎还没来得及擦干眼泪，白发人又送黑发人，送了人又送鹤……一生只为情字生的老诗人，屡屡经历着沉重的情感打击。孤苦难耐，病索难解，无人可与诉说，只好借酒消愁了。其实，白居易喝酒根本不行的。一杯两杯还凑合应付，三杯四杯下肚就天旋地转了。一壶酒独酌独饮，能让他醉死三回。明知一醉等于一病，滋味并不好受，可是不喝酒又能干什么？回眸看看一生的坎坎坷坷，几经丧乱，磨劫，贬谪，诽谤。世人既不知爱人，岂知惜才？至于人们传诵他的天才诗篇，是远处的事，是缥缈后世的事，他生活的那个权谋者的空间不容他，也不饶他。想想那些至爱亲朋的音容笑貌呢，——杳如黄鹤，去不复来。白居易白天不思一粒米，夜里片刻睡不着，喝点酒就倒下起不来。"满头霜雪半身风"的诗人，干瘦成了枯柴棒的诗人，寂寞到了身上连虱子都没有可扪的地步，病苦到了连一只酒杯都拾不起来的程度。头白齿折，眼昏腿软，也只有学佛坐禅的份儿了。他在那个秋风隐隐西来的八月，最后长眠在龙门山的如满和尚塔旁边了。诗人，诗人，你长年与如满和尚衣钵舍利相伴，风中可能听到你的禅语？

白居易墓左石的泥土，岂止是湿的？简直是飞着泪雨！我跨进"墓门"的时候，大雨突然从天而降。腥风斜侵，白雨跳珠，打翻了龙门的水，遮去了龙门的山，众石佛全在虚无缥缈之中了。红漆大门内外除了乱涌乱淌的水，游客全无，人声全无，世界一片空蒙。我一进门槛，就陷进了泥潭，两脚成了"泥箩筐"。抬头看乱摇在树枝上的藤蔓，全成了蘸水的鞭子；低头看一池枯荷，只剩下无数光杆如乱钗狂摇。好在半坡上有一个亭子能避一避雨,我忙爬进去打抖。

夜,借着雨的威风和雷电的啸叫,来得极不平常。

龙门山,我今夜是爬不上去了。

白居易!学生与您失之交臂了。

白居易一生经历的风雨太多太多了。诗人临终前不久,还写诗说自己是"远行装束了",白居易老人家,今夜是不是正在龙门的山水上行走?你能侥幸避过这场大风大雨吗?

二

离开洛阳很久了,那场龙门风雨,还是常常在我心头喧响。或许,隔着大风大雨凭吊白居易,更贴近真实的白居易。能听到他情感的狂潮冲撞躯壳的声音。白居易是性情中人。他虽然长眠龙门,可他的情采,情韵,情肠,情泪,情话,永远撼动着我等后辈的心灵。当然,他自己也为情所累,为情所伤。他生活的那个虚伪的官场,人人须戴着假面,感情用事必招致祸端。官场藐视诗人,诗人越是情怀激烈越糟糕,名气越大越容易招致嫉恨。几千年历史下来,我们不得不承认,历朝历代,嫉妒是国粹,流言是国器,小人的舌头磨成锋利的箭镞,穿透了许多风流才子的胸膛!被流放的屈原抱石沉江;被诽谤的苏东坡锒铛入狱;被陷害的嵇康弹罢千古绝响《广陵散》,身首异处……天才们一个接一个在我们眼前悲哀地走向绝地。比起来，白居易是很幸运的，没有招致灭顶之灾，保了个全尸，而且在官场经历了重创之后，积郁在胸中的情感，喷溅在诗中，吟就了千古绝唱。

长安城中那场惊心动魄的政治风雨，落到白居易头上，完全是他咎由自取。那是公元815年6月3日拂晓，天地一片混沌，长安还没睡醒，浓雾在街衢臃塞。宰相武元衡率随从去上早朝，骑马刚走出家宅靖安坊不远，突然有冷箭嗖嗖飞来。几乎与冷箭的速度同步，昏暗中冲出刺客，把马拉住，一刀削下了武元衡的半个头。刺客提着宰相鲜血和脑浆齐迸的半个头，像提着个椰子壳。刺客扬长而去的时候，逃散的随从还没来得及叫出声来。与此同时，当朝御史丞裴度也在上朝的路上，被刺客用暗器击中头颅，坠马渠沟。裴度的随从王义一把抱住了刺客，狂呼"抓刺客"，话音没落，胳膊已被砍断……这场暗杀之迅猛和凶残，足令后世职业杀手自愧弗如。配合暗杀，"谁抓我，我宰了谁"的恫吓信，投遍长安府县衙门。暗杀的缘由是唐宪宗听用武元衡等人之策，讨伐割据的藩镇。拥兵的藩镇恐慌得要命，派遣刺客到两京肇事，纵火，暗杀，挑拨离间。"六三暗杀"震慑朝廷，卿相一时间全傻了，觉得杀机四伏，自身难保，噤若寒蝉。正在没人说话的时候，白居易为臣相惨死的国家奇辱情怀激昂，痛愤呼号，当日中午就上书皇上，奏论"扑贼雪耻"。他根本没想过在他之上的谏官御史说没说话，也不管轮没轮到他这个"赞善大夫"小吏发言，就"出位"上书了。

在卿相们看来，白居易"出位"，比"暗杀"也许更具危险性，更有威胁。白居易，你小子不顾一切"出位"？你高出卿相一头？你争宠邀功？你逞能你狂妄你不守本分你野心勃勃！官场对于白氏"出位"的反应，比对于"六三暗杀"来得快，立即有人提请圣上注意这个不知深浅的小吏，苟活的宰相韦贯之早已对这个"小人物"屡次出位有感觉。同僚们从来都充满了警惕，眼神左右一瞟，就要用妒忌的眼线勒死人。可是，白居易的激昂陈辞，两日内满城争传，定他的罪过不再找点岔子，难平民心。这种行径，我们都在政治运动中领略过，叫做"凑材料"和"上纲上线"。政治阴谋家并没有多少新伎俩，手段多半历代承袭沿用。欲加之罪，何患无辞？于是，官员们翻腾起了四年前白母的死因。白母陈氏寡居，素有心疾和神经病，曾因忧愤癫狂自杀。因婢女看护疏忽，堕井死亡。白居易最后得到的罪名是：不该再作赏花和新井的诗，"甚伤名教，不应在朝。"上方贬授白居易江州司马，诏令出京，不必等家眷收拾停当，一个人立刻滚蛋。

是年，白居易四十三岁。忧国忧民的诗人，四十岁开始滋生白头发，贬谪这年弄得人不人鬼不鬼的，"面瘦头斑"。到了第二年，一下子就"两鬓半苍苍"，一半的头发白了。白居易离开长安是八月初秋，旱路到襄阳，水路由汉水浮入长江，一路风雨，到江州已经是十月深秋了。

整整一年以后，又是"枫叶荻花秋瑟瑟"的季节，白居易出手了千古绝唱《琵琶行》!

人生命运就是这样让人捉摸不透。平常日子，我们没有办法参透《易经》神秘的昭示，怎么一会儿运交"帝旺"，"火"得不能再"火"；转眼又有一爻是"羊刃"，宰羊的刀子带着冷气奔向了人的脖子。接着，可能又"否极泰来"了。爻辞告诉你，事情糟糕到了头儿，就向好的方面腾挪了。对于白居易来说，江州恰恰是他必经的走向大成功的人生驿站。试想，倘若不是贬谪，北人白居易哪能得到浔阳江头?不到浔阳江头，怎么听得水上琵琶如怨如诉? 不听长安故倡的琵琶，心中何由发出"同是天涯沦落人"的感叹? 没有这番彻骨透髓的至情的感叹，哪会有《琵琶行》?《琵琶行》就是白居易，白居易就是《琵琶行》。这首空前绝后的叙事诗篇充满了诗人深刻的人生感悟，是他最重要的作品，也是中国文学史上一座巨匠之碑。八十八行诗句，唐代文人与故倡两个阶层的感伤史，一部复调式长篇小说的容量。

我们不妨稍稍回顾一下十年前白居易的状态。那阵子，白居易经皇帝钦选登科，虽官儿是县尉，县团级，可前程无量。第二年就改授翰林学士并喜结良缘。这时候他畅游仙游寺，写下了缠绵悱恻的爱情传奇《长恨歌》，那宛转动人的浪漫品格倾倒天下。这时候他心清气朗，当然能够浪漫，吟唱得出长恨情歌。只有白居易已经是悲凉彻骨的白居易了，才有《琵琶行》。他的哀伤与京都故倡的悲怨，揉在一处，那种情感的穿透力不可抵挡!

宋代《容斋随笔》的作者洪迈猜测，琵琶女子属子虚乌有。他说白居易谪居江州，有多大胆子，敢夜入陌生女子船中，又喝酒，又"极弹丝之乐"，大半夜才离开。难道不怕女人的丈夫回来诽谤议论，弄得满城风雨吗？我以为，洪迈根本不懂白居易。一则，白诗人沦落浔阳，知音难觅，听舟中琵琶"有京都声"，岂肯放过？二则，唐代法网对此宽大，"纪检"部门对此睁一只眼闭一只眼，但可放心大胆地去听琵琶。三则，闻声情动，此曲只应天上有，管他三七二十一！四则，白诗中有"座中泣下谁最多"的句子，可见"移船相近邀相见"的还有别人，大不必惧怕"瓜田李下"之嫌。说来，那长安故倡，也绝非狂蜂浪蝶。叫人家出来聊聊天儿，也真不容易。白居易执拗地叫了一声又一声，千呼万唤始出来。这种事儿，恐怕也只有情圣白居易干得出来。

多亏白居易情之所以这么干，否则，我们哪里能有一边吟诵得齿颊生香，一边泪流满面的幸福呢？

三

我算是从小学民族音乐的，行里叫"坐科"。在中国音乐学院念书的时候，碰巧我也弄过琵琶，深知用诗句描摹琵琶弹奏的情状太难了，弹得说不得。白居易绝对是一位为诗歌、也为琵琶而生的天才。白居易酷爱音乐，但他学习弹琴，至少是五十岁以后的事。读《琵琶行》，却不能不承认他简直是一个琵琶精怪！"犹抱琵琶半遮面"，那种人与琵琶合而为一的情态,十分专业。说到调弦,"转轴拨弦三两声",四弦只调"三两声",而且"未成曲调先有情",到这儿就可知其女的音乐感有多好了。下面,一会儿拢,一会儿撚,一会儿抹,一会儿挑,大弦嘈嘈,小弦切切,冰泉冷咽,四弦裂帛,虽唐代用拨,今人用甲,但白居易却概括了古今琵琶的指法轮、挑、分、拂、夹弹、扫弦,还有滑指、揉弦,包括休止符,全写了个透,比"行家"还要"行家"。

历史老人在冥冥中推出文学巨匠的时候,是极富于节奏感的。他老人家要不断地给后人惊奇与喜悦,在李杜、韩柳之后,适时地推出了天才诗人白居易。关于白诗人成功的遗传因素,我们能够考证的不多。只知道白氏祖居太原,是老西儿,后来迁居河南。白居易排行第二,兄白幼文和弟白行简也都登科做了官,呈人才的链状结构。白居易生时,母亲陈氏18岁,父亲白季庚年44,属中年又得贵子。上苍给了白居易极高的智商与情商,给了他超人的悟性,又安排他获得人生的阅历,剩下的,就看他自己了。白居易幸运地捕捉到了中国优秀文化传统"乐府"为羽翼,才使他有可能在李杜高峰之后,又一飞冲天,翱翔于诗林之上。自然,我们不能苛求白居易成为最大"公约数",除尽天下人。宋代大诗人苏东坡说过"元轻白俗"。苏轼难于理解白居易快意透骨的诗风,是一孔之见,学术之争。历代诗坛也有不少人以为白居易诗作过多过滥,叶燮说,"其中颓唐俚俗十居六七,若去其六七而有二三,皆卓然名作也"。这话不能说不中肯。白居易倘若一生只写那二三百首名作，写一个响一个，开口就吐"血燕"，张嘴就是天鹅的"绝唱"，当然好，可这样一来，白居易就不是白居易了。他浩繁的诗作，是他的人生历史，是他的自传。站在我们面前的白居易，是一位有情有泪有悲有喜有畅达有坎坷有俊雅也有俚俗的血肉之躯。诗人让人评说，正是诗人的价值和光荣。我所难于理解的是，前些时，报纸上突然出现一个题目《白居易是个大流氓!》这可着实吓了我一大跳。这个题目多少有点儿"大字报"的味道，有点儿像"举报"，像"炮轰"和"火烧"什么的。幸好"组织"上没有内查外调立案侦查，也没有提起诉讼，从这一点上说，白居易的确已经是我们常说的"死老虎"了。著文指控白居易是"大流氓"的，不知何许人也，白居易当然还是白居易，是那个写出《卖炭翁》《赋得古原草送别》《长恨歌》和《琵琶行》的文学大师。

白居易在《与元九书》中，谈过他的诗歌主张："根情，苗言，华声，实义。"他把真诚炽烈的情感，看成是作诗为文的根由。观其为人为文为诗，确是一个"情"字了得!

他痛惜爱情的诀别长恨，咽泪唱到，"悠悠生死别经年，魂魄不曾来入梦"；

他感喟于"同是天涯沦落人"，顿倾泪雨，"座中泣下谁最多，江州司马青衫湿"；

他悲悯"天宝大征兵"时用石头砸断自己胳膊才得苟活的"新丰折臂翁"，面对88岁的老人，他心上

流着泪,听见了"村南村北皆哭声";

他叹息兄弟离散,天各一方,"共看明月应垂泪,一夜乡心五处同";

他翻阅老友的诗卷,凄怆悲楚,不仅吟出"相看泪眼情难说,别有伤心事岂知"的诗句,蘸泪写在诗卷的空白处;

他追怀逝去的同庚老友元稹和崔群:"泣罢几回还自念,情来一倍苦相思";

他正在病中,心爱的白鹤病了。他《病中对病鹤》,泪眼迷离,"但作悲吟和噭哕,难将俗貌对昂藏";

他三岁的女儿金銮子死了。他"朝哭心所爱,暮哭心所亲",直弄得"泣尽双眸昏……"

多少情泪在诗中!

读白居易的诗,为他那至情所撼,是必须多备一块手帕的。诗人首先感动了自己,然后才能感动别人。面对白居易的诗篇,虽千年之隔,也不能不"泪眼相照"。诗人心中存贮的情感,太浓太多太真太切了。他的诗作,在他生活的当代就不胫而走,完全是由于他的情感之舟,张扬着"新乐府"的帆,有所依凭的缘故。几乎可以说,不是白居易找到了诗歌,而是诗歌找到了白居易,找到了情感的活水,才使诗船远航。白居易一路喷发着情感的人生旅程是很悲壮的。他"中朝无缌麻之亲,达官无半面之旧,策蹇步于利足之途,张空拳于战文之场",全凭真情,真爱,真学养,屹立于诗坛竞争最激烈的唐代,影响穿越时空，撼及二十世纪的今日世界。他自己也有幸看到了世人品尝诗人"诗果"的情形："自长安抵江西，三四千里，凡乡校佛寺逆旅行舟之中，往往有题仆诗者；士庶僧徒孀妇处女之口，每每有咏仆诗者"。

四

洛阳龙门白居易墓前的土长年不干，恐怕不仅仅是因为后人络绎不绝洒酒祭奠，其中定有白公点点情泪！白居易在他与世长辞之前不久，写过诗篇《不能忘情吟》并序，便是证明。

原来，陪伴白居易晚年的，有一名歌舞俱佳的小女子樊素和一匹叫骆的老马。白公一时心血来潮，想安心学佛并省些经费，让樊素离去，将马卖掉。不料，马刚被牵出门外，竟然回首长嘶。樊素听见凄惨的马嘶声，眼泪夺眶而出，刷刷流下两腮，跪倒不起来，说道："樊素跟您十年，三千六百天了……马可以为您代步，樊素可以唱歌为您下酒，一旦离去，有去无回。樊素将别，其辞也苦，骆马将去，其鸣也哀，人之情，马之情，都是这样，难道只有您无情吗？"樊素声泪俱下。白居易难过得半晌无言，忽然长叹一声，让人把马牵回来，同时接过了樊素手中的酒杯，一饮而尽，快吟数十声，诗句长长短短，如江水出闸，似悬崖跌瀑，一下子吟成二百三十五行诗句。叹曰：

噫！予非圣达，不能忘情，又不至于不及情者。事来搅情，情动不可枙。因自哂，题其篇曰："不能忘情吟"。

白居易在这里让一个"情"字儿弄得死去活来。他原想一咬牙一跺脚辞去樊素，来个"忘情"，却终于为情牵累，一吟两百三十五行诗句。他感叹自己虽然衰老，却并没到乌江边那死到临头的项羽的地步，干吗在一天之内别了"虞姬"，又别"乌骓马"？想到这儿，多情的白诗人反倒责怪自己不懂感情了。他泪眼朦胧地看着樊素，请樊素再为他唱一曲《杨柳枝》，他来酌酒，愿与樊素同入醉乡……

　　折腾来，折腾去，白居易还是感念自己年事衰颓，忍痛割舍了樊素。他命樊素走出了家门，心上却时时留连着樊素的影子，一吟三叹道：

　　　　　病共乐天相伴住，春随樊子一时归。

　　他想象着樊素和春一同回来的婀娜的样子，两眼又湿润了："觞咏罢来宾阁闭，笙歌散后妓房空"……

　　樊素到底走了。

　　别离没到两年，诗人溘然长逝……

　　嗟夫！不能忘情！

　　嗟夫！情圣，白居易，今夜你在何处吟哦？

简 评

　　洛阳是大诗人白居易的最后归宿。此时的唐王朝已十分腐朽，处于行将崩溃的前夕，外族的侵扰，军阀的割据以及朝廷内的党争日趋激烈，诗人"兼济天下"的政治理想无法实现，于是，退而求其次，更多的是考虑"独善其身"了。在唐代诗人中，白居易应该说是一个清醒的现实主义者，在诗歌领域里推进了《诗经》以来的现实主义传统，在理论和创作上掀起了一个波澜壮阔的"新乐府运动"——现实主义诗歌高潮。"心中为念农桑苦,耳里如闻饥冻声",多少情泪在诗中。太和三年(829),诗人57岁那一年,为远离黑暗的官场,借病辞官,开始过起半隐居的生活,决定在洛阳度过余生。这时他与嵩山如满和尚结香火社,往来香山,自号"香山居士",过起"栖心释梵,跟迹庄老""知足保和"的生活。此时有《达哉乐天行》一诗准确地写下了他的心情:"达哉达哉白乐天,分司东都十三年。七旬才满冠已挂,半禄未及车先悬。或伴游客春行乐,或随山僧夜坐禅。……生死无可无不可,达哉达哉白乐天。"但是,已进入生命暮年的白居易,还深情地记挂着洛阳老百姓的饥苦,"为情所累,为情所伤"。"情圣白居易",于古,于今,于公,于私,都是当之无愧的。让我们随作者一起,走进身居洛阳白居易,去领悟"情圣"内心的博大世界。

白居易晚年在洛阳生活了十八年,作有关洛阳的诗、文千余首(篇),其中,单是抒写履道里宅第的诗、文就达近百篇。白居易还效仿苏、杭及庐山的风情修缮和经营履道里,使之成为东都名园,其造园思想为后世园林著述所推崇。晚年白居易的生活,大多是以"闲适"的生活反应自己"穷则独善其身"的人生哲学。但他并未完全忘怀政治,退居期间他的一些诗歌表现出关心民生和政治的心态,尽管这类诗歌为数很少,但它们表明了白居易晚年在诗酒之外,也许更接近真实的一种心态。虽然隐退洛阳龙门香山寺,但他仍献余力倡修伊河的八节滩。"八节滩,鬼门关,十船路过九船翻。"这是指龙门下游的伊河险恶的怪石滩的真实写照。每天从上游下来的船、筏经过这里,经常触石遇险,甚至船破人亡。白居易目睹此景,心里十分难过。虽有心凿通这段水路,可仅靠他一己之力绝非易事。可就在他七十三岁高龄那一年,仍然抱病亲自主持,完成了开凿龙门八节险滩这一壮举。本文是这样记叙这一段史实的:"也还是白居易七十三岁这年冬天,他还在想着拼却余生为百姓做点儿事情。他看见:龙门潭下,八节滩里,常有舟船颠覆。

劳苦船工过滩时,只好跳进冰水里推船。他听船工们饥冻哀号,听了一整夜,听得心动,发誓要凿通这段水路。诗人抱着病残之躯,主持监理,奔走呼号,险滩终于凿成了通途。"已过古稀之年的诗人白居易,此举,既为百姓解忧,更为自己身后建造了一座丰碑!

两年后,即会昌六年(846)八月,白居易在重病之后与世长辞,时年七十五岁。家人遵照他的遗嘱,将他安葬在松柏常青的香山琵琶峰上。在他入葬那天,远近的船民和老百姓都赶来送葬。从此以后,洛阳人和四方游客经常来到他的墓前洒酒祭奠。因此,诗人墓前的泥土总是芳香而湿润的。人的感情是相通的,千年而下,白居易的壮举依然活在老百姓的心中,本文作者的亲身经历便是一个有力的说明。清人刘熙载在《艺概》中说:"代匹夫匹妇语最难,盖饥穷劳困之苦,虽告人人且不知,知之必物我无间者也。杜少陵、元次山、白香山不但身入间阎,目击其事,直与疾病之在身者无异,颂其事,不知其人可乎?"由此可知,白居易的"代匹夫匹妇语",说明了诗人有了与人民同疾苦的切身经历。所以,才有了本文作者韩静霆在文章的最后一部分富有诗意的描写:"洛阳龙门白居易墓前的土长年不干,恐怕不仅仅是因为后人络绎不绝洒酒祭奠,其中定有白公点点情泪!白居易在他与世长辞之前不久,写过诗篇《不能忘情吟·并序》,便是证明。"

没有生的灿烂,怎会有死的辉煌呢?那些一点一点腐蚀掉生命的人,不可能不倒下,立而不倒的一定是轰轰烈烈活过的。上苍给了白居易极高的智商与情商,给了他超人的悟性,又安排他获得人生的阅历,剩下的,就看他自己了。白居易幸运地捕捉到了中国优秀文化传统"乐府"为羽翼,才使他有可能在李杜高峰之后,又一飞冲天,翱翔于诗林之上。站在我们面前的白居易,是一位有情有泪有悲有喜、有畅达有坎坷、有俊雅也有俚俗的血肉之躯。情圣白居易,在洛阳的17年情何以堪!诗人的晚景是很凄凉的。"闹了肺病,害眼病,眼病未好,又患脚疾,最折磨人的是脑血栓,半身不遂,弄得他颠来倒去,半死不活。俗话说,病来如山倒,病去如抽丝,诗人本来就形容枯槁,常常以病鹤自比。""对于诗人来说,比疾病更残忍的是孤独。几乎是弹指之间,白居易平生最好的四个朋友,元稹、刘禹锡、崔玄亮、李建,一个个撒手人寰,死了。他的哥哥白幼文死了,他的弟弟白行简死了,他的女婿谈宏暮死了,他三岁的小儿子阿崔死了,连他无言的伙伴华亭鹤也死了……白居易老泪纵横,蹒蹒跚跚,送了朋友送兄弟,几乎还没来得及擦干眼泪,白发人又送黑发人,送了人又送鹤……一生只为'情'字生的老诗人,屡屡经历着沉重的情感打击。孤苦难耐,病索难解,无人可与诉说,只好借酒消愁了。"……

多少清泪在诗中!"读白居易的诗,为他那至情所撼,是必须多备一块手帕的。"读《情圣白居易》同样会流下抑制不住的泪水,因为作者韩静霆先生是真正懂得白居易的。

美丽的『中国城』

——唐人街随笔

◇ 李欧梵

记得十几年前家住新竹的时候,往往每月必会到台北去"朝圣"一次,星期天一早搭车去,看一两场外国电影,吃一两顿小馆子,在书店逛逛或买几本书,然后晚上再乘车回来,这一个礼拜的生活,无形中就充实了不少。到了美国以后,住在距纽约不远的一个小镇上,纽约的"唐人街"却成了我每月朝圣的新"麦加"。每一个月中,我总要抽空去一两次,总在周六或周日,也是一早搭车去,看一两场中国电影,吃一两顿中国馆子,到中国书店里逛逛或买几本书,也会觉得生活充实了不少。

唐人街在我生活的边缘,然而也往往会成为我心灵中的重镇。去国已久的中国人,常常会不约而

本文选自《中国散文鉴赏文库(当代卷)》(百花文艺出版社1993年版),有删减。李欧梵,中国台湾人(1942—),生于河南太康,香港中文大学教授,国际知名文化研究学者。长期旅居美国。毕业于台湾大学外文系,1962年赴美深造。美国哈佛大学博士,香港科技大学人文荣誉博士。1970年代初起,先后执教于芝加

哥大学、加州大学洛杉矶分校、印第安纳大学、普林斯顿大学及香港中文大学。任香港大学杰出访问教授、美国哈佛大学东亚语言文化系中国文学教授。著述包括《铁屋中的呐喊：鲁迅研究》（中英文版）、《中国现代作家中浪漫的一代》《中西文学的徊想》《西潮的彼岸》《狐狸洞话语》《上海摩登》《寻回香港文化》《都市漫游者》《世纪末呓语》等。

同地到唐人街买东西、吃馆子，外国人每逢礼拜天上教堂，中国人则上唐人街。唐人街是老华侨的温床、新华侨的聚会所，也是美国人眼里的小中国。也许我们应该把唐人街的英文原名直译过来，干脆称它为"中国城"（Chinatown），可能更恰当一点。

美国最著名的"中国城"有两个，一在旧金山，一在纽约，每一个"城"里都不只一条街。以前我很喜欢旧金山的中国城，因为它比较干净、漂亮，最近我却爱上了纽约的中国城，因为它更有"中国"味，往往使我有一种说不出来的亲切感。

最近几年，我对纽约熟悉多了，而且又去过一次香港，学了一点半吊子的广东话，所以在中国馆子里点菜时，信心也增强了，对于"中国城"的恐惧也逐渐消除。而且，近两三年来，每当我想要炫耀我的广东话时，侍者说的却是国语，他们既不把我当外国人，我也把他们视为同胞。一种同是"黄面孔"的种族亲切感，遂因而建立。有一次我到一家店里买菜，和店里的那一个胖胖的老板扯上了，他竟然由广东话转到国语，又从国语转到山东话，我们两个人变成了北方老乡，所以我此后每次去买韭菜或豆腐干的时候，他总是多给我一点。还有一家广东小吃馆，我每次去的时候，如果是一个人，就饭菜照常，如果带了朋友——特别是女性朋友——光顾，侍者一声不响地就会奉上一大碗"例汤"，而且还会对我作一个会心的微笑，我初时颇为受宠若惊，后来发现这种不成文的"陋规"，倒是随意施舍的。中国餐馆和法国餐馆有一个相同之处：不论菜单上的"明文规定"如何，顾客总会受到一点人情上的例外招待，在高级的法国餐厅里，这种招待是势利的，"人情"视金钱而定；在"低级"的中国餐馆里，才有真正的人情味，那一碗"例外"的"例汤"，喝起来总觉得十分舒服。

我是一个影迷，在台湾的时候专看外国片，国片很少问津，到了美国以后，反而看起国产片来了，于是，"中国城"又成了我的电影文化城。纽约唐人街的几家电影院，似乎有一个不成文的规定，中国电影必须两片同映，而且往往是一"软"一"硬"："软"绵绵的言情或艳情片，配上"硬"绷绷的武打片，以便迎合男女老少的不同口味。事实上，台港近年来的电影制作，也只有"软""硬"二类，高水准的文艺片绝无仅有，赤裸裸的社会写实片也很少见。唐人街的电影观众，大部分是为了娱乐，也为了"逃避"，在餐馆或洗衣店工作劳累之余，就到电影院去散散心。我们这些留学生，看中国电影也是为了逃避——逃避美国社会的紧张和繁忙，但是除此之外，也多少有一点"思乡"的意味，看到电影中的香港和台湾风景，不觉心旷神怡，甚至有时候体会到那股台港特有的"味道"，不论剧情如何牵强附会，演员如何生硬造作，我看中国电影时实在是"醉翁之意不在酒"，而是只求一"醉"而已。初时我对于自己的这种态度颇感不安，因为对中外电影，我显然是用了两种尺度，但经反复思考之后，也觉得这种"畸形"的态度未可厚非，中国人在外国漂泊，在美国的"中国城"里怀缅中国

美丽的『中国城』

187

文化,本来也是带有一点"畸形"的心理。我们这些留学生,本来就是"中国城"中的过客,我们在唐人街没有根,而只是生活在唐人街的边缘而已,而唐人街却又在美国社会的边缘,双层隔膜之下,"中国城"岂不正像一部电影?而在"中国城"中看中国电影,更谈不上文化上的"真实"了。

因此我不禁逐渐感到,我和餐馆的侍者和杂货店的老板之间的"血浓于水"的种族感,也实在是很淡薄的,在他们眼里,我是一个黄面孔的顾客,虽然我给的小费没有外国人多(但这种情形也在变化之中,纽约的唐人街畔,年老的游客越来越少,而住在纽约城内——特别是城北的哥伦比亚大学区及城南的纽约大学附近的格林威治区——的年轻人或学生,却经常成群结队来唐人街吃饭,他们给的小费也不多),然而我常常来,而且,说不定他们早已看出我心理上的需要,在我面前说几句家乡话,或多给我一碗例汤,也略能满足我的思乡情绪,至少可使我在"中国城"里没有失落感。这是一种施舍,也是他们演的一出中国戏,正好像银幕上的王羽或甄珍,用拳打脚踢或浅笑微盼来满足我们所要求的"中国味"一样。我有一个朋友,有一天和公司里的外国老板吵了一架,回家以后又受了妻儿的气,就愤然出走,跑到唐人街大看中国电影,到深夜才回家,害得他太太差一点去报警。

美国的"中国城",是这一代海外华人心灵上的"避难所",大部分的中国人,到中国城来别无他求,只求一"醉"，在酒足饭饱、剧终人散之后，又要打起精神，在异国的社会中"混"下去。这一种逃避式的"朝圣"心情，是国内的读者和美国的友人很难了解的。大城市里有"中国城"，没有"中国城"的小地方，则以中国餐馆代之，如果没有中国餐馆，则往往是在几家中国人家里轮流聚会，海外的华人，就靠了美国社会中这些大大小小的"孤岛"来延续他们的文化生命。

　　在美国谈"中国文化"，比较困难，也比较复杂。"中国城"里的中国文化，如果仔细分析起来，非但与台港地区的中国文化有不同之处（当然与大陆上的文化更大异其趣），而且更与五千年的中国传统文化脱了节，虽然不少古老的习俗仍存，然而也只有老一辈的华侨仍能体会到这些习俗的真正意义。年轻一代的华侨——也就是在美国土生土长的华侨——眼中的唐人街，和留学生眼中的唐人街，在意义上就有显著的不同。年轻一代的华侨，往往在唐人街长大，所以对于自己所熟悉的环境久而生厌，极思反抗，他们最初都很想挣脱"中国城"的桎梏而打入美国社会，他们计划于飞黄腾达、娶妻生子之后，在美国大城市的郊区买幢房子，和大多数美国中上阶级的人一样，安度其"郊区生活"（所谓"suburban living"）。

　　然而，近几年来，由于美国国内各少数民族运动的风起云涌，不少土生土长的美籍华人（简称为ABC，即 American-born Chinese 的简写），在心灵上突然感到一种"认同"的危机，他们觉得不论自己如何美化,在美国白人的眼里,他们毕竟还是黄面孔的华人,但是在来自台港的留学生眼里,他们又不禁太过美化了,言谈举止,与美国人无异,只不过虚有其华人之"表"而已。身处在这两种"歧视"的狭缝之中,不少年轻的ABC,就主动地向唐人街认同,因为唐人街既非中国也非美国,而是美国社会中的"中国城",正适合他们少数民族运动分子的心理。最近几年,大学里的ABC,更成群结队,到各大城的唐人街去义务服务,他们访问年老的华侨,拍摄唐人街的纪录片,组织义诊中心,为老华侨看病,并出版刊物,为唐人街——也更为他们自己——说话。

他们这一腔热诚,表现了不少年轻人的朝气和干劲,也反映出不少心理上的烦恼和不安。他们虽然口口声声地说要为唐人街献身,但是这种课余的献身工作也多少带给他们一点自我情绪上的满足,也许,他们这种"认同"上的"利己"需要,远超过他们真正"利他"的服务精神。正好像十九世纪末期俄国知识分子的"深入民间"运动一样,美国华侨青年的"唐人街"运动,并未必引起"中国城"里老一辈华人的激烈反应,在老华侨的眼中,这种深入唐人街的运动,是对于他们既成的生活方式的一种威胁,他们宁愿在美国人面前唱"唐人戏",而不愿受同是黄种人的干涉。据我的一个深悉内情的朋友说,老华侨对于ABC青年的行动尚能谅解,因为他们觉得这些年轻人本是唐人街的后裔,然而如有台、港地区的留学生参加这种运动,却会引起老华侨的极大反感,因为他们总觉得这些留学生高高在上，处处以发扬中华文化自居，而向他们发号施令。老华侨愿意把唐人街作为留学生的"避难所"，却不愿让留学生和土生华侨把唐人街变成文化或种族运动的大本营。

"中国城"里的中国文化，本来是一种早已变形的移植文化，老华侨的乡土观念似乎重于国家民族的热情。然而，情绪激昂的留学生和ABC青年却偏偏不满于老华侨的这种安身立命的态度，一部分青年要华侨认同祖国文化，另一部分青年却又要华侨掀起少数民族运动反对美国社会，交相夹攻之下，老华侨反而不胜其扰。这是我所看到和听到的唐人街里的"代沟"现象。年轻一代的华人运动，受其影响最大的仍然是年轻一代的华人，而不是老一代的华侨。

华人运动的另一个对象是美国社会，在这一方面，成效最大的不是留学生，而是土生华侨青年。近几年来，他们搜集了不少资料，也出版了不少书籍，向美国读者介绍中华移民的惨痛历史，他们历数19世纪华侨在美国西部筑路时所遭受的虐待、美国移民法的不公，和美国各公司行号对黄种人的歧视等等详情。这一股"控诉"的激流，在美国社会上已产生了若干积极的反应，不少大学纷纷成立"美籍亚洲人"或"美籍华人"研究中心，报纸和电视广播界，也纷纷起用美籍华人，"哥伦比亚电视公司"的新闻记者Connie Chung和"纽约时报"的Frank Ching，目前都是红得发紫的人物，最近电视影集"功夫"的流行，也可以说是受了华人运动的影响。

土生华侨中的知识分子，在他们的文化工作上，干得非常有声有色，他们对美国社会的影响，远非留学生可以望其项背。这几年来，土生华侨文化显然已经抬头，并且日益茁壮，这一种新文化，在本质上既非中国文化，亦非美国文化，它的语言是英语，它的社会渊源是唐人街，它的发言人是土生华侨，它的对象是美国社会。许多留学生对之不屑一顾，认为它不是中国文化，但是却也不免忽略了这一种新文化所藏有的丰富的内涵和动力。五六年前，我在旧金山的唐人街遇到一个怪人，他留了一头长发，在头后盘了一个辫子，经过友人介绍以后，我问他对于海外中国文化的看法，不料他却把辫子一挥，滔滔不绝地说："什么中国文化？你们这些留学生满脑子就是中国文化，其实在美国社会哪里有中国文化？我是在唐人街出生长大的，我不会说国语，我的母语是英文，我的国籍是美国，我的文化背景就是这又脏又乱、为白人所耻笑的唐人街！我现在要以唐人街为荣，把唐人街的真相用戏剧的方式表现出来，我不像'新闻周刊'中的那位华人记者，他根本是'白化'了（White-washed），他哪里能代表唐人街？我现在刚写好一个剧本，正在排演，就是在讽刺他，也讽刺白人！"

这一席话把我听得目瞪口呆，不过我还是鼓足了勇气问他一句："作为一个黄面孔的华人，难道你对于中国的文化毫无向往吗？"

"什么向往？这都是废话！"他理直气壮地说："我根本不懂中国文化，也没有时间搞中国文化，更没有什么兴致。请问你，在美国社会谈中国文化又有什么用？"

他这一阵反驳竟然使我哑口无言，于是就只好伸出手来，和他握了一下，并祝他好运。事隔数年以后，最近我在美国报章杂志上屡次读到他的文章，他的剧本在纽约上演，也得到不少好评，这些作品，几乎完全以唐人街为背景，但是剧中的人物却是个个有血有泪，他们把在白人误解和歧视下的满腔愤怒，像山洪暴发一样，倾泄无遗。这位目前鼎鼎大名的剧作家，就是 Frank Chin，他和《纽约时报》的 Frank Ching 不同，二人观点也各异，而且还在一本纽约唐人街的杂志上打过笔仗。剧作家 Frank Chin 认为这位名记者 Frank Ching 早已与白人妥协，成了当权派，而后者则认为前者除了愤怒以外，仍然无济于事。且不论二人孰是孰非，这一位美国剧坛上的"愤怒的年轻人"，却使我留下一个非常深刻的印象。

Frank Chin 虽然代表土生华侨文化的一个极端，然而他已在美国艺坛争得一席之地，他的成就，早已凌驾在"花鼓歌"黎锦扬之上。黎锦扬笔下的唐人街，是美国电影中的布景，"花鼓歌"中的人物是白人脑海里的浪漫意象，黎锦扬为了讨好美国人、做美国人的生意，遂不惜助长美国人的偏见。Frank Chin 虽然矫枉过正，但是我宁愿接受他的唐人街，即使生他的气，也比看黎锦扬的电影痛快得多。也许，在美国的社会中产生这种愤怒的作品，是理所当然的，Frank Chin 的戏剧，使我想起了美国黑人作家 LeRoi Jones 的作品，二人的基调同是愤怒和热情。近年来美国的黑人运动，已使白人几百年来遗留下来的对于黑人的印象大为改观，黑人已不再是木讷无知、唯命是听的奴隶，而成了有血有肉的人。土生华侨的文化运动，虽不见得能改变唐人街老华侨的心理，但至少也会使美国白人对美国社会中的"中国城"另眼相看：美国的华人，也不仅是餐馆或洗衣店中的人物而已，他们除了勤俭朴实、默默地以笑脸迎人之外，也有无尽的辛酸和血泪。

作为土生华侨文学中的中心意象，唐人街的意义似乎更大了。走笔至此，我不禁想到最近看过的一部名片——波兰斯基（Roman Polanski）的《唐人街》，这部电影的故事与唐人街全然无关，然而却以唐人街为片名，似乎颇有寓意。我认为这部影片的主题是人性的败落，片中人物的罪恶是洗不清的，所以波兰斯基在片中屡用清水和浊水来表现。水的意象，本是波兰斯基的神来之笔，他的另一部名作《水中之刀》也是以水为象征。《唐人街》一片中的灌溉之水，却权操在老奸巨猾的约翰休斯敦之手，休斯敦和自己的亲生女儿费唐娜薇通奸，因而引出一连串冤孽。当故事发展到费唐娜薇的豪华住宅的时候，我突然发现宅中的仆人都是华人，似乎女主人对华人颇有偏爱，直到片终的高潮——在洛杉矶唐人街的一场枪杀——过后，我才恍然大悟，原来片中的华仆就是罪恶的代表人物，女主角体尝罪恶，所以特别亲近华人，最后所有的罪恶人物都齐集在唐人街，如此看来，"唐人街"岂不成了罪恶的渊薮？

波兰斯基一向偏重人性中的罪恶一面，据说他特别修改了片中的结局，使万恶之首的约翰休斯敦扬长而去，这显然是他的悲观哲学的表现。我不反对波兰斯基的悲观，但却不禁为他心目中的"唐人街"摇首兴叹！"唐人街"一直是西方人眼中的罪恶之地，这一个观念，原非波兰斯基的创见，而是渊源已久，Sax Rohmer 笔下的"傅满洲"（Fu Manchu）小说和电影，不是已经把唐人街视为罪恶世界吗？也难怪身历其境的 Frank Chin 要愤怒了！

我发现自己对于美国的"中国城"的感情更深了，外国人越把它视为罪恶之源，我越想把它作为我心目中的圣地。

一九七五年三月三十日

简评

《美丽的"中国城"——唐人街随笔》是典型的学者散文：自由度大，议论性强，学术气氛浓，旁征博引，同时又富有感情。读这样的散文，你可以真正了解一个中国人在美国的典型心态，也可以更深入地理解"龙的传人"们别一种的生命状态。李欧梵先生对"土生土长的华侨"弘扬中国文化各种行为的赞叹，并评定其为"在本质上既非中国文化，亦非美国文化"的"新文化"，显示出他作为学者的独到眼光。土生土长的华侨青年"近儿年米，他们搜集了不少资料，也出版了不少书籍，向美国读者介绍中华移民的惨痛历史，他们历数19世纪华侨在美国西部筑路时所遭受的虐待、美国移民法的不公，和美国各公司行号对黄种人的歧视等等详情。"对旅美华人来说，他们的工作是非常有意义的。因为他们在文化工作上，干得非常有声有色，他们对美国社会的影响，远非留美学生可以望其项背。

　　据有关资料记载：唐人街最早叫"大唐街"。1673年,纳兰性德《渌水亭杂识》："日本,唐时始有人往彼,而居留者谓之'大唐街',今且长十里矣。"1875年,张德彝在《欧美环游记》中就称唐人街为"唐人城"。张通英语,英语称唐人街为China town。其实,在这以前,张德彝更为直接,他将China town直译为"中国城",如《航海述奇》(1866年)说："抵安南国,即越南交趾国……再西北距四十余里,有'中国城',因有数千华人在彼贸易,故名。"1930年蔡运辰《旅俄日记》："饭后再赴旅馆,新章五时亦至,候余甚久,公事毕,同游中国城。城在莫斯科中心,女墙高底,完全华式,华人名之曰中国城。"到了今人李欧梵,"中国城"有了翻天覆地的变化,就有了作者关于唐人街的随笔——《美国的"中国城"——唐人街随笔》(1975年),20世纪后半期,关于"中国城"的认识,早已是今非昔比了。文章说："唐人街是老华侨的温床、新华侨的聚会所。也是美国人眼里的小中国。也许我们应该把唐人街的英文原名直译过来,干脆称它为'中国城'(China town),可能更恰当一点。"但不管怎么说,现在"唐人街"还是要比"中国城"常用。所以唐人街是中国人自己称呼出来的,与洋人的称呼"China town"并不相同。而李欧梵的随笔中"美国人眼中的小中国"则有了越来越多的现实佐证：意大利罗马占地60公顷的中国城;英国伦敦耗资9亿美元的中国城;法国巴黎牌坊、城楼、船航、庭院交相辉映的中国城……现在的中国城不再局限于"长十里",也不满足于"数千华人在彼贸易",而是一种生活方式和文化观念的生根发芽,而对于这样的现实,"中国城"无疑是一个恰如其分的称呼。一条"街"实在盛不了海外华人生活自1673年至今的沧桑巨变,或许唯有一座"城"才有这个肚量可以容纳得下。纳兰性德笔下的"长十里",张德彝眼中的"数千华人在彼贸易"应该能从旧金山"唐人街"找到自己的影子。始于1850年前后的旧金山唐人街是美国最大的唐人街。当时为生活所迫的华工集中在一起,从小茶馆、小饭铺做起,接着是豆腐坊、洗衣店等,逐渐形成了华工生活区。到了后来,"唐人街"上出现了中国刺绣、中国古玩,日渐繁华。至于再后来的同乡会、影剧院等,则是仅仅为了谋生的生计之上的享受生活了,这便有了"城"的内容与形式了。

李欧梵先生是知名的学者,他写这篇散文的目的也不仅仅在于替唐人街说点什么,写作的中心在于"阐述自己的文化观——美国的中国城,中国城的文化现象,以及愤怒的剧作家 Frank Chin 和土生华侨的文化运动。"在文化的背景下考察今昔唐人街的变迁,为了反映现实中华人的内心感受,又穿插以作者本人的观察所得,包括:进餐时的热情、到中国城寻梦的感情寄托等,使一篇学术性的议论文洋溢着浓郁的情趣,读来令人怦然心动。由于作者长期在美国读书、工作和生活,他把唐人街整个儿吃透了。他的角度很独特,取一种似华人又不是华人,像美国人更非美国人的角度,主观而又客观地描述了美国唐人街的风情:前半部分重在景致的描写,写作者对一片零乱的中国城的不适应,尤其写到他把对意大利黑手党的恐惧带到唐人街时,此时的唐人街分明是美国人眼中的罪恶之渊薮。但作者接下去笔锋急转,出人意料地写到了"黄面孔"的种族亲切感,写到了胖胖的老板和"例汤",人情味便油然而生。唐人街又成为中国人的唐人街了。

前后两种不同感情的变化,李欧梵写得真挚细腻,还夹杂着几分自嘲式的幽默。散文所写的重要部分不在饮食,尽管饮食也是一种文化现象。李欧梵这里着重于中国城的中国文化心态的分析。老华侨、留学生、美籍华人,虽然外貌上一律黑头发黑眼睛黄皮肤,经作者略一分析,竟呈现出如此不同的价值取向和文化取向,非对美中文化有深刻研究者,是绝对看不透的。散文行文至此,由人情进入理性,由风物转向学术,它所追求的真正的价值也体现出来。李欧梵先生认为:中国城的中国文化,本就是一种早已变形的移植文化。这是极有见地的观

美丽的『中国城』

点。他对土生土长的华侨弘扬中国文化的赞叹，并评定为"在本质上既非中国文化，亦非美国文化"的"新文化"，更显示出学者的慧眼。散文行文至最后，与首段呼应，由波兰斯基的著名电影《唐人街》引出大段感怀，对美国人的流行观念——唐人街是罪恶之地进行了不留情的反驳，称之为"我心目中的圣地"，把作者种族的自尊上升到极点。读至此处，相信无论西方人还是东方人，都会为作者的雄辩所征服，并愿到"圣地"一游的。"我发现自己对于美国的'中国城'的感情更深了，外国人越把它视为罪恶之源，我越想把它作为我心目中的圣地。"卒章显志，既是点睛之笔，也实在是作者的心里非说不可的话。

　　作者说："美国的华人，也不仅是餐馆或洗衣店中的人物而已，他们除了勤俭朴实、默默地以笑脸迎人之外，也有无尽的辛酸和血泪。"这是中国人在美国的命运吗？或许这是很多中国人在美国的经历。来自台湾地区作家李欧梵以为自己经历感受颇深，但基本上已经可以视为过去，似乎有点陌生了。而在今天，当同样多的国人漂洋过海去寻求"美国梦"的时候，应该注意点什么呢？1993年，《北京人在纽约》，这部电视剧可以说风靡一时，不仅获得当年的"五个一工程奖"，也几乎包揽了次年的飞天奖、金鹰奖的重要奖项。更重要的是，很多中国人对美国的第一印象，就是从片头的这几句话开始："如果你爱他，就把他送到纽约，因为那里是天堂；如果你恨他，就把他送到纽约，因为那里是地狱。"20多年后，《北京人在纽约》小说原作者曹桂林又出版了《纽约人在北京》，更新了他的"美国观"："纽约呀纽约，曾把你比作地狱，曾把你比作天堂。为你孤注一掷，为你得意狂妄。为你忘了自我，为你内外皆伤。如今两鬓斑白独自叹：不值不值，空忙一场，不懂不懂，真荒唐！"个中滋味，真是幽默悠长！还有《北京遇上西雅图》赴美待产的故事等。很多中国人的美国梦正酣，只是每一个中国人沉浸在"美国梦"中的时候心里要有一杆秤，不知李欧梵先生以为何如？

为

学与为人

◇ 牟宗三

吴校长、各位先生、各位同学：

我们经常上课，把话都已讲完了，再要向各位讲话，似乎没有好的意思贡献给大家。这次月会承陶训导长相邀作一次讲演，事前实在想不出一个题目来。想来想去，才想到现在所定的题目——为学与为人。为什么想到这个题目呢？是因为我近来常常怀念我们在大陆上的那位老师熊先生。当年在大陆的时候，抗战时期，我们常在一起，熊先生就常发感慨地说："为人不易，为学实难。"这句话，他老先生常常挂在口上。我当时也不十分能够感受到这两句话的真切意义，经过这几十年来的颠连困苦渐渐便感觉到这两句话确有意义。我这几年常常怀念到熊先

本文选自牟宗三《生命的学问》(广西师范大学出版社 2005 年版)，有删减。牟宗三(1909—1995)，字离中，山东省栖霞人，祖籍湖北省公安县。中国现代学者，哲学家、哲学史家，现代新儒家的重要代表人物之一。1927 年，入北京大学预科，两年后升入哲学系。1933 年毕业后，曾先后在华西大学、金陵大学、浙江大学等校

任教,以讲授逻辑学和西方哲学为主。1949年去台湾,任教于台北师范大学、台湾东海大学,讲授逻辑、中国哲学等课程。1960年去香港,任教于香港大学、香港中文大学新亚书院,主讲中国哲学、康德哲学等。1974年退休后,专任新亚研究所教授。1976年又应邀讲学于台湾大学哲学研究所等处。1995年4月病逝于台北。

生。我常瞻望北大,喃喃祝问:"夫子得无恙乎?"他住在上海,究竟能不能够安居乐业呢?今已八十多岁,究竟能不能还和当年那样自由的讲学,自由的思考呢?我们皆不得而知。(今按:熊十力先生已于1968年5月23日逝世,享寿八十六岁。)常常想念及此,所以这次就想到他这一句话,"为人不易,为学实难"。这句话字面上很简单,就是说做人不容易,做学问也不是容易的事情。但是它的真实意义,却并不这么简单。我现在先笼统地说一句,就是:无论为人或为学同是要拿出我们的真实生命才能够有点真实的结果。

先从为人方面说。"为人不易",这句话比起"为学实难"这句话好像是更不容易捉摸,更不容易了解。因为我们大家都是名义上在做学问,所以这里面难不难大家都容易感觉到。至于说为人不易,究竟什么是"为人不易"呢?这个意思倒是很难确定的,很难去把握它的。我们在血气方刚、生命健旺的青年时候,或壮年时候,或者是当一个人发挥其英雄气的时候,觉得天下的事情没有什么困难,做人更没有什么困难,我可以随意挥洒,到处迎刃而解。此时你向他说"为人不易",他是听不进去的。然则我们究如何去了解这"为人不易"呢?我们现在可以先简单地、总括地这样说,就是你要想真正地做一个"真人",这不是容易的事情。我这里所说的"真人",不必要像我们一般想的道家或道教里边所说的那种"真人",或者是"至人"。那种真人、至人,是通过一种修养，道家式的修养，所达到的一种结果、一种境界。我们现在不要那样说，也不要那样去了解这真人。能够面对真实的世界，面对自己内心的真实的责任感，真实地存在下去，真实地活下去，承当一切，这就是一个真人了，这就可以说了解真人的意思了。因此，所谓真人就是说你要是一个真正的人

怎么样的情形可以算一个真人呢？我们可以举一个典型的例子，就是以孔夫子作代表。孔夫子说我这个人没有什么了不起，我也不是个圣人，我也不敢自居为一个仁者，"若圣与仁则吾岂敢"，我只是"学而不厌，诲人不倦"，就是这么一个人。这个"学而不厌，诲人不倦"是我们当下就可以做，随时可以做，而且要永远地做下去。这样一个"学而不厌，诲人不倦"的人就是一个真人。这一种真人不是很容易做到的。没有一个现成的圣人摆在那里，也没有一个人敢自觉地以为我就是一个圣人。不要说装作圣人的样子，就便是圣人了，人若以圣自居，便已不是圣人。圣人，或者是真人，实在是在"学而不厌，诲人不倦"这个永恒的过程里显示出来，透示出来。耶稣说你们都向往天国，天国不在这里，也不在那里，在你们的心中，在每一个人的心中。当这样说天国的时候，这是一个智慧语。但我们平常说死后上天国，这样，那个天国便摆在一个一定的空间区域里面去，这便不是一种智慧；这是一种抽象，把天国抽象化，固定在一个区域里面去。关于真人、圣人，亦复如此。孔子之为一个真正的人，是在"学而不厌，诲

为学与为人

201

人不倦"这不断的永恒的过程里显示出来。真人圣人不是一个结集的点摆在那里与我的真实生命不相干。真人圣人是要收归到自己的真实生命上来在永恒的过程里显示。这样,是把那个结集的点拆开,平放下,就天国说,是把那个固定在一个空间区域里面的天国拆开,平放下,放在每一个人的真实生命里面,当下就可以表现,就可以受用的。你今天能够真正作一个"学而不厌,诲人不倦"的人,眼前你就可以透示出那一种真人的境界来。永恒地如此,你到老也是如此,那末,你就是一个真正的人了。真人圣人的境界是在不断地显示不断地完成的,而且是随你这个"学而不厌,诲人不倦"过程,水涨船高,没有一个固定的限制的。

我们这样子了解真人的时候,这个真人不是很容易的。你不要以为"不厌""不倦"是两个平常的字眼,不厌不倦也不是容易做到的。所以熊先生当年就常常感到他到老还是"智及"而不能"仁守",只是自己的智力可以达到这个道理,还做不到"仁守"的境界,即做不到拿仁来守住这个道理。所以也时常发生这种"厌""倦"的心情,也常是悲、厌迭起的(意即悲心厌心更互而起)。当然这个时代,各方面对于我们是不鼓励的,这是一个不鼓励人的时代,到处可以令人泄气。令人泄气,就是使人厌倦,这个厌倦一来,仁者的境界,那个"学而不厌,诲人不倦"的境界就没有了。照佛教讲,这不是菩萨道。依菩萨道说,不管这个世界怎么样泄气,不鼓励我们,我们也不能厌,也不能倦。所以我们若从这个地方了解"学而不厌""诲人不倦"这两句话,则其意义实为深长,而且也不容易做到。因为这不是在吸取广博的知识,而是在不厌不倦中呈现真实生命之"纯亦不已",这是一个"法体""仁体"的永永呈露,亦即是定常之体的永永呈露。这种了解不是我个人一时的灵感,或者是一时的发现。当年子贡就是这样的了解孔子,孔子不敢以仁与圣自居,但是孔子说"学而不厌",子贡说这就是智了;说"诲人不倦",子贡说这就是仁了。仁且智也就是圣。这是子贡的解释。所以这一种了解从古就是如此。后来宋儒程明道也最喜欢这样来了解圣人,朱夫子的先生李延平也很能这样了解孔子。这可见出这两句话的意味不是很简单的。所以说要做一个真人,不是一件很容易的事情。我们天天在社会里"憧憧往来",昏天黑地,究竟什么地方是一个真的我,我在什么地方,常常大家都糊涂的,不能够把自己的真性情、真自己表现出来。这个也就好像是现在的存在主义者,海德格尔(Heidegger)所说,这些人都是街道上的人,马路上的人,所谓 dasman,就是中性的人。照德文讲,人的冠词当该是阳性,即 derman。今说 dasman,表示这时代的人是没有真自己的,用中国成语说,就是没有真性情。

假如我们能了解这个意义,反省一下我们自己,我究竟是不是一个"学而不厌,诲人不倦",能够永远地这样不厌不倦下去呢? 我看是每一个都成问题的。当年我们的老师,到老这样感触,也可以说这就是我们老师晚年的一个进境。孔子到老没有厌倦之心，所以说"发愤忘食，乐以忘忧，不知老之将至"。这个不是像一般人所说的，认为这是儒家的乐观主义，这里无所谓乐观，也无所谓悲观，这是一个真实心在那里表现。天下的事情用不着我们来乐观，也用不着我们来悲观，只有一个理之当然。这个理之当然是在学而不厌、诲人不倦这一个过程里永恒地表现，能如此表现的是真人。假如一个人能深深反省，回到这样一个地方来，不要攀援欣羡，欣羡哪个地方是至人，哪个地方有真人，哪个地方是天国。假定你把这个攀援欣羡的驰求心境，予以拆掉，当下落到自己身上来，来看看这一种永恒的不厌不倦的过程，则你便知这就是真正的真人所在的地方。这里面有无限的幽默，无限的智慧，也是优美，也是庄严（有庄严之美），真理在这里面，至美也在这里面。

说这里面有无限的幽默，这是什么意思？这里怎会有幽默？这幽默不是林语堂所表现的那种幽默，乃是孔子所表现的幽默。孔子有沉重之感而不露其沉重，有其悲哀而不露其悲哀，承受一切责难与讽刺而不显其怨尤，这就是幽默。达巷党人说："大哉孔子！博学而无所成名。"孔子闻之曰："吾执御乎？执射乎？吾将执御矣！"这就是幽默。说到圣人不要说得太严重，太严肃。孔子自谓只是"学而不厌，诲人不倦"，这就自处得很轻松，亦很幽默。说到此，我就常常想到一个很有趣的语句，足以表示圣人之所以为圣，真人之所以为真。这语句就是柳敬亭说书的语句。我们大家都看过《桃花扇》。《桃花扇》里有一幕是演柳敬亭说书——说《论语》。当时的秀才就问:《论语》如何可拿来作说书?柳敬亭便说:偏你们秀才说得,我柳麻子就说不得!柳敬亭是明末一个有名的说书的人,说得风云变色。所谓"说书"就是现在北方所谓打鼓说书。这个柳敬亭在演说《论语》时,描写孔子描写得很好。其中有两句是不管你世界上怎样"沧海变桑田,桑田变沧海,俺那老夫子只管朦胧两眼订六经。"不管世界如何变,我们的圣人只管"朦胧两眼订六经"。试想这句话的意味实在有趣。"朦胧两眼订六经"并不是说忽视现实上一切国事家事,对于社会上的艰难困苦,不在心上。"朦胧两眼订六经"是把我自己的生命收回到自己的本位上来,在这个不厌不倦订六经的过程里面照察到社会上一切的现象,同时也在朦胧两眼照察社会一切的毛病缺陷之中来订六经。这不是把社会上一切事情隔离开的。我想这个话倒不错,它是很轻松,亦很幽默。幽默就是智慧。圣人的这种幽默,中国人后来渐渐缺乏,甚至于丧失了。幽默是智慧的源泉,也象征生命健康,生机活泼。所以要是我们这样地想这个真人的时候,虽是说得很轻松、很幽默,然做起来却是相当的困难。尤其当我们面对挫折的时候,所谓颠沛造次的时候,你能不能够不厌不倦呢?很困难!所以当一个人逞英雄气的时候,说是天下事没有困难,这是英雄大言欺人之谈。我们常听到说拿破仑字典里面没有难字,这明明是欺人之谈。

你打胜仗的时候没有困难，打败仗被放逐到一个小岛上的时候，你看你有困难没有困难。亚历山大更英雄，二十几岁就驰骋天下，说是我到哪里就征服哪里。可是当他征服到印度洋的时候，没有陆地可以征服了，便感觉到迷茫。楚霸王当年"力拔山兮气盖世"，当说这句话的时候没有困难，容易得很，可是不几年的工夫，就被刘邦打垮了。打垮了就说："时不利兮骓不逝，骓不逝兮可奈何，虞兮虞兮奈若何！"当说这话的时候，就要慷慨泣下。你面对这种人的生命的限制，当人的生命的限度一到的时候，你反省一下，回到你自己身上来，你是不是能够不厌不倦的永恒地维持下去呢？倒行逆施，不能定住自己的多得很！

我常想到现在聪明的人、有才气的人，实在不少。我认得一位当年是张作霖的部下，以后给张学良升为师长的人，这个人名叫缪开元，现在在台湾出家当和尚。他很慧敏，他常说到张作霖——他们的张大帅，这个张大帅一般传说是东北响马出身。大家当知道"响马"这名词的意义。可是虽然是一个响马出身，当他的生命的光彩发出来的时候，就是说他走运的时候，却真是聪明，料事必中，说话的时候都是提起来说的，绝没有那种呆滞、阻碍的意味，就是那么灵，而且他为人文秀得很，你看不出是一个响马，一个老粗，温文尔雅，明眉秀目。可是到生命的光彩完了，运气完了，那就像一个大傻瓜一样，糊涂得很。这个地方是一个困难。假定我们完全靠我们的原始生命来纵横驰骋，则我们的生命是有限度的。假定不靠我们的原始生命，我们要诉诸我们的理性，来把我们的生命提一提，叫它永远可以维持下去，这更困难。我看天下的人有几个人能这样自觉地去做功夫呢？大体都是受原始生命的决定，就是受你个人气质的决定。到这个地方，要想做一个真人，我想没有一个人敢拍拍胸膛说我可以做一个真人。我想这样做真人，比之通过一种炼丹、修行的工夫到达道家所向往的一个真人还要困难。这就是从为人这方面讲，说是不容易的意思。所以现在存在主义出来呼吁，说二十世纪的人都是假人，没一个真人。这个呼声实在意味深长的。

当年鲁迅是一个学医的，学医不是鲁迅的生命核心，所以，以后他不能够吃这碗饭，他要转成为学文学。这一种性情，这一种格调的文字，是他的本质。他在这里认得了他自己。这是现在美国方面所喜欢讨论的"认同"的问题，就是 self identity 的问题，就是自我同一的问题。一个人常常不容易自我同一，就是平常所谓人格分裂。这个人格分裂不一定是一个神经病，我们一般都不是神经病，但你是不是都能认得你自己，我看很困难。我刚才提到鲁迅，这个例子是很显明的。天下这种人多得很，那就是说有一些人他一辈子不认得他自己，就是没有认同。

所谓认同这个问题，就照我个人讲，我从二十几岁稍微有一点知识，想追求这一个，追求那一个，循着我那个原始的生命四面八方去追逐，我也涉猎了很多。当年我对经济学也有兴趣，所以关于经济学方面的书，至少理论经济方面（theoretical economics）我也知道一点，所以有好多念经济学的人也说我：你这个人对经济学也不外行呀！其实究竟是大外行，经济学究竟没有进到我的生命来，我也没有吸收进来，那就是说我这个生命的核心不能够在这个地方发现，所以我不能成为一个经济学研究者。当年我也对文学发生兴趣，诗词虽然不能够作，但是我也想读一读，作个文学批评也可以了，鉴赏总是可以的。但是我究竟也不是一个文学的灵魂，我这个心灵的形态也不能够走上文学这条路，所以到现在在这一方面，完全从我的生命里面撤退了，所以闭口不谈，绝不敢赞一辞。譬如说作诗吧，我连平仄都闹不清楚，我也无兴趣去查诗韵。有时有一个灵感来了，只有一句，下一句便没有了，永远没有了。这就表示我不是一个文学家的灵魂、诗人的灵魂。当年我也想做一个 logician，想做一个逻辑学家，但是这一门学问也不能够使得我把全副的生命都放在这个地方，停留在这个地方，那么你不能这样，也表示说你生命的最核心的地方究竟不在这个地方，所以这个学问也不能够在你的一生中全占满了你的生命，你也终于不能成为一个逻辑学家。所以我们这个生命常常这里跑一下子，那里跑一下子，跑了很多，不一定是你真正的学问的所在，不一定是你真正生命的所在。这个地方大家要常常认识自己，不是自己生命所在的地方，就没有真学问出现。当年我也喜欢念数学，有一次我作了一篇论文，写了好多关于涨量（tensor）的式子，把我们的老师唬住了。我们的老师说：你讲了一大堆"涨量"，你懂得吗？我心里不服，心想：你怎么说我不懂，我当然懂啦，我就是今天不懂，我明天也可以懂。青年时代是有这个英雄气，我今天不懂，我明天可以懂。这个虽然是一个未来的可能，我可以把它当成是一个现在。但是现在我没有这个本事，我没有这个英雄气了。所以经过这几十年来的艰苦的磨炼，我觉得一个人诚心从自己的生命核心这个地方做学问吸收学问很不容易，而且发现这个核心很困难。假定不发现这个核心，我们也可以说这个人在学问方面不是一个真人；假定你这个学问不落在你这个核心的地方，我们也可以说你这个人没有真学问。

我们人类的文化的恒久累积，就是靠着每一个人把他生命最核心的地方表现出来，吸收一点东西，在这个地方所吸收的东西才可以算是文化中的一点成绩，可以放在文化大海里占一席地。当年牛顿说我这点成就小得很，就好像在大海边捡一颗小贝壳一样。他说这个话的意思不只是谦虚。这表示说牛顿的生命核心表露出来了，吸收了一种学问，在物理学方面有一点成就，他这点成就，不是偶然捡来的，不是由于他偶然的灵光一闪，就可以捡到，这是通过他的真实生命一生放在这个地方，所作出来的一点成绩。这一点成绩在物理学这个大海里面有地位，这就是我们所称为古典的物理学。那么从这个地方看，我们每一个人大家反省一下，不要说诸位同学在二十几岁的阶段，将来如何未可知也，就是你到了三十岁，到了四十岁，乃至于五十岁，你究竟发现了你自己没有，我看也很有问题。所以我们经过这几十年来艰苦的磨炼，我以前觉得我知道了很多，我可以涉猎好多，好像一切学问都一起跑进来了。但到现在已一件件都被摔掉了，那一些就如秋风扫落叶一样，根本没有沾到我的身上来，沾到我的生命上来。我现在所知的只有一点点，很少很少。就是这一点点，我到底有多少成就，有多少把握，我也不敢有一个确定的断定。这就是所谓"为学实难"，做学问的艰难。当年朱夫子也说他一生只看得《大学》一篇文字透。试想《大学》一共有多少字呢？而朱子竟这样说，这不是量的问题，这是他的生命所在问题。

我所说的还是就现在教育分门别类的研究方面的学问说。假定你把这个学问吸收到你的生命上来，转成德性，那么更困难。所以我想大家假如都能在这一个地方，在为人上想做一个真人，为学上要把自己生命的核心地方展露出来，来成学问，常常这样检定反省一下，那么你就知道无论是为人，或者是为学，皆是相当艰难，相当不容易的。所以我们老师的那一句话："为人不易，为学实难。"实在是慨乎言之。这里面有无限的感慨！我今天大体就表示这点意思。因为时间不多，而且诸位在月会完后还要开大会，所以我就说到这个地方为止。

简评

在作者牟宗三先生几十年的学术生涯中，1958年与唐君毅、徐复观、张君劢联名发表的现代新儒家的纲领性文章《为中国文化敬告世界人士宣言》是学术界一件大事，在学术界产生巨大的反响。从哲学的发展与传承上，牟宗三不仅继承而且发展了熊十力先生的哲学思想，还较多地着力于哲学理论方面的钻研，谋求儒家哲学与康德哲学的融通，并力图重建儒家的"道德的形上学"。牟宗三是海外新儒学的思想重镇和集大成者。这里稍作横向的比较，如果说冯友兰的努力方向在于使中国儒学"逻辑地"建立起来，那么牟宗三的努力方向则在于使中国儒学"哲学地"建立起来。牟宗三先生在本文极其透彻地解读了老师的"为人不易，为学实难"的人生哲学。牟宗三先生说："'为人不易'这句话比起'为学实难'这句话好像是更不容易捉摸，更不容易了解。"当然，人所以要有志向、愿望，从根本上是要解决自己"一生的价值"问题，"找到值得他为之献出生命的东西"，真正服务社会，贡献人类，从而获得心灵的安顿、精神的寄托、感情的慰藉，求得内在世界的真正安宁、平和、快乐与幸福。

美国著名的黑人民权领袖马丁•路德•金讲过："一个人如果一直没有找到值得他为之献出生命的东西，那么他就没有必要再活下去了。"说的也是人的志向。人的志向、愿望应该恰如其分、恰到好处。它切实发自内心，符合实际，是人骨子里最个性的东西，也是人生命中最精彩的部分。它充分反映人的天赋、爱好、特长等，可以最大限度把人生命中最核心、最本质的地方表现出来。实际上这就是牟宗三先生的《为学与为人》一文中最为关键的一句话具体展开："一个人不容易把你生命中最核心的地方、最本质的地方表现出来。"为什么？问题的根本就在于一个人并不了解的往往就是自己，不容易确立一种真正适合自己的志向、愿望。所以说"人贵有自知之明"。接下来作者还进一步说："一个人一生没有好多学问,就是说一个人依着他的生命的本质只有一点,并没有很多的方向。"这里虽然谈的是"学问",但对人确立自己的志向、愿望同样适用。所以,在对志向、愿望的确立上,我们应该慎重,再慎重,千万不可持一种轻浮和草率的态度.一个人一生的发展如何,会成为一个什么样的人,具有怎样的价值或意义,享受什么样的快乐与幸福,是与自己的这种志向、愿望直接相关。人生所能达到的高度、境界,往往就是人在自己的心理上、想象里为自己界定的高度、设置的境界。人的志向、愿望对人而言具有重要意义,所以胸怀远大理想才成了一些成功人士共同的特征。"为天地立心,为生民立命,为往圣继绝学,为万世开太平。"宋代学者张载说的就是中国几千年封建社会众多志士仁人的志向。

《为学与为人》,通篇演讲就是围绕着作者恩师熊十力先生的一句话展开的。"当年在大陆的时候,抗战时期,我们常在一起,熊先生就常发感慨地说:'为人不易,为学实难。'这句话,他老先生常常挂在口上。我当时也不十分能够感受到这两句话的真切意义,经过这几十年来的颠连困苦渐渐便感觉到这两句话确有意义。"以牟宗三先生自述思想学术发展的经历视之,影响他一生为学及思想最大的当推熊十力先生。从熊先生的学术和人格里他才体会到生命和价值的意义。没有熊先生的启发,牟宗三可能一辈子治逻辑及认识论而不会折返儒家的道路。牟宗三先生是现代新儒家的杰出代表,也是"世界水准"的哲学家。他在苦苦地追求"哲学地建立中国哲学"的学思历程中,也表现出鲜明的人格特征。与很多哲学家相同的是,牟宗三先生对于做学问和做人都有明确的意识。他认为做人与做学问一样均不是一件易事,因此需要认真的态度。牟宗三先生的一生中规中矩,儒雅谦逊,儒者风范。但与此同时,他又常常表现出幽怨与孤愤,具有明显的狂者性格。这又是与很多哲学家不同的一面。之所以如此，在于他一生以"真人"人格为"型范"，以真诚、不虚伪为做人标准。这种以"真人"为底子、以儒者风范和狂者性格相结合的人格特征，丰富地构成了牟宗三的人格风骨。"我们现在可以先简单地、总括地这样说，就是你要想真正地做一个'真人'，这不是容易的事情。我这里所说的'真人'，不必要像我们一般想的道家或道教里边所说的那种'真人'，或者是'至人'。那种真人、至人，是通过一种修养，道家式的修养，所达到的一种结果，一种境界。……因此，所谓真人就是说你要是一个真正的人，不是一个虚伪的、虚假的、浮泛不着边际的一个人。"

不过，在牟宗三看来，做一个"真人"并不是一件容易的事情。为什么做一个"真人"并不容易呢？首先，做一个"真人"需要不虚伪，要真实。他举例说，孔子就很真实，不虚伪。当别人问孔子如何评价自己时，孔子自己说：我这个人没有什么了不起，我也不是个圣人，我也不敢自居为一个仁者，"若圣与仁，则吾岂敢"；我只是一个"学而不厌，诲人不倦"的普通人。他还说："生命之学问，总赖真生命与真性情以契接。无真生命与真性情，不独生命之学问无意义，即任何学问亦开发不出也。"其次，做一个"真人"需要在日常生活中不断地磨炼，要"永恒地如此"。牟宗三先生认为，孔子之所以是一个"真人"，并不仅仅在于他敢于承认自己是"学而不厌和诲人不倦"的普通人，而且在于他一生都在不懈地实践"学而不厌"和"诲人不倦"的事业。"孔子到老没有厌倦之心，所以说'发愤忘食，乐以忘忧，不知老之将至'。"牟宗三先生说："孔子之为一个真正的人，是在'学而不厌，诲人不倦'这不断的永恒的过程里显示出来。'真人'、'圣人'不是一个结集的点摆在那里与我的真实生命不相干。'真人'、'圣人'是要收归到自己的真实生命上来在永恒的过程里显示。"

牟宗三先生的一生也真是"永恒地如此"真实而不虚伪，在日常生活的磨炼中追求"真人"人格"型范";唐君毅、徐复观、张君劢诸先生也是这样。或者说，对于做一个"真人"，他们不仅当下就可以做，随时可以做，而且永远地做了下去。正如牟宗三先生所说："圣人云：'学不厌，教不倦'，学思实感宁有已时耶？"因此，他的学术生命也是永续永继，绵绵不断的，就像孔子"不厌不倦"一样，是永远不停歇、不间断的。

为学与为人在牟宗三先生学术人生中是不可分割的。

雾

之美

◇ 张恨水

居重庆六年,饱尝雾之气氛,雾可厌,亦可喜,雾不美,亦极美,盖视季节环境而异其趣也。大抵雾季将来与将去时,含水分极多,重而下沈,其色白。雾季正盛时,含水份少,轻而上浮,其色青。青雾终朝弥漫半空,不见天日,山川城郭,皆在秋惨景象中,似阴非阴,却雨不雨,实至闷人。若为白雾,则如秋云,如烟雨,下笼大地,万象尽失。杜甫诗谓"春水船如天上坐",若浓雾中,己身以外,皆为云气,则真天上居也。

白雾之来也以晨,披衣启户,门前之青山忽失。十步之外,丛林小树,于薄雾中微露其梢。恍兮惚兮,得疏影横斜之致。更远山家草屋,隐约露其一

本文选自《张恨水散文》(安徽文艺出版社1995年版)。张恨水(1897—1967),原名心远,恨水是笔名,取南唐李煜词《相见欢》"自是人生长恨水长东"之意。张恨水是著名章回小说家,也是鸳鸯蝴蝶派代表作家。被尊称为现代文学史上的"章回小说大家"和"通俗文学大师"第一人。除了人们熟悉的小说创作之外,张恨水还著

角。平时,此家养猪坑粪,污秽不堪,而破壁颓篱,亦至难寓目。此时一齐为雾所饰,唯模糊茅顶,有如投影画。屋后为人行路,遥闻赶早市人语声,在白云深处,直至溪岸前坡,始见三五人影,摇摇烟气中来,旋又入烟气中而消失。微闻村犬汪汪然,在下风吠客,亦不辨其出自何家也。

一二时后,雾渐薄,谷中树木人家,由近而远,次第呈露。仰视山日隔雾层而发光,团团如鸡子黄,亦至有趣。又数十分钟,远山显出,则天色更觉蔚蓝,日光更觉清朗,黄叶山村,倍有情致矣。

简评

张恨水先生,在他五十几年的写作生涯中,创作了一百多部通俗小说,其中绝大多数是中、长篇章回体小说,总字数约三千万言,堪称著作等身。作为长篇章回体小说的艺术大师,他是当之无愧的。提起冲淡的散文小品,在20世纪的文坛上,不能不提周作人、林语堂、梁实秋等,而作为小说家的张恨水,他写作的散文,往往被淹没在小说的盛名之下,被人遗忘。类似于《雾之美》《秋之萤》这样的小品散文,无论是思想性还是艺术性均达到了相当的高度,尤其适合青少年读者阅读。据记载,《雾之美》已被选入香港初中一年级的国文教材。可以肯定地说,张恨水的散文集《山窗小品》《绿了芭蕉》中的小品文,在20

世纪的散文园地中应该占有一席之地，尽管这些文章大多是"急就章"，为报纸"补白"而作。张恨水的女儿张明明在回忆父亲的这一类文章中说："有很多人认为家父的散文比小说写得好。父亲自己说，写短文比写小说更用心。在《山窗小品》里的短文，'乃时就眼前小事物，随感随书。'但使人读起来，在平淡中有一种清新的感受。会久久不忘。"

1938 年年初，为躲避内地战乱，张恨水到重庆加入张友鸾任总编辑的《新民报》，蜗居重庆郊野建文峰下的三间茅屋之中，埋头写作。1944 年夏，多路连载小说之余，又有补白用的短文，日渐引起读者关注，作者说："乃时就眼前小事物，随感随书，题之曰山窗小品。山窗，措大家事也，小品，则不复欲登大雅之堂。"均自眼前风物生发，点染山水，显影趣味，忧世伤生，文笔似瘠实腴，为不可多得之过目不忘之小品文。写作中文字上均采用文言，且篇幅短小，文字隽永，在平凡和贫苦乃至乱世中发掘生活之美、诗情画意，堪称小品文的典范。意思往往简单透明，而味道却极为醇厚丰腴。味在视觉、在听觉，也在情感的体验。那一年的夏天，前后总共写了 56 篇文章，是那一段时间生活的真实写照。"那三间小小的茅草房子，那个豆大的灯光，那条颤巍巍的小桥……，"留下了张恨水的身影。六朝、晚明以来的小品文的传统原来在这里薪火相传承。

《雾之美》中写道："白雾之来也以晨，披衣启户，门前之青山忽失。十步之外，丛林小树，于薄雾中微露其梢。恍兮惚兮，得疏影横斜之致。更远则山家草屋，隐约露其一角。平时，家养猪坑粪，污秽不堪，而破壁颓篱，亦至难寓目。此时一齐为雾所饰，唯模糊茅顶，有如投影画。屋后为人行路，遥闻赶早市人语声，在白云深处，直至溪岸前坡，始见三五人影，摇摇烟气中来，旋又入烟气中而消失，微闻村犬汪汪然，在下风吠客，亦不辨其出自何家也。"山中的雾中风物看起来平常之极，但作者观察细致入微，笔下常带真情，读者如坠缥缈云雾佳境之中。斯时，作者、读者家国忧思在肩，无不心中多有难以割舍之处，虽云小品，内涵却大有可观处。

重庆时的张恨水先生，"所居在一深谷中，面山而为窗，窗下列断案，笔砚图书，杂乱堆案上。堆左右各一，积尺许，是平坦之地已有限。顾笔者好茶，案头必有茗碗。笔者好画，案头又必有颜料杯……面对蜂窠，身居鸟巢……，于破货摊上，以法币三角，购得烧料浅紫小花瓶一。在乡采得野花，常纳水于瓶，供之笔砚丛中。花有时得娇艳者，在绿叶油油中，若作浅笑。余掷笔小憩，每为之相对粲然。"（见《短案》）所居茅屋漏雨，"岁之春，不过数滴，无大风雨，或竟不滴。及暮春，渐变成十余滴。其间有一二巨滴，落地如豆大，丁然有声。数滴更注吾床，每阴雨，被褥辄沾湿不能卧。入夏，暴风雨数数突然来，漏增且大，其下如注，于是屋角，案头，床前，无处不漏，亦无处不注。妇孺争以瓦器瓷盆接漏，则淙淙铮铮，一室之中，雅乐齐鸣。"（见《待漏斋》）这待漏斋比之梁实秋雅舍，从建筑之轮廓到户牖之随形，每有过之而无不及。于斯境中，无茅屋秋风号，益显其雅人深致。小品以明清为最，多为闲中所写，而此山窗小品却是在避乱苦境中于长篇连载之空隙中而为"木头竹屑小文"，殊为难得。

张恨水先生的小品文自成一家。他写天南地北，上下古今，天上人间，信笔写来，涉笔成趣，至情至性的文字，传达了他的精神趣味、人生境界。文中有情有趣，这"情"是传统文人的生活情致，这"趣"是士大夫阶层的审美趣味。生于徽文化氛围中的张恨水深得传统文化的精髓，要不然，他不会固执地专门写章回体小说。长篇章回体小说章回的结尾都是很讲究的。读《雾之美》之类散文小品，要品读出文章结尾的妙处，大多画龙点睛之笔，真的让人回味无穷。"一二时后，雾渐薄，谷中树木人家，由近而远，次第呈露。仰视山日隔层而发光，团团如鸡子黄，亦至有趣。又数十分钟,远山显出,则天色更觉蔚篮,日光更觉清朗,黄叶山村,倍有情致矣。"尤其"雾之美"还在于"雾渐薄"之时,很是耐人寻味。

新

的！旧的

◇李大钊

本文选自《青春》
（高等教育出版社2010
年版）。李大钊（1889—
1927），字守常。七岁起
在乡塾读书，1905年入
永平府中学，1907年入
天津北洋法政专门学
校。1913年，含愤东渡
日本，就读于东京早稻
田大学。1916年回国
后，积极参与正在兴起
的新文化运动。1917
年俄国十月社会主义
革命的胜利使大钊同
志受到极大的鼓舞和

宇宙进化的机轴，全由两种精神运之以行，正如车有两轮，鸟有两翼，一个是新的，一个是旧的。但这两种精神活动的方向，必须是代谢的，不是固定的；是合体的，不是分立的，才能于进化有益。

中国人今日的生活全是矛盾生活，中国今日的现象全是矛盾现象。举国的人都在矛盾现象中讨生活，当然觉得不安，当然觉得不快。既是觉得不安不快，当然要打破此矛盾生活的阶级，另外创造一种新生活，以寄顿吾人的身心，慰安吾人的灵性。

矛盾生活，就是新旧不调和的生活，就是一个新的，一个旧的，其间相去不知几千万里的东西，偏偏凑在一处，分立对抗的生活。这种生活，最是苦痛，最无趣味,最容易起冲突。这一段国民的生活史,最是可怖。

欲研究一国家或一都会中某一时期人民的生活,任取其生活现象中的一粒微尘而分析之,也能知道其生活全部的特质。一个都会里一个人所穿的衣服,就是此都会里最美的市场中所陈设的;一个人的指爪上的一粒炭灰,就是由此都会里最大机械场的烟突中所飞落的。既同在一个生活之中,刹刹尘尘都含有全体的质性,都着有全体的颜色。

我前岁在北京过年,刚过新年,又过旧年。看见贺年的人,有的鞠躬,有的拜跪,有的脱帽,有的作揖;有的在门首悬挂国旗,有的张贴春联,因而起了种种联想。

想起黄昏时候走在街头,听见的是更夫的梆子丁丁的响,看见的是站岗巡警的枪刺耀耀的亮。更夫是旧的,巡警是新的。要用更夫,何用巡警?既用巡警,何用更夫?

又想起我国现已成了民国,仍然还有什么清室。吾侪小民,一面要负担议会及公府的经费,一面又要负担优待清室的经费。民国是新的,清室是旧的。既有民国,那有清室?若有清室,何来民国?

又想起制定宪法,一面规定信仰自由,一面规定"以孔道为修身大本"。信仰自由是新的,孔道修身是旧的。既重自由,何又迫人来尊孔?既要迫人尊孔,何谓信仰自由?

又想起谈论政治的,一面主张自我实现,一面鼓吹贤人政治。自我实现是新的,贤人政治是旧的。

启发。他逐步明确地站到马克思主义的立场上来,成为中国最早的马克思主义者和共产主义者。五四运动期间,李大钊在北京大学任图书馆长兼教授。奉系军阀张作霖进入北京后,和直系军阀勾结,大肆逮捕、杀害进步人士。李大钊等人遭到通缉;1927年4月28日,李大钊同志被捕,从容就义。时年尚不足三十八周岁。

既要自我实现，怎行贤人政治？若行贤人政治，怎能自我实现？

又想起法制习俗，一面立禁止重婚的刑律，一面许纳妾的习俗。禁止重婚的刑律是新的，纳妾的习俗是旧的。既施刑律，必禁习俗；若存习俗，必废刑律。

以上所说，不过一时的杂感，其余类此者尚多。最近又在本志上看见独秀先生与南海圣人争论，半农先生向投书某君棒喝。以新的为本位论，南海圣人及投书某君，最少应生在百年以前；以旧的为本位论，独秀、半农最少应生在百年以后。此等"风马牛不相及"的人物思想，竟不能不凑在一处，立在同一水平线上来讲话，岂不是绝大憾事！中国今日生活现象矛盾的原因，全在新旧的性质相差太远，活动又相邻太近。换句话说，就是新旧之间，纵的距离太远，横的距离太近；时间的性质差的太多，空间的接触逼的太紧。同时、同地不容并存的人物、事实、思想、议论，走来走去，竟不能不走在一路来碰头，呈出两两配映、两两对立的奇观。这就是新的气力太薄，不能努力创造新生活，以征服旧的过处了。

我常走在前门一带通衢，觉得那样狭隘的一条道路，其间竟能容纳数多时代的器物：也有骆驼轿，也有上贴"借光二哥"的一轮车，也有骡车、马车、人力车、自转车、汽车等，把20世纪的东西同15世纪以前的汇在一处。轮蹄轧轧，汽笛呜呜，车声马声，人力车夫互相唾骂声，纷纭错综，复杂万状，稍不加意，即遭冲轧，一般走路的人，精神很觉不安。推一轮车的讨厌人力车、马车、汽车,拉人力车的讨厌马车、汽车,赶马车的又讨厌汽车。反说回来,也是一样。新的嫌旧的妨阻,旧的嫌新的危险。照这样层级论,生活的内容不止是一种单纯的矛盾,简直是重重叠叠的矛盾。人生的径路,若是为重重叠叠的矛盾现象所塞,怎能急起直追,逐宇宙的大化前进呢?仔细想来,全是我们创造的能力缺乏的原故。若能在北京创造一条四通八达的电车轨路,我想那时乘坐驼轿、骡车、人力车等等的人,必都舍却这些笨拙迂腐的器具,来坐迅速捷便的电车,马路上自然绰有余裕,不像那样拥挤了。即有寥寥的汽车、马车、自转车等依旧通行,因为与电车纵的距离不甚相远,横的距离又不像从前那样逼近,也就都有容头过身的道路了,也就没有互相嫌恶的感情了,就没有那样容易冲突的机会了。

因此我很盼望我们新青年打起精神,于政治、社会、文学、思想种种方面开辟一条新径路,创造一种新生活,以包容覆载那些残废颓败的老人,不但使他们不妨害文明的进步,且使他们也亨享新文明的幸福,尝尝新生活的趣味,就像在北京建造电车轨道,输运从前那些乘驼轿、骡车、人力车的人一般。打破矛盾生活,脱去二重负担,这全是我们新青年的责任,看我们新青年的创造能力如何?

进!进!进!新青年!

223

简评

　　李大钊先生的青年时代,目睹在帝国主义侵略下的国家危亡局势和社会黑暗状况,激发了爱国热忱,立志要为苦难的中国寻求出路。1913年,卖国的袁世凯政府提出"二十一条"亡国条件后,在日本留学的李大钊先生参加留日学生总会的爱国斗争,向国内寄发《告全国父老书》。这时,开始接触社会主义思想和马克思主义学说。辛亥革命的果实被袁世凯窃取后,李大钊先生开始发表文章,揭露军阀官僚的统治只是加深了民族的灾难和人民的痛苦,唤醒民众。他在《青春》一文中号召青年"冲决历史之桎梏,涤荡历史之积秽,新造民族之生命,挽回民族之青春"。面对旧世界的风雨如磐,李大钊深切地感觉到,在中国,人们在分析和探讨文化发展问题时,有一个无法回避的理论难题,这就是如何正确认识和处理文化上的新与旧及其相互关系? 在五四新文化运动中,这个问题曾经在思想文化界引起过激烈的争论,李大钊积极抨击旧礼教、旧道德,向当时抬出孔子来维护自己统治的反动势力展开猛烈的斗争。李大钊不仅参与了这场争论,而且提出了自己独到的见解。在"五·四"大潮中,各种启蒙国人的观念、思想,如火如荼地在泱泱大国的土地上传播与发展,和胡适等一大批"五·四运动"的战士一样,李大钊积极寻找救国救民的真理,不同的是,他对苏俄的道路情有独钟,高举列宁的旗帜,走社会主义道路,才是我们的方向。他的这些见解不仅对中国文化的建设有其特殊的思想价值,而且是对后人进行的一种深刻的理性启蒙。他对国人的思想启蒙,经高度精练、浓缩之后,清晰地表现在《新的! 旧的》一文中。

　　在《新的! 旧的》一文的开头,李大钊先生高度地概括了中国社会的现实:"中国人今日的生活全是矛盾生活;中国今日的现象全是矛盾现象。举国的人都在矛盾现象中讨生活,当然觉得不安,当然觉得不快。既是觉得不安不快,当然要打破此矛盾生活的阶级,另外创造一种新生活,以寄顿吾人的身心,慰安吾人的灵性。矛盾生活,就是新旧不调和的生活:就是一个新的,一个旧的,其间相去不知几千万里的东西,偏偏凑在一处,分立对抗的生活。这种生活,最是苦痛,最无趣味,最容易起冲突。这一段国民的生活史,最是可怖。"明确地表明了自己的观点。从当时的文化思想的讨论中,李大钊敏锐地察觉,很多人机械地把新与旧截然对立起来,割断了两者之间的内在联系,并且企图从根本上否定后者,将其彻底抛弃。针对这种非理性认识,李大钊明确表示:"宇宙的进化,全仗新旧二种思潮,互相挽进,互相推演,仿佛象两个轮子运着一辆车一样;又象一个鸟仗着两翼,向天空飞翔一般。我确信这两种思潮,都是人群进化所必要的,缺一不可。我确信这两种思潮,都应知道须和他反对的一方面并存同进,不可妄想灭尽反对的势力,以求独自横行的道理。我确信万一有一方面若存这种妄想,断断乎不能如愿,徒得一个与人无伤、适以自败的结果。我又确信这两种思潮,一面要有容人并存的雅量,一面更要有自信独守的坚操。"(《新旧思潮之激战》,)作者高瞻远瞩,以极易打动人的比喻,将新与旧的辩证关系阐述得明白晓畅,使人极易接受。在本文中,说得更是简明扼要:"宇宙进化的机轴,全由两种精神运之以行,正如车有两轮,鸟有两翼,一个是新的,一个是旧的。但这两种精神活动的方向,必须是代谢的,不是固定的;是合体的,不是分立的,才能于进化有益。"在李大钊的现实理想中,他曾憧憬,"国家莫大之福,莫若以新势力承继旧势力;而莫大之害,则必为以新势力攻倒旧势力"。如果是"非铲除旧势力也,乃新势力之自杀耳"。(《辟伪调和》)

毫无疑问,新与旧并存必然会引起矛盾,随着外部条件的变化,甚至矛盾还很可能会激化。李大钊先生并没有忽视这个问题,他把当时的社会生活、文化生活归结为"矛盾生活""新旧不调和的生活"。这种不调和的"新""旧"生活充斥整个国家的每一个角落,文中作者进行了丰富细致的"种种联想"。然后进行了精辟的概括分析:"中国今日生活现象矛盾的原因,全在新旧的性质相差太远,活动又相邻太近。换句话说,就是新旧之间,纵的距离太远,横的距离太近;时间的性质差的太多,空间的接触逼的太紧。同时、同地不容并存的人物、事实、思想、议沦,走来走去,竟不能不走在一路来碰头,呈出两两配映、两两对立的奇观。这就是新的气力太薄,不能努力创造新生活,以征服旧的过处了。"

显而易见,李大钊先生在这里所倾力阐明的,是实际上、是思想上的容忍,也只有容忍,才能从根本上避免矛盾的激化。可以说,他所揭示出的道理,正是中国新文化建设最需要具备的基本精神。当然,不可否认,实现新旧调和是一个充满矛盾的过程。但它又是一个有规律可循的过程。要努力发挥创造力,去发展新的生活,包容覆载旧的生活,使其"不妨害文明的进步"。中国应当"急起直追,逐宇宙的文化前进"。而"我很盼望我们新青年打起精神,于政治、社会、文学、思想种种方面开辟一条新径路,创造一种新生活,以包容覆载那些残废颓败的老人,不但使他们不妨碍文明的进步,且使他们也享受文明的幸福,尝尝新生活的趣味"。"这全是我们新青年的责任,看我们新青年的创造能力如何"?

李大钊先生还曾在《危险思想与言论自由》一文中就新旧思想的交锋问题时这样说:"禁止思想是绝对不可能的,因为思想有超越一切的力量。"李大钊先生还常说:人生最高理想,在求达成真理。他也如此实践了。"青年之文明,奋斗之文明也,与境遇奋斗,与时代奋斗,与经验奋斗。故青年者,人生之王,人生之春,人生之华也。为世界进文明,为人类造幸福,以青春之我,创建青春之家庭,青春之国家,青春之民族,青春之人类,青春之地球,青春之宇宙,资以乐其无涯之生。"语言上势如破竹,具有不可阻挡之势。

1915年，陈独秀先生创办《青年杂志》，倡导民主和科学，揭开新文化运动的序幕。蔡元培在学术上实行"兼容并包、百家争鸣"的方针。陈独秀、李大钊、胡适、鲁迅等是新文化运动的干将，他们革命的思想、言论，在当时"风雨如磐"的夜空中如闪电一般划破夜空。《新青年》和北大成为新文化运动的主要阵地。李大钊先后发表了《法俄革命之比较观》《庶民的胜利》和《布尔什维主义的胜利》等文章和演说。他充满热情而坚定地宣称："试看将来的环球，必是赤旗的世界!"这是李大钊坚定的革命理想的激情表达。同样，本文结尾的呐喊："进!进!进!新青年!"所具有雷霆万钧的震撼人心的力量，则又是实现革命理想不可或缺的。

听

雨看云

◇ 印永清

本文选自《时文阅读》（上海教育出版社2011年版）。作者印永清简历不详。

讲中西文化比较，多高头讲章。倘若不是坐而论道，只是闲侃一二，似也有些意思。中国人喜欢听雨，卅多年前我去苏州，就有人带我去某园看"听雨阁"，说是坐在阁里，听雨落荷叶，其声妙，其情远。可惜我那时正当青年，不能领会听雨背后的文化。后来看了清人邓辅纶的《听雨轩坐秋》诗，云："阴连荷气润，梦坠叶声凉。"才有那么一点郁郁的情意。

其实中国人很早就喜雨，《诗经》中就有"风雨凄凄，鸡鸣喈喈；风雨潇潇，鸡鸣胶胶"。以后历代多有写雨佳句，如晋傅玄的"霖雨如到井"，南朝谢朓的"朔风吹飞雨"。杜甫更是写雨的高手，一句"好雨知时节"百年读不厌。其实他的"小雨晨光内，初来叶上闻"更是精致。宋人写雨,好把生活中的无限情趣,化作丝丝的雨意,淌进读者的心坎。如韩琦的"洗干春色无多润,染尽花光不见痕";如苏轼"急雨潇潇作晚凉,卧闻榕叶响长廊"。东坡写雨落榕叶确实是美,不过唐人写听雨似也不在宋人之下,如李端"闻君次夜东林宿,听得荷池几番声",元稹"曾问西江船上宿,惯闻寒夜滴篷声"等等,都有一种中国文化独特的意境,得慢慢意会。

在中国,岂止诗人爱听雨,广东不是有《雨打芭蕉》的美乐么?吴门画家沈周还有《西山观雨阁》,元人倪瓒有《雨后空林》,都是情趣万千,难以言尽。而西方人呢……

西方人喜欢看云。俄国诗人莱蒙托夫有一首《云》诗,赋予云很强的人性。诗中云:"天空的行云啊,永恒的流浪者!"莱蒙托夫不是以闲适的心情看云,就如同岳飞一样,也会唱出"潇潇雨歇"的满腔悲愤。据说莱蒙托夫朗诵完这首《云》诗,热泪盈眶。英国诗人雪莱也有一首《云》诗,有人说这首诗是他在泰晤士河上泛舟时,坐看云起,而以云自喻,用第一人称写的:"我是大地和水的女儿,/也是天空的养子,我往来于海洋,陆地的一切空隙,/我变化,但是不死……"诗中的云,就像一个活泼的青年,自由舒展,变幻无穷。

除了诗,西方的艺术家也爱画云。如巴洛克时期西班牙画家葛雷柯的名作《托利多风景》,将画面的三分之一多画上了层次丰满的云,浓云白光,震撼人心！法国画家米勒的《牧羊女》,《祈祷》,以黄昏瑰丽的云霞为背景,深邃浑远,衬托出乡野宁静而神秘的景色,勾勒出人物特定的心理,有巨大的艺术感染力。

但我想中国爱雨的程度胜过了西人的爱云,中国人也爱云,但仅将云作为雨的一种衬托,而突出雨。如梁代朱超"落照依山尽,浮云带雨来",唐杜审言"日气含残雨,云阴送晚雷";如白居易"拂波云色重,洒叶雨声繁";如孟郊"朝见一片云,暮成千里雨";如王安石"钟山未放朝云散,奈此黄梅细雨何"。不是主次分明么。

西方人有时赋予云一种浓烈的人文气氛,甚至孕育重大变革,中国人对雨也有些描述,梁启超"一雨纵横亘二洲,浪淘天地入东流。"毛泽东的"大雨落幽燕"等,不都有一种革命的气度,磅礴的气势吗?

中国人爱雨,有一种地理的背景,如干旱了,就拜佛求雨。而在南方则多雨,有一种听雨的氛围。雨已经融化在中国人生活之中,如建筑上的听雨阁、观雨轩、甚至取名号也带个雨字,如《红楼梦》中的雨村,近代学者雨僧(吴宓),等等。

简评

据说,中国人爱雨,西方人喜云,东西方各个民族似乎有着不同的人文背景与意识,才导致了有差异的云和雨的情怀。但是,"望处雨收云断,凭阑悄悄,目送秋光。"(柳永《玉蝴蝶》)给诗人的感觉雨和云也是不可分离的。雨是云孕育而成的,是云的精灵。但雨还有一种远胜过云的意境,那就是雨的降落是一次欢快的大自然的奏鸣曲,随着雷声的响起,伴着微风,雨点欷欷地撞击着田地。有诗,也有情;听雨看云,春风化雨,沉淀着厚重的文化因子。让人感到深有意味的是,被誉为"艺术天才""黎巴嫩文坛骄子"的美国籍阿拉伯诗人纪伯伦笔下的雨,更被赋予了一种哲理的思考,他以第一人称"我"来自述雨的产生和消失,暗示人的生命,充满理性的意味"……在寂静中,我用纤细的手指轻轻地敲击着窗户上的玻璃,于是那敲击声构成了一种乐曲,启迪那些敏感的心扉。"接着诗人的思维放飞得更高:"我是大海的叹息,是天空的泪水,是田野的微笑。这同爱情何其酷肖:它是感情大海的叹息,是思想天空的泪水,是心灵田野的微笑。"(《雨之歌》)诗人笔下的雨,足以让人在雨中吟啸徐行。

要说"中国人喜欢听雨"。似乎也确实如此。作者在文中列举了经典诗人的经典句子。正如季羡林先生说:在中国,听雨本来是雅人的事。我虽然自认还不是完全的俗人,但能否就算是雅人,却还很难说。我大概是介乎雅俗之间的一种动物吧。中国古代诗词中,关于听雨的作品是颇有一些的。顺便说上一句:外国诗词中似乎少见。生活中回忆少年时兄弟交往的诗中就有:"频梦春池添秀句,每闻夜雨忆联床。"是颇有一点诗意的。连《红楼梦》中的林妹妹都喜欢李义山的"留得残荷听雨声"之句。最有名的一首听雨的词当然是宋朝蒋捷的《虞美人》,词不长,我们把它抄在下面:

　　少年听雨歌楼上,红烛昏罗帐。壮年听雨客舟中,江阔云低,断雁叫西风。

　　而今听雨僧庐下,鬓已星星也。悲欢离合总无情,一任阶前点滴到天明。

蒋捷听雨时的心情,是颇为复杂的。他是用听雨这一件事来概括自己的一生的,从少年、壮年一直到暮年白发,达到了"悲欢离合总无情"的境界。所以说,在蒋捷词里,同是"听雨",却因时间不同、地域不同、环境不同而有着迥然不同的感受。词人从"听雨"这一独特视角出发,通过时空的跳跃,依次推出了三幅"听雨"的画面,而将一生的悲欢歌哭渗透、融汇其中。同是宋朝的"雨",还有完全不一样的雨,我们最好是去杭州的西湖。"雨夜中的西湖除了耐看,则更多了一层须用心体验的味道。这个时候,你需要撑一把雨伞,去堤上走走。白堤热闹一些,与唐朝的鼎盛相吻合;而苏堤要幽静得多,甚至稍稍有些冷寂。……你与苏东坡在堤上相遇了。刚刚完成长堤修筑的苏太守,心情正佳,他临风而立,面对烟水淼淼,诗情满溢,一首千古绝唱脱口而出,'水光潋滟晴方好,山色空蒙雨亦奇。欲把西湖比西子,浓妆淡抹总相宜。'这是苏太守为后人留的文化遗产,它的价值不亚于苏堤春晓。"(陈富强《宋朝的雨》见《阅读与鉴赏》2007年11期)

最有名的还莫过于明朝顾宪成的那一副对联:"风声、雨声、读书声,声声入耳;家事、国事、天下事,事事关心。"多少人曾无数次悸动于这副对联!虽然未必都是豪情万丈,但听雨的兴致都一样的浓。任凭风吹雨打,听雨的情致不减,自绵绵春雨到幽冷冬雨,从儿时到年迈,不变的仍是如跳跃音符的雨声,伴随着多少人的漫漫人生长路。我们在政治家的"雨声"中听出了历史的厚重。

至于"西方人喜欢看云。"蓝天白云,不仅有蜚声世界的诗人,还有享誉世界画坛画家,读者感受到的是"自由舒展,变幻无穷"的艺术感染力。其实,云同样也能寄托中国人的万千情感。自古以来,云便被人们视作神秘的尤物,云悲海思、云飞烟灭、七彩祥云等成语典故,虽然掺杂了许多人文色彩,但也算是归结出了云所带给我们的万千遐想。刘邦"大风起云飞扬"的豪放;李贺"黑云压城城欲摧"的凝重;杜牧"白云生处有人家"的深远;李白"朝辞白帝彩云间"的轻快;王勃"闲云潭影日悠悠"的闲适;徐志摩把云比做轻曼的爱情:"轻轻的我走了,正如我轻轻的来;我轻轻的招手,作别西天的云彩。"张爱玲渴望自己化做云裳自由自在的浮游于空……这灵动而富有生命质感的云赋予了文人墨客无尽的遐想和绝世的佳篇!"云相万千"一直是人们用于形容云彩多样化的词汇,因为,各处的云也有着自己独特的风姿。潮湿多雨的南方天空呈现的多是一幅婉约细腻的云象风貌,而干燥寒冷的北方气候便是天高云淡景色。每个地方独特的地质环境也造就出了与众不同的云层天象。蓝蓝的天衬托着朵朵白云,有的像驰骋疆场的骏马;有的像撒野奔跑的骆驼;有的像连绵无垠的雪山;有的像随风流动的袅袅炊烟;还有的像碧海波涛涌起的浪花。风清海晏的那一刻,使你感受到云的浪漫与飘逸。全身每个细胞都像重新注入了新鲜血液,使干渴的心灵涌出了汩汩清泉,把你带入一个清新纯净的世界。

"行到水穷处,坐看云起时"。是唐代大诗人王维对"云"的关注。辛勤的云彩,从远方的海洋中携带着饱满的水分子飘到陆地,用甘霖滋润着万物,给世界带来勃勃生机。这是云彩的功勋,有了云彩,苍茫大地充满了生气,郁郁葱葱,山青水绿,绚丽的色彩孕育着无穷的生命,这是云彩的无私奉献,孕育着世界万物。云彩是那样的纯洁,那样的可爱,洁白是云彩的独有特色。但是,由于环境污染,也会导致洁白的云彩身躯受到玷污,变成灰暗的色彩。"听雨看云"带给我们的不仅仅是思考,更多的是诗意。

海滩上种花

◇ 徐志摩

本文选自《徐志摩全集》（中央编译出版社2014年版）。徐志摩（1897—1931），出生于浙江省嘉兴海宁市，现代诗人、散文家。1915年毕业于杭州一中，先后就读于上海沪江大学、天津北洋大学和北京大学。1918年赴美国克拉克大学学习银行学，获学士学位，得一等荣誉奖。同年，转入纽约的哥伦比亚大学的研究院，进经济

朋友是一种奢华：且不说酒肉势利，那是说不上朋友，真朋友是相知，但相知谈何容易，你要打开人家的心，你先得打开你自己的，你要在你的心里容纳人家的心，你先得把你的心推放到人家的心里去；这真心或真性情的相互的流转，是朋友的秘密，是朋友的快乐。但这是说你内心的力量够得到，性灵的活动有富余，可以随时开放，随时往外流，像山里的泉水，流向容得住你的同情的沟槽；有时你得冒险，你得花本钱，你得抵拼在巉岈的乱石间，触刺的草缝里耐心的寻路，那时候艰难，苦痛，消耗，实在是可能的，在你这水一般灵动，水一般柔顺的寻求同情的心能找到平安欣快以前。

我所以说朋友是奢华，"相知"是宝贝，但得拿真性情的血本去换，去拼。因此我不敢轻易说话，因为我自己知道我的来源有限，十分的谨慎尚且不时有破产的恐惧；我不能随便"花"。前天有几位小朋友来邀我跟你们讲话，他们的恳切折服了我，使我不得不从命，但是小朋友们，说也惭愧，我拿什么来给你们呢？

　　我最先想来对你们说些孩子话，因为你们都还是孩子。但是那孩子的我到哪里去了？仿佛昨天我还是个孩子，今天不知怎的就变了样。什么是孩子要不为一点活泼的天真，但天真就比是泥土里的嫩芽，天冷泥土硬就压住了它的生机——这年头问谁去要和暖的春风？

　　孩子是没了。你记得的只是一个不清切的影子，模糊得很，我这时候想起就像是一个瞎子追念他自己的容貌，一样的记不周全；他即使想急了拿一双手到脸上去印下一个模子来，那模子也是个死的。真的没了。一个在公园里见一个小朋友不提多么活动，一忽儿上山，一忽儿爬树，一忽儿溜冰，一忽儿干草里打滚，要不然就跳着憨笑；我看着羡慕，也想学样，跟他一起玩，但是不能，我是一个大人，身上穿着长袍，心里存着体面，怕招人笑，天生的灵活换来矜持的存心——孩子，孩子是没有的了，有的只是一个年岁与教育蛀空了的躯壳，死僵僵的，不自然的。

　　我又想找回我们天性里的野人来对你们说话。因为野人也是接近自然的；我前几年过印度时得到

系。1921 年赴英国留学，入剑桥大学当特别生，研究政治经济学。1923 年成立新月社。1924 年任北京大学教授；与胡适、陈西滢等创办《现代诗评》周刊。1931 年 11 月 19 日因飞机失事罹难。代表作品有《再别康桥》《翡冷翠的一夜》。徐志摩的生前自编了三本散文集：《落叶》《巴黎的鳞爪》和《自剖文集》，此外还有《志摩日记》《志摩书信》《眉轩琐语》《西湖记》《泰戈尔来华》等。

235

极刻心的感想，那里的街道房屋以及土人的体肤容貌，生活的习惯，虽则简，虽则陋，虽则不夸张，却处处与大自然——上面碧蓝的天，火热的阳光，地下焦黄的泥土，高矗的椰树——相调谐，情调，色彩，结构，看来有一种意义的一致，就比是一件完美的艺术的作品。也不知怎的，那天看了他们的街，街上的牛车，赶车的老头露着他的赤光的头颅与紫姜色的圆肚，他们的庙，庙里的圣像与神座前的花，我心里只是不自在，就仿佛这情景是一个熟悉的声音的叫唤，叫你去跟着他，你的灵魂也何尝不活跳跳的想答应一声"好，我来了"，但是不能，又有碍路的挡着你，不许你回复这叫唤声启示给你的自由。困着你的是你的教育；我那时的难受就比是一条蛇摆脱不了困住他的一个硬性的外壳——野人也给压住了，永远出不来。

所以今天站在你们上面的我不再是融会自然的野人，也不是天机活灵的孩子：我只是一个"文明人"，我能说的只是"文明话"。但什么是文明或是堕落？文明人的心里只是种种虚荣的念头，他到处忙不算，到处都得计较成败。我怎么能对着你们不感觉惭愧？不了解自然不仅是我的心，我的话也是的。并且我即使有话说也没法表现，即使有思想也不能使你们了解；内里那点子性灵就比是在一座石壁里牢牢的砌住，一丝光亮都不透，就凭这双眼望见你们，但有什么法子可以传达我的意思给你们，我已经忘却了原来的语言，还有什么话可说的？

但我的小朋友们还是逼着我来说谎（没有话说而勉强说话便是谎）。知识，我不能给；要知识你们得请教教育家去，我这里是没有的。智慧，更没有了：智慧是地狱里的花果，能进地狱更能出地狱的才采得着智慧，不去地狱的便没有智慧——我是没有的。

我正发窘的时候，来了一个救星——就是我手里这一小幅画，等我来讲道理给你们听。这张画是我的拜年片，一个朋友替我制的。你们看这个小孩子在海边沙滩上独自的玩，赤脚穿着草鞋，右手提着一枝花，使劲把它往沙里栽，左手提着一把浇花的水壶，壶里水点一滴滴的往下掉着。离着小孩不远看得见海里翻动着的波澜。

你们看出了这画的意思没有？

在海砂里种花。在海砂里种花！.那小孩这一番种花的热心怕是白费的了。砂碛是养不活鲜花的，这几点淡水是不能帮忙的；也许等不到小孩转身，这一朵小花已经支不住阳光的逼迫，就得交卸他有限的生命，枯萎了去。况且那海水的浪头也快打过来了，海浪冲来时不说这朵小小的花，就是大根的树也怕站不住——所以这花落在海边上是绝望的了，小孩这番力量准是白花的了。

你们一定很能明白这个意思。我的朋友是很聪明的，他拿这画意来比我们一群呆子，乐意在白天里做梦的呆子，满心想在海砂里种花的傻子。画里的小孩拿着有限的几滴淡水想维持花的生命，我们一群梦人也想在现在比沙漠还要干枯比沙滩更没有生命的社会里,凭着最有限的力量,想下几颗文艺与思想的种子,这不是一样的绝望,一样的傻?想在海砂里种花,想在海砂里种花,多可笑呀!但我的聪明的朋友说,这幅小小画里的意思还不止此;讽刺不是她的目的。她要我们更深一层看。在我们看来海砂里种花是傻气,但在那小孩自己却不觉得。他的思想是单纯的,他的信仰也是单纯的。他知道的是什么?他知道花是可爱的,可爱的东西应得帮助他发长;他平常看见花草都是从地土里长出来的,他看来海砂也只是地,为什么海砂里不能长花他没有想到,也不必想到,他就知道拿花来栽,拿水去浇,只要那花在地上站直了他就欢喜,他就乐,他就会跳他的舞,唱他的歌,来赞美这美丽的生命,以后怎么样,海砂的性质,花的运命,他全管不着!我们知道小孩们怎样的崇拜自然,他的身体虽则小,他的灵魂却是大着,他的衣服也许脏,他的心可是洁净的。这里还有一幅画,这是自然的崇拜,你们看这孩子在月光下跪着拜一朵低头的百合花,这时候他的心与月光一般的清洁,与花一般的美丽,与夜一般的安静。我们可以知道到海边上来种花那孩子的思想与这月下拜花的孩子的思想会得跪下的——单纯、清洁,我们可以想象那一个孩子把花栽好了也是一样来对着花膜拜祈祷——他能把花暂时栽了起来便是他的成功,此外以后怎么样不是他的事情了。

你们看这个象征不仅美,并且有力量;因为它告诉我们单纯的信心是创作的泉源——这单纯的烂漫的天真是最永久最有力量的东西,阳光烧不焦他,狂风吹不倒他,海水冲不了他,黑暗掩不了他——地面上的花朵有被摧残有消灭的时候,但小孩爱花种花这一点"真"却有的是永久的生命。

我们来放远一点看。我们现有的文化只是人类在历史上努力与牺牲的成绩。为什么人们肯努力肯牺牲? 因为他们有天生的信心;他们的灵魂认识什么是真什么是善什么是美,虽则他们的肉体与知识有时候会诱惑他们反着方向走路;但只要他们认明一件事情是有永久价值的时候,他们就自然的会得兴奋,不期然的自己牺牲,要在这忽忽变动的声色的世界里,赎出几个永久不变的原则的凭证来。耶稣为什么不怕上十字架? 密尔顿何以瞎了眼还要做诗,贝多芬何以聋了还要制音乐,米开朗琪罗为什么肯积受几个月的潮湿不顾自己的皮肉与靴子连成一片的用心思,为的只是要解决一个小小的美术问题? 为什么永远有人到冰洋尽头雪山顶上去探险? 为什么科学家肯在显微镜底下或是数目字中间研究一般人眼看不到心想不通的道理消磨他一生的光阴?

为的是这些人道的英雄都有他们不可摇动的信心;像我们在海砂里种花的孩子一样,他们的思想是单纯的——宗教家为善的原则牺牲,科学家为真的原则牺牲,艺术家为美的原则牺牲——这一切牺牲的结果便是我们现有的有限的文化。

你们想想在这地面上做事难道还不是一样的傻气——这地面还不与海砂一样不容你生根，在这里的事业还不是与鲜花一样的娇嫩？——潮水过来可以冲掉，狂风吹来可以折坏，阳光晒来可以熏焦我们小孩子手里拿着往砂里栽的鲜花，同样的，我们文化的全体还不一样有随时可以冲掉、折坏、熏焦的可能吗？巴比伦的文明现在哪里？庞贝城曾经在地下埋过千百年，克利脱的文明直到最近五六十年间才完全发见。并且有时一件事实体的存在并不能证明他生命的继续。这区区地球的本体就有一千万个毁灭的可能。人们怕死不错，我们怕死人，但最可怕的不是死的死人，是活的死人，单有躯壳生命没有灵性生活是莫大的悲惨；文化也有这种情形，死的文化倒也罢了，最可怜的是勉强喘着气的半死的文化。你们如其问我要例子，我就不迟疑的回答你说，朋友们，贵国的文化便是一个喘着气的活死人！时候已经很久的了，自从我们最后的几个祖宗为了不变的原则牺牲他们的呼吸与血液，为了不死的生命牺牲他们有限的存在，为了单纯的信心遭受当时人的讪笑与侮辱。时候已经很久的了，自从我们最后听见普遍的声音像潮水似的充满着地面。时候已经很久的了，自从我们最后看见强烈的光明像彗星似的扫掠过地面。时候已经很久的了，自从我们最后为某种主义流过火热的鲜血。时候已经很久的了，自从我们的骨髓里有胆量，我们的说话里有分量。这是一个极伤心的反省！我真不知道这时代犯了什么不可赦的大罪，上帝竟狠心的赏给我们这样恶毒的刑罚？你看看去这年头到哪里去找一个完全的男子或是一个完全的女子——你们去看去，这年头哪一个男子不是阳痿．哪一个女子不是鼓胀！要形容我们现在受罪的时期，我们得发明一个比丑更丑比脏更脏比下流更下流比苟且更苟且比懦怯更懦怯的一类生字去！朋友们，真的我心里常常害怕，害怕下回东风带来的不是我们盼望中的春天，不是鲜花青草蝴蝶飞鸟，我怕他带来一个比冬天更枯槁更凄惨更寂寞的死天——因为丑陋的脸子不配穿漂亮的衣服，我们这样丑陋的变态的人心与社会凭什么权利可以问青天要阳光，问地面要青草，问飞鸟要音乐，问花朵要颜色？你问我明天天会不会放亮？我回答说我不知道，竟许不！

　　归根是我们失去了我们灵性努力的重心，那就是一个单纯的信仰，一点烂漫的童真！不要说到海滩去种花——我们都是聪明人谁愿意做傻瓜去——就是在你自己院子里种花你都懒怕动手哪！最可怕的怀疑的鬼与厌世的黑影已经占住了我们的灵魂！

　　所以朋友们，你们都是青年，都是春雷声响不曾停止时破绽出来的鲜花，你们再不可堕落了——虽则陷阱的大口满张在你的跟前，你不要怕，你把你的烂漫的天真倒下去，填平了它，再往前走——你们要保持那一点的信心，这里面连着来的是精力与勇敢与灵感——你们再不怕做小傻瓜，尽量在这人道的海滩边种你的鲜花去——花也许会消灭，但这种花的精神是不烂的！

简评

　　留学欧美的徐志摩，尤其是在剑桥的两年深受西方教育的熏陶及欧美浪漫主义和唯美派诗人的影响，在文学创作上奠定其浪漫主义诗风；在现代文学作家之中，早逝的徐志摩拥有较多的青年读者，这是很自然的了。很多时候，《再别康桥》的句子，会自然而随意地从妙龄男女口中吟出，令人怦然心动。有人赞叹徐志摩，简直就是浪漫的化身。用现在的话说是"男神一般的徐志摩"。徐志摩不仅写诗，同时也写散文，在他的全部创作中，成就和影响更为显著的，除诗歌外，恐怕就要数散文了。甚至有人认为他的"跑野马"式的散文比他的诗好。徐志摩一共出版过《落叶》《自剖》《巴黎的鳞爪》三个散文集和一个单篇散文《秋》，计三十三篇（未收集中还有不少）。除《秋》这一篇写于1929年，其余三个集子的大部作品均完成于1925—1926年间。他的散文内容涉及的范围也比较广泛，有对人生理想的漫评，有触及时政的论说；有对往事的怀想和追忆，也对艺术发表见解和评说，有一事一议的小品，也有说长道短的书评。他的散文表现了很强的个性，他的自我思想感情的剖露，哲理和诗情的融合，散文的诗化，三者合而为一，构成了他的散文的"别一世界"。无论是诗还是散文，最能体现徐志摩飘逸的性情、华美流畅的辞藻、真挚强烈感情和丰富瑰丽想象的，是那些吟咏自然，写景抒情的内容。值得一提的是，在徐志摩的全部散文中，有几篇讲演稿各具特色，在当时的听众中就产生了巨大的反响。《落叶》在北师大讲的，《话》在燕京大学讲的，《海滩上种花》在北师大附属中学讲的，《吃茶》是在平民中学讲的；还有两篇是英文，一是曾登《创造月刊》的《艺术与人生》，一是一次"文友会"的讲演。第一个散文集《落叶》，初版于1926年，完成于他创作的"泛滥"期，共八篇，内容各异，表情达意的方式也不尽相同。谈人生，谈社会，谈政治，谈艺术……不受任何约束。《海滩上种花》也收在这本书中。

　　"他的人生观真是一种'单纯信仰'，这里面只有三个大字：一个是爱，一个是自由，一个是美。他梦想这三个理想的条件能够会合在一个人生里，这是他的'单纯信仰'。他的一生的历史只是他追求这个单纯信仰的实现的历史。"（胡适《追悼志摩》）徐志摩是一位在中国文坛上曾经活跃一时并有一定影响的作家，他的世界观是没有主导思想的，或者说是个超阶级的"不含党派色彩的诗人"。他的思想、创作呈现的面貌，他的思想的发展变化，他的创作前后期的不同状况，是和当时社会历史特点关联着的。　周作人先生在《志摩记念》文中说："这个年头儿，别的什么都可以有，只是诚实却早已找不到。便是爪哇国里恐也不会有了罢。志摩却还保守着他天真烂漫的诚实，可以说是世所稀有的奇人。"这"天真烂漫的诚实"在《海滩上种花》的讲演中体现得十分充分。和在北师大讲过的《落叶》一样，只不过听众换成了北师大附中的学生。讲演者是带着一颗赤诚的心登上讲台的。一开始大段的关于"朋友""文明人""文明话"的铺垫，水到渠成，接下来的"一幅小画"，看似随意，实是有备而来的。"我正发窘的时候，来了一个救星——就是我手里这一小幅画，等我来讲道理给你们听。这张画是我的拜年片，一个朋友替我制的。你们看这个小孩子在海边沙滩上独自的玩，赤脚穿着草鞋，右手提着一枝花，使劲把它往沙里栽，左手提着把浇花的水壶，壶里水点一滴滴地往下掉着。离着小孩不远看得见海里翻动着的波澜。"以此为切入点，作者所要说道理深入浅出地倾泻而出，"你们看出了这画的意思没有？"紧紧抓住了听众。下面几段话每一句都敲击着听众的心灵：

"在海砂里种花。在海砂里种花！那小孩这一番种花的热心怕是白费的了。砂碛是养不活鲜花的，这几点淡水是不能帮忙的；也许等不到小孩转身，这一朵小花已经支不住阳光的逼迫，就得交卸他有限的生命，枯萎了去。况且那海水的浪头也快打过来了，海浪冲来时不说这朵小小的花，就是大根的树也怕站不住——所以这花落在海边上是绝望的了，小孩这番力量准是白化的了。"

"但我的聪明的朋友说，这幅小小画里的意思还不止此；讽刺不是她的目的。她要我们更深一层看。在我们看来海砂里种花是傻气，但在那小孩自己却不觉得。他的思想是单纯的，他的信仰也是单纯的。他知道的是什么？他知道花是可爱的，可爱的东西应得帮助他发长；他平常看见花草都是从地土里长出来的，他看来海砂也只是地，为什么海砂里不能长花他没有想到，也不必想到，他就知道拿花来栽，拿水去浇，只要那花在地上站直了他就欢喜，他就乐，他就会跳他的跳，唱他的唱，来赞美这美丽的生命，以后怎么样，海砂的性质，花的运命，他全管不着！"

"你们看这个象征不仅美，并且有力量；因为它告诉我们单纯的信心是创作的泉源——这单纯的烂漫的天真是最永久最有力量的东西，阳光烧不焦他，狂风吹不倒他，海水冲不了他，黑暗掩不了他——地面上的花朵有被摧残有消灭的时候，但小孩爱花种花这一点："真"却有的是永久的生命。"

"所以朋友们，你们都是青年，都是春雷声响不曾停止时破绽出来的鲜花，你们再不可堕落了——虽则陷阱的大口满张在你的跟前，你不要怕，你把你的烂漫的天真倒下去，填平了它，再往前走——你们要保持那一点的信心，这里面连着来的就是精力与勇敢与灵感——你们再不怕做小傻瓜，尽量在这人道的海滩边种你的鲜花去——花也许会消灭，但这种花的精神是不烂的！"

讲演的内容全面地蕴涵在这几段话中,讲演者意思完全表露无遗。讲演结束了,徐志摩先生对年轻人的劝勉与告诫将一定会长时间地留在他们的心中。影响是永恒的。

论

求知

◇[英]弗兰西斯·培根

本文选自罗文英编《心灵的栖息——名家美文》（华中科技大学出版社2014年版）。弗朗西斯·培根（1561—1626），英国文艺复兴时期最重要的散文家，杰出的唯物主义哲学家和科学家，是哲学史和科学史上划时代的人物。12岁时，培根被送入剑桥大学"三一学院"深造。大学毕业后，当过律师，出任过国会议员，后被聘为女

求知可以作为消遣，可以作为装饰，也可以增长才干。

当你孤独寂寞时，阅读可以消遣。当你高谈阔论时，知识可供装饰。当你处世行事时，正确运用知识意味着力量。懂得事物因果的人是幸福的。有实际经验的人虽能够办理个别性的事务，但若要综观整体，运筹全局，却唯有掌握知识方能办到。

求知太慢会弛惰，为装潢而求知是自欺欺人，完全照书本条条办事会变成偏执的书呆子。

求知可以改进人和天性，而实验又可以改进知识本身。人的天性犹如野生的花草，求知学习好比修剪移栽。实习尝试则可检验修正知识本身的

真伪。

狡诈者轻鄙学问,愚鲁者羡慕学问,唯聪明者善于运用学问。知识本身并没有告诉人怎样运用它,运用的方法乃在书本之外。这是一门技艺。不经实验就不能学到。不可专为挑剔辩驳去读书,但也不可轻易相信书本。求知的目的不是为了吹嘘炫耀,而应该是为了寻找真理,启迪智慧。

有的知识只须浅尝,有的知识只要粗知。只有少数专门知识需要深入钻研,仔细揣摩。所以,有的书只要读其中一部分,有的书只须知其中梗概即可,而对于少数好书,则要精读,细读,反复地读。有的书可以请人代读,然后看他的笔记摘要就行了。但这只限于质量粗劣的书。否则一本好书将象已被蒸馏过的水,变得淡而无味了!

读书使人的头脑充实,讨论使人明辨是非,作笔记则能使知识精确。

因此,如果一个人还原做笔记,他的记忆力就必须强而可靠。如果一个人只愿孤独探索,他的头脑就必须格外锐利。如果有人不读书又想冒充博学多知,他就必定很狡黠,才能掩饰他的无知。

读史使人明智,读诗使人聪慧,演算使人精密,哲理使人深刻,伦理学使人有修养,逻辑修辞使人善辩。总之,"知识能塑造人的性格"。

不仅如此,精神上的各种缺陷,都可以通过求知来改善——正如身体上的缺陷,可以通过运动来改善一样。例如打球有利于腰肾,射箭可扩胸利肺,散

王的特别法律顾问以及朝廷的首席检察官、掌玺大臣等。1597 年,培根发表了他的处女作《论说随笔文集》(通译《培根随笔》)。主要著作还有《新工具》《论学术的进展》《新大西岛》等。

步则有助于消化,骑术使人反应敏捷,等等。同样,一个思维不集中的人,他可以研习数学,因为数学稍不仔细就会出错。缺乏分析判断力的人,他可以研习经院哲学,因为这门学问最讲究烦琐辩证。不善于推理的人,可以研习法律学,如此等等。这种种头脑上的缺陷,都可以通过求知来疗治。

简评

弗兰西斯·培根是英国17世纪著名思想家、政治家和经验主义哲学家。这位被马克思称之为"英国唯物主义和整个现代实验科学的真正始祖"的科学家,出生于豪门,靠自修获得律师资格并步入政界,几经波折后成了国家重臣,最后又因一桩受贿案被国会弹劾去职。

纵观培根的一生,他重视科学实验在认识中的作用,认为必须借助于实验,才能弥补感官的不足,深入揭露自然的奥秘。1626年3月底,培根正在潜心研究冷热理论及其实际应用问题。当路过一片雪地时,他突然想作一次实验,但由于他身体孱弱,经受不住风寒的侵袭,支气管炎复发,病情恶化,于1626年4月9日清晨病逝。

早在12岁时,培根被送入剑桥大学三一学院深造。在校学习期间,他对传统的观念和信仰产生了怀疑,开始独自思考社会和人生的真谛。晚年,受宫廷阴谋的牵连被逐出宫廷,自此,脱离政治生涯,专心从事学术研究和著述活动。《新工具》是培根最重要的哲学著作,它提出了培根在近代所开创的经验认识原则和经验认识方法。在近代哲学史上具有划时代的意义和广泛的影响,哲学家由此把它看成是从古代唯物论向近代唯物论转变的先驱。这本书与亚里士多德的《工具篇》是相对立的。弗兰西斯·培根是近代哲学史上首先提出经验论原则的哲学家。他重视感觉经验和归纳逻辑在认识过程中的作用,开创了以经验为手段,研究感性自然的经验哲学的新时代,对近代科学的建立起了积极的推动作用,对人类哲学史、科学史都做出了重大的历史贡献。为此,罗素尊称培根为"给科学研究程序进行逻辑组织化的先驱"。

在作者丰富的著作中,《培根随笔》别具一格。是英国随笔文学的开山之作,也是西方文学名著中的经典篇目。它以其简洁的语言、优美的文笔、透彻的说理、迭出的警句,在世界文学史上占据了非常重要的地位,被译成多种文字出版,至今畅销不衰。该书1597年出版时只有10篇文章,1612年出版增至38篇,1625年版增至58篇,培根逝世31年后的1657年Rawel将培根未完成的随笔《论谣言》作为第59篇收入,最终构成了今天流行的版本。《培根随笔》中有许多脍炙人口的篇章,如《论求知》《论美》等,它以一种优美与庄严的韵律,以过人智慧的论述,给读者以深刻的思想内涵而被广为流传。美国作家房龙说:"弗兰西斯·培根的随笔给我们提供了一种尘世中的智慧,它让我们变得充满理性并世事洞明。"

《培根随笔》主要讲述培根在不同的角度看待事物的态度和想法,涉及政治、经济、宗教、爱情、婚姻、友谊、艺术、教育和伦理等,对于各种不同的方面的内容培根都写出了自己的想法,从字里行间透露出培根的人生态度和处事方式。比如:《论真理》《论死亡》《论人之本性》等篇章中,可以看到他是一个热爱哲学的人;从《论高位》《论帝工》《论野心》等篇章中,可以看到他热衷于政治,深谙官场运作;从《论爱情》《论友谊》《论婚姻与独身》等篇章中,可以看到他富有生活情趣;从《论逆境》《论幸福》《论残疾》等篇章中,可以看到他自强不息;从《论伪装与掩饰》《论言谈》等篇章中,可以看到他工于心计、老于世故。

可以说《培根随笔》集中地体现了作者论说文的力量,体现了作者对人世生活的透彻理解,给诸多后人及学者以人生启示。作者用其敏锐的洞察力和对人生独到的见解把原本枯燥的理论写得生动有趣,使读者读起来觉得引人入胜。这里略举一二：在《论求知》中，培根说道："人的天性犹如野生的花草，求知学习好比修剪移栽。"可见求知可以使人产生巨大的变化，甚至可以改变人的命运，在我们的一生中是相当重要的；《论友谊》中说道："如果你把快乐告诉一个朋友，你将得到两个快乐；而如果你把忧愁向一个朋友倾吐，你将被分掉一半忧愁。"这说明了朋友是我们身边必不可少的一个角色，可以为我们的生活增添色彩。《培根随笔》中的文章从各种角度论述了他对人与社会、人与自己、人与自然的关系的许多独到而精辟的见解，使许许多多人从这本书中获得熏陶指导。如："一个自身无德的人见别人有德必怀嫉妒"、"没有友谊，则世上不过是一片荒野"、"最能保人心神健康的预防药，就是朋友的忠言规谏"、"狡猾就是一种阴险邪恶的聪明。一个狡猾的人与一个聪明的人之间，却有一种很大的差异，这差异不但是在诚实上，而且是在才能上的。""顺境的美德是节制；逆境的美德是坚忍。这后一种是较为伟大的一种德性。"等等警句格言，读者往往能从中获得启发。

鲁迅先生说："一说起读书，就觉得是高尚的事，其实这样的读书，和木匠磨斧头、裁缝理针线并没有什么区别，并不见得高尚，有时还很痛苦，很可怜。"由此可见求知、求生，是同样的道理。本文集中地论述了科学的求知方法。透彻的说理，隽永的警句，善于用诗化的语言阐述精辟的哲理，是培根随笔最突出的地方。《论求知》篇幅虽然短小，但是，的确非常值得我们认真、细致地去咀嚼。全文分三部分：第一部分主要论述求知的正确目的。作者一开头提出三种不同类型的求知目的，接着分三层论述"消遣""装潢"和"增长才干"，指出求知中的三种偏向。再用比喻的方法分析求知、实验的作用及相互关系，进而分析不同的人对待学问的不同态度，归纳出求知的目的不是为了"求知的目的不是为了吹嘘炫耀，而应该是为了寻找真理，启迪智慧。"第二部分主要论述求知的正确方法。指出对好书、一般的书、粗糙的书应采取不同的读法，提倡多读、讨论和做笔记。对一般的书只须"浅尝""粗知",对好书要"精读、细读、反复地读"。对粗糙的书"只读别人的笔记摘要就行了"。最后说明读书、讨论、做笔记三种求知方法的重要性。第三部分主要论述知识在塑造人格、健全精神方面的作用,鼓励人们去求知。分别论述了知识能塑造人的性格和弥补人精神上的各种缺陷。"求知可以作为消遣,可以作为装饰,也可以增长才干。"开宗明义,还有比求知更吸引人的事吗?

　　文艺复兴时期的一代散文大师培根处在个性解放、个性发展的黄金时代,整个社会洋溢着崇尚自由思想、追求高度个性化文风的气氛。冲破乃至扫除封建传统观念束缚、粉碎无形的思想"框子",是当时散文创作的主要内容,因此散文的形式也是毫无顾忌、毫无粉饰的,它的自由奔放、活泼新鲜正是人们自由思想的标志。这种强烈的非政治功利性非影射隐喻性和非引经据典性,就更显出一种天然、清纯和朴实,因而就更容易逾越历史时代和民族的障碍而同更多的读者迅速产生共鸣。特别是一般读者耳熟能详的"读史使人明智,读诗使人聪慧,演算使人精密,哲理使人深刻,道德使人高尚,逻辑修辞使人善辩"一类的警句,像明灯高悬在愚昧的夜空,读来既无剑拔弩张、耳提面命之感,又无闪烁其词、牵强附会之嫌。使人觉得这是一种平易坦诚的忠告,是信手拈来的人生经验之谈,正如黑格尔所说,"培根是根据一种有教养的阅历,"根据"他对人的研究"在谈论"人们所关注的种种对象"。因而"他的著作虽然充满着最美妙、最聪明的言论,但是要理解其中的智慧,通常只需付出很少的理性努力。因此他的话常常被人拿来当作格言。"(黑格尔:《哲学史讲演录》第四卷,"关于培根")

贪心的紫罗兰

◇[黎巴嫩]纪伯伦

本文选自陈荣赋编《人一生要读的60篇散文》(华文出版社2009年版)。纪伯伦·哈利勒·纪伯伦(1883—1931),黎巴嫩旅美作家。1883年生于黎巴嫩北部山乡卜舍里。12岁时随母去美国波士顿。曾创办《真理》杂志,态度激进。1908年发表小说《叛逆的灵魂》,激怒当局,次年迁往纽约从事文学艺术创作活动,直至逝世。

在一座孤零零的花园里,有一株紫罗兰,花瓣艳丽,芳香四溢,幸福愉快地生活在同伴当中,得意洋洋地在群芳之间左右摇动。

一天早晨,紫罗兰戴着露珠桂冠,抬眼环视四周,看到一朵玫瑰花,躯干苗条,翘首天空恰似一柄火炬,插在宝石灯上。

紫罗兰咧着她那蓝色的嘴唇,叹息道:"唉,在群芳当中,我最不走运;在百卉之中,我地位最低!大自然把我造就得如此低矮渺小,我只配伏在地上生存,不能像玫瑰那样,枝插蓝天,面朝太阳。"

玫瑰花听到邻居紫罗兰的哀叹声,笑着摇了摇头,然后说:"百花群里,你最糊涂。你真是身在福中不知福啊！大自然赋予你芳香、文雅和美貌，这都是别的花草所没有的。你还是赶快打消你那些奇怪的念头和有害愿望吧！满足于天赐予你的福气吧！你要知道：虚怀若谷者，地位无比高尚；贪得无厌者，永远贫困饥荒。"

紫罗兰答道："玫瑰花，你这所以这样安慰我，因为你已得到了我想得到的一切；你这所以用格言来掩饰我的低下地位，因为你伟大高尚。在倒霉者的心中，幸运儿的劝诫是何等苦涩；在弱者面前慷慨陈词的强者，何其冷若冰霜！"

大自然听了玫瑰花与紫罗兰之间的对话，禁不住打了个寒战，继之提高嗓门，说："紫罗兰，我的女儿，你怎么啦？我了解你，你朴实无华，小巧玲珑，温文尔雅，究竟是贪欲缠住了你的身，还是虚荣占据了你的心？"

紫罗兰乞怜道："力大恩深的母亲，我谨向您倾诉我心中的恳求和希望，万望您答应我的要求：让我变成一株玫瑰花，哪怕只有一天。"

大自然说："你不知道你的要求意味着什么。你不知道华美外观的背后隐藏的巨大灾难。倘若你的身躯变高，外貌改变，成为一株玫瑰花，恐怕到时候连后悔都来不及了。"

紫罗兰苦苦哀求："改变我的外貌吧！让我变成一株身材高大、昂首蓝天的玫瑰花……到那时，不管怎样，我的愿望总算实现了。"

大自然无奈："叛逆的傻瓜，我答应你的要求！

著有中篇小说《折断的翅膀》，散文诗集《泪与笑》《先知》《沙与沫》等。其《组歌》：《浪之歌》《雨之歌》曾选入人教版八年级语文课本。

253

倘若遇到灾祸，你只能抱怨自己太傻。"

大自然伸出她那无形的神手，轻轻触摸紫罗兰的根部，顿时出现了一株高出群芳之首、色彩斑斓夺目的玫瑰花。

那天傍晚，天色突变，乌云急聚，狂风骤起，撕破世间沉寂，电闪雷鸣，急风暴雨一齐向花园袭来。刹那间，万木枝条尽折，百花躯干弯曲，枝长杆高的花木被连根拔掉，幸免者只有伏在地面上、隐身石缝间的矮小花木荆棘。

与此同时，那座孤零零的花园也遭受到了其他花园所经历的浩劫和冲击，而且有过而无不及。

风暴未息，乌云未消，已见园中花落满地。风暴过后，只有隐藏在墙根下的紫罗兰安然无恙。

一位紫罗兰少女抬起头来，望着园中花木败落的惨状，得意的微笑了。她当即呼唤同伴"姐妹们，快来看哪！看看风暴是怎样对待那些盛气凌人的高大花木的吧！"

另一位紫罗兰姑娘说："我们低矮，匍匐在地面上，但经过暴风骤雨，我们安然无恙。"

第三位紫罗兰姑娘说："我们的体躯虽然微小，但暴风雨没把我们压倒。"

就在这时，紫罗兰王后走了出来。她发现昨天还是紫罗兰的那株玫瑰就在自己身边，只见它已被暴风连根拔掉，叶子散落了一地，仿佛身中万箭，被风神抛到了湿漉漉的草丛之间。

紫罗兰王后挺起腰杆，舒展叶片，大声呼唤："女儿们,你们仔细看看！这株紫罗兰为贪欲所怂恿,变成一株玫瑰花,挺拔一时,不久被抛入万丈深渊。但愿这能成为你们的明鉴。"

那株玫瑰战栗着,使尽全身力气,上气不接下气地说:"知足安分的傻姐妹们,听我对你们说:昨天,我像你们一样,端坐绿叶中间,满足于天赐之福。知足是一个难以逾越的障碍,将我与生活的风暴隔离开来,使我心地坦然,无忧无虑,无难无灾。我本来可以像你们一样,静静匍匐在地面,冬来以雪花裹身,没有弄明大自然的秘密,便与同伴一步入死一般的沉寂。我本来可以避开那令人贪婪的事情,弃绝那些超越我自身天性的东西。可是,我在静夜里,听上天对人间说:'存在的目的,在于追求存在以外的东西。'于是,我背弃了我的灵魂,一心想得到我不应得到的东西。正是这种贪欲,使背弃心理变成一种巨大的力量,使我的内心渴望变成了异想天开的幻想,于是,我要求大自然——大自然不过是我们内心梦想的外观——将我变成一株玫瑰花。大自然立即让我如愿以偿。大自然常用她的偏爱与渴望改变自己的形象。"

玫瑰花沉默片刻,又自鸣得意地说:"我当了一个小时的皇后。我用玫瑰花的眼睛观看了宇宙,用玫瑰花的耳听到太苍窃窃私语,用玫瑰花的叶子感触了光明。诸位当中,谁能得到我这份光荣?

尔后,玫瑰花的脖子弯下去了,用近似喘息的声音说:"我就要死去了。我心中有一种特殊感触,这是我之前的紫罗兰不曾有过的。我就要死去了。我终于了解了我出生的有限天地之外的一些事情。这就是生活的目的。这就是隐藏在昼夜间发生的偶然事件背后的真正实质。”

玫瑰花合上叶子，浑身一颤，便死去了。此时此刻，她的脸上绽现出神圣的微笑——愿望实现后的微笑——胜利的微笑——上帝的微笑。

简评

纪伯伦的全部作品，无论是早期创作的小说，还是后来创作的散文、散文诗都充满了对祖国、对人民和对未来的爱，毫不留情地揭露了殖民主义、资本主义的罪恶。他以画笔和文笔为武器同旧世界进行了顽强的斗争，保护了受压迫最深的阿拉伯妇女，捍卫了她们的自由恋爱的权利。在整个创作过程中，纪伯伦始终认为要唱出“母亲心里的歌”，作品多以“爱”和“美”为主题，通过大胆的想象和象征的手法，表达深沉的感情和远大的理想。思想受尼采哲学影响较大。作品常常流露出愤世嫉俗的态度或表现某种神秘的力量。“黎巴嫩文坛骄子纪伯伦”，作为哲理诗人和杰出画家，和泰戈尔一样是近代东方文学走向世界的先驱。同时，他又是阿拉伯现代小说和艺术散文的主要奠基人，20世纪阿拉伯新文学道路的开拓者之一。

中国读者与纪伯伦的相逢、相识由来已久：早在1923年，纪伯伦的五篇散文诗就先由茅盾先生介绍到中国；1931年冰心先生翻译了《先知》，为中国读者进一步了解纪伯伦开阔了文学的窗扉。纪伯伦是位热爱祖国、热爱全人类的艺术家。在生命的最后岁月，他写下了传遍阿拉伯世界的诗篇《朦胧中的祖国》，诗中他讴歌毕生苦恋的祖国：“您在我们的灵魂中——是火，是光；您在我的胸膛里——是我悸动的心脏。”

"爱与美"是纪伯伦作品的主旋律。他曾说:"整个地球都是我的祖国,全部人类都是我的乡亲。"告别人世最后的遗言是:"我死后,请把我埋在祖国黎巴嫩的雪松身边。"半个多世纪以来,纪伯伦的作品深受东西方读者的喜爱,被翻译成多种文字在世界上很多国家出版。在他诞生100周年的时候,阿拉伯各国纷纷举行纪念活动,他曾经生活过的美国,也专门发行了纪伯伦的纪念邮票。

散文《贪心的紫罗兰》(李占经、葛继远译为《雄心勃勃的紫罗兰》),韵味隽永,以童话般的笔调、象征的手法,生动地塑造了一位不甘于寂寞、平淡的生活,追求多彩斑斓的明天,最终为之献出自己宝贵生命的追求者的形象。紫罗兰的生命经历了四个阶段:1.幸福愉快地生活在同伴之中,得意洋洋地在群芳之间左右摆动。2.成为一株高出群芳之首、色彩斑斓夺目的玫瑰花。3.被风暴连根拔掉,叶子散落了一地,抛到湿漉漉的草丛之间。4.合上叶子,浑身一颤,便死去了。全文分为两个层次,先是写"贪心"(直译为"虚荣"似乎更好些——笔者)的紫罗兰一心要变为美丽的玫瑰并最终如愿以偿的故事;接着叙述了变成玫瑰的紫罗兰遭遇暴风雨袭击而丧生。作者以委婉的笔调,借紫罗兰之口,向人们传达了一个深刻的道理:人存在的目的在于追求存在以外的东西。仿佛哲理寓言一般,展示了作者不断进取、不息奋斗的精神。在俗世生活中辗转,我们已经放弃了飞翔蓝天的理想,忘记了遨游大海的渴望,心灵被俗世种种羁绊着,我们学了顺应潮流,学会了见风使舵,学会了退缩逃避,学会了"安分守己"。但是,平凡的生活越来越显出其平庸,无所追求的生命在百无聊赖中消磨。因此我们才越来越困惑:活着的意义是什么?也许,这株"贪心"的紫罗兰就给了我们另一种启示:生命的丰盈不在于平庸的长久,而在于曾经哪怕一刹那的闪亮辉煌!紫罗兰希望自己能变成枝插蓝天,面朝太阳的玫瑰花,对紫罗兰这种愿望,玫瑰花认为它身在福中不知福,希望它打消这些奇怪的念头和有害的愿望。大自然认为紫罗兰这样想是因为贪婪和虚荣,并警告它变成一株玫瑰花会给它带来灾难。

紫罗兰不甘心于命运的安排,为了内心的梦想和渴望,为了超越自身的卑微与弱小,不惜以经历灾难,牺牲生命为代价,最终它实现了自己的愿望,领悟了生活的目的和本质,微笑着胜利的死去,它是一个感人至深的传奇。"玫瑰花沉默片刻,又自鸣得意地说":"我当了一个小时的皇后。我用玫瑰花的眼睛观看了宇宙,用玫瑰花的耳听到太苍窃窃私语,用玫瑰花的叶子感触了光明。诸位当中,谁能得到我这份光荣?"弱小的紫罗兰,"此时此刻,她的脸上绽现出神圣的微笑——愿望实现后的微笑——胜利的微笑——上帝的微笑。"最后的微笑是永恒的! 她揭示了一个深刻的道理:人不应平庸的生活,而应有高尚的理想和追求,应有为了理想和追求勇于牺牲的精神";这和安徒生童话《野天鹅》里的弱女子艾丽莎以她的决心和毅力战胜了无比强大、有权有势皇后和主教,救出被皇后施魔法变成了天鹅的11位哥哥很相似。这篇童话源于丹麦的一个民间故事,作者在民间故事的基础上升华了善与恶斗争的主题,充满了积极浪漫主义色彩,"……当他(最年长的哥哥)说话的时候,有一阵香气在徐徐地散发开来,好像有几百朵玫瑰花正在开放,……"它同样告诉我们:在追寻梦想的路途中会有很多艰辛与磨难,只要勇于追求终会有所回报。启示人们:"知足者虽然能够平平安安,无忧无虑但是没有理想,没有奋斗,没有追求,也就不会懂得生命的意义,也就不会有真正的幸福。"

在他的作品中,纪伯伦顽强地对旧传统进行革命的愤怒的抨击,对解放发出不懈的呼喊:"自由啊,从这苦难的深渊底层我们向你呼唤,请你倾听我们的声音。从尼罗河的源头到幼发拉底河的入海口,心灵的号啕伴随着深渊的呐喊向你呼救;从阿拉伯半岛之疆到黎巴嫩之滨,无数手臂向你伸出;从海湾沙滩到撒哈拉边缘,饱含心碎热泪的眼睛向你仰望；自由啊，请你回眸，看一看我们吧！"革命的叛逆者纪伯伦，"他从心底深处感受到黎巴嫩的苦难。黎巴嫩，则以自己的山峦、河谷、平原、海洋启迪了我们天才作家的灵感，使他写出了自己的思想，点燃了他眼中的光焰，使他从灵感中汲取笔端的五彩霞光，描绘出对祖国爱的梦想。"

　　本文在纪伯伦的散文中别具特色。情节跌宕有致，蕴涵着生活的哲理；拟人、比喻、象征手法的运用，以及对话和内心独白的表述方式，使文章充满意趣，且读起来朗朗上口。

听泉

◇ [日] 东山魁夷

本文选自《东山魁夷散文选》(东山魁夷著、陈德文选译,百花文艺出版社1989年版)。东山魁夷(1908—1999)日本风景画家、散文家。原名新吉,画号魁夷。1931年毕业于东京美术学校。1934年留学德国,在柏林大学哲学系攻读美术史。其早年绘画作品《冬日三乐章》《光昏》分别获得1939年第一届"日本画院展一等

鸟儿飞过旷野。一批又一批,成群的鸟儿接连不断地飞了过去。

有时四五只联翩飞翔,有时候排成一字长蛇阵。看,多么壮阔的鸟群啊!……

鸟儿鸣叫着,它们和睦相处,互相激励;有时又彼此憎恶,格斗,伤残。有的鸟儿因疾病、疲惫或衰老而失掉队伍。

今天,鸟群又飞过旷野。它们时而飞过碧绿的田原,看到小河在太阳照耀下流泻;时而飞过丛林,窥见鲜红的果实在树荫下闪灼。想从前,这样的地方有的是。可如今,到处都是望不到边的漠漠荒原。任凭大地改换了模样,鸟儿一刻也不停歇,昨

天,今天,明天,它们继续打这里飞过。

不要认为鸟儿都是按照自己的意志飞翔的。它们为什么飞? 它们飞向何方?谁都弄不清楚,就连那些领头的鸟儿也无从知晓。

为什么必须飞得这样快?为什么就不能慢一点儿呢?

鸟儿只觉得光阴在匆匆忙忙中逝去了。然而,它们不知道时间是无限的,永恒的,逝去的只是鸟儿自己。它们像是着了迷似的那样剧烈、那样急速地振膈翱翔。它们没有想到,这会召来不幸,会使鸟儿更快地从这块土地上消失。

鸟儿依然忽喇喇拍击着翅膀,更急速,更剧烈地飞过去……

森林中有一泓清澈的泉水,发出叮叮冬冬的响声,悄然流淌。这里有鸟群休息的地方,尽管是短暂的,但对于飞越荒原的鸟群说来,这小憩何等珍贵!地球上的一切生物,都是这样,一天过去了,又去迎接明天的新生。

鸟儿在清泉旁歇歇翅膀,养养精神,倾听泉水的絮语。呜泉啊,你是否指点了鸟儿要去的方向?

泉水从地层深处涌出来,不间断地奔流着,从古到今,阅尽地面上一切生物的生死,荣枯。因此,泉水一定知道鸟儿应该飞去的方向。

鸟儿站在清澄的水边,让泉水映照着身影,它们想必看到了自己疲倦的模样。它们终于明白了鸟儿作为天之骄子的时代已经一去不复返了。

鸟儿想随处都能看到泉水,这是困难的。因为,

奖"和1956年"日本艺术院奖"。1969年获"文化勋章"和"每日艺术大奖"。代表作有《春晓》(由日本政府赠送给毛泽东主席)等。主要作品有散文集《听泉》《和风景的对话》《探求日本的美》等。著有《东山魁夷》11卷。《一片树叶》(节选)被选入苏教版初中教材。散文《我们的风景》收录在人教版9年级上册、鄂教版9年级上册的教科书中。随笔《听泉》收入长春版9年级下语文教科书中。

它们只顾尽快飞翔。

鸟儿想错了,它们最大的不幸是以为只有尽快飞翔才是进步,它们以为地面上的一切都是为鸟儿存在着。

不过,它们似乎有所觉悟,这样连续飞翔下去,到头来,鸟群本身就会泯灭的,但愿鸟儿尽早懂得这个道理。

我也是鸟群中的一只,所有的人们都是在荒凉的不毛之地上飞翔不息的鸟儿。

人人心中都有一股泉水,日常的烦乱生活,遮蔽了它的声音。当你夜半突然醒来,你会从心灵的深处,听到幽然的鸣声,那正是潺潺的泉水啊!

回想走过的道路,多少次在这旷野上迷失了方向。每逢这个时候,当我听到心灵深处的鸣泉,我就重新找到了前进的标志。

泉水常常问我:你对别人,对自己,是诚实的吗?我总是深感内疚,答不出话来,只好默默低着头。

我从事绘画,是出自内心的祈望:我想诚实地生活。心灵的泉水告诫我:要谦虚,要朴素,要舍弃清高和偏执。

心灵的泉水教导我:只有舍弃自我,才能看见真实。

舍弃自我是困难的,甚至是不可能的,我想。然而,絮絮低语的泉水明明白白对我说:美,正在于此。

简评

"日本作家对美是很敏感的。这甚至可以说是一种传统。"作家洪烛先生对日本作家的这一评价是十分中肯的。就连获得 1968 年诺贝尔文学奖的川端康成演讲词《我在美丽的日本》中也说出了和洪烛同样的评价:"日本作家确实有爱美成癖的倾向,他们仿佛纯粹是为了追求美或保留美而进行创作的。在他们心目中,美绝不是个抽象的概念,而简直已构成生命的意义。或者说,美的事物本身是易逝的,但它的感染力是深远的。"本文作者东山魁夷先生是一位著名的画家,被称为大自然的歌手。东山魁夷先生还是一位散文家,他在作画的同时也从事散文创作。创作中,他常常揣摩画面的内容,用散文的形式表现出来。所以,他的散文也就是一幅画。东山先生的《听泉》是一篇平淡优美、寓意深刻的散文。文章意蕴深远,巧妙运用象征手法,从人们熟悉的大自然中择取象征的喻体,以鸟群、森林、泉水等构成画面,寓理于景,寄情于景,情景交融,通过景物描摹,使读者在感性的体验中获得理性的思考。

作为日本当代著名的风景画家、散文家的东山魁夷,对美的追求是与生俱来的。他的风景画代表了日本民族的审美特点:自然、冲淡、含蓄,而他的散文用极其简洁而又澄净的文字,记录了他对自然的沉思,人生的感悟。散文《听泉》是东山魁夷散文中的一篇代表作品,文章采用了借景抒情的表现手法,营造了一种诗画交融的恬淡意境。在文章中,作者以清新质朴的文字抒写生命情怀,将对人类生活处境的思考、人生的感悟融入自然景物的描写中。可以说,对大自然、对生活中的美的追求是东山先生文学艺术作品中的基本色调。他本人不止一次地说过:"我常常揣摩画面的内容,创作散文,这是我接触了清新的自然和朴素的形象之后引起的感到所致。"所以有人说:"站在他的作品面前,是看画,又像是读诗;仿佛来到了清新、舒畅和美好的大自然中。"(见袁运甫《大自然的歌手》)

东山先生还特别注重心灵与自然的契合,注重心灵境界的净化塑造和提升飞跃。所以也便有了其与众不同的艺术特质。作者在文中有两个具体的表现意象:作品以"鸟群"象征"人类","鸟群"方向的迷失象征"人类"奔忙的盲目,以此提醒现代人应该停下匆忙的脚步,倾听心泉,反思自己的生活,更好地走向未来。如,鸟儿"急速""剧烈"地飞翔,

"昨天、今天、明天",它们不停地飞,但却不知道"为什么飞",飞到哪里,"匆匆忙忙地"让自己的生命"逝去";鸟群的身影正是人类的写照,现代人中有很多的人总在奔忙,往往却又遭遇了迷途,不知道为何而忙,不知道向何方去,生存目标迷茫。而"泉水一定知道鸟儿应该飞去的方向","这小憩何等珍贵",则呼唤着现代人停下匆忙的脚步,"倾听泉水的絮语",倾听自然的启迪,反省自己的生活,重新明确方向。"人人心里都有一股泉水",便是指心泉,内心深处的声音,"日常的烦乱生活,遮蔽了它的声音",人就会"在旷野上迷失方向",只有倾听心灵深处的鸣泉,才能"重新找到了前进的标志"。同时,文中以鲜活的感性的诗意的语言,充满灵性的叙述,娓娓道出一个人生的哲理,达到了哲理与情趣的完美结合。作者坚信:"人人心中都有一股泉水,日常的烦乱生活,遮蔽了它的声音。"

心灵与自然的契合、心灵的净化和提升,文章这一主旨的反映,还运用了铺叙的方式,自然流畅地表现出来。由鸟儿"听泉"联想到"我也是鸟群中的一只,所有的人都是在荒凉的不毛之地上飞翔不息的鸟儿。人人的心中都有一股泉水,日常的烦乱生活,遮蔽了它的声音。当你夜半突然醒来,你会从心灵的深处听到幽然的鸣声,那正是潺潺的泉水啊!"文章写到这里,并没有就此止住,而是一步步深入下去,最后落到作者所要告诫世人的观点上,即"人要舍弃自我,返璞归真,回到大自然。"

前面说过,东山魁夷的文章与绘画有着同样的清新自然的风格。他的鲜明的创作特色与神奇的艺术魅力在于即使你是它的初读者也不会因此而与它有着丝毫的距离。而这一切,盖源于作者文化品格与明澈若泉流的心灵境界。艺术随笔,精品散文,异国游记和风景绘画无不游刃有余地呈诸他的笔端并散发了迷人的气息。我国著名散文作家刘白羽在《美的情愫》一书的序中对东山魁夷先生的文与画作了精辟的剖析。"不能说这些散文是画的解说,那样就降低了东山文学的独立价值。尽管一者用画一者用文来表现,我以为都是他从自己攀达到的高峰之上谱写的心灵自由。"东山先生的文与画凝聚了其全部厚重的文化积淀、丰富的人生经历,对他的文化品格的养成作用举足轻重,这也是成其丰富多彩艺术世界的要素。这使我们想起了苏轼对王维诗与画的评价:"味摩诘之诗,诗中有画;观摩诘之画,画中有诗。"(苏轼《书摩诘蓝田烟雨图》)这是诗与画结合的又一个例子。

作者先志向日本画,后来留学德国,遍访欧洲,对西方文化艺术抱有浓厚的兴趣。他在最富西方色彩的地方开始北欧风景画的艺术创作。他虽身居西方,却心怀故国,正是这种对西方的憧憬和对故国的乡愁,形成了他的文学艺术的东方传统的现代精神。我们从他的北欧风景画,或日本和中国的风景画中,可以领悟到这种艺术的精神,从他的相关随笔散文中也可以听到他这种声音的回响,他说过:他的美术是不断地以西方文化的刺激为纬线,以日本传统文化性格以及对其眷恋为经线编织出来的。

当然,我们还必须指出,《听泉》的思想感情是飘逸的,阅读时似乎给人一种随意不合情理的感觉,文后有一段:"我也是鸟群中的一只,所有的人们都是在荒凉的不毛之地上飞翔不息的鸟儿。"就给人一种突兀牵强的感觉,用"荒凉的不毛之地"寓指所有人的阴暗生活,甚至,其中似乎有以此来阐明避世的道家传统观,果真如此,不仅太过牵强,同时,也可以看出东山魁夷思想中消极悲观的因素。

金
岳霖
——我最『老』的『老』朋友

◇ 于光远

本文选自于光远《我的故事》（大众文艺出版社2006年版），有删减。于光远（1915—2013），上海人，中国社会科学院研究员。原姓郁，名锺正，于光远是入党后起的名字。1935年参加"一二九"学生运动。1936年毕业于清华大学物理系。1937年初抗日战

一、最"老"的"老"朋友

前一个"老"说的是相识的时间之早，后一个"老"说的是在我的朋友中他和我的年龄差距最大，如果他还活着，现在有一百多岁了。

我和金岳霖相识的时间是1933年，离现在有六十三午了。我认识他时，我是十八岁，他是三十九岁，他的年龄是我的年龄的二倍还多三岁。

我们怎么会相识？说起来真有点特别。

那时我在唐在章家做家庭教师，教这家的三个孩子。大的刚上高中，小的才进初中。有一个星期天上午是我给他们上课的时间。我到他家后，孩子

们的妈妈对我说，今天你能不能给孩子放假？有一个我们家的朋友来，小孩子要和他一起玩。你也别走，你和他也可交一交朋友。

是个怎样的朋友呢？

他来了。高高的个子，穿了一套颇为讲究的西装，戴了一副墨镜，头上还戴着一顶遮太阳的鸭舌帽。见面时，女主人介绍他和我相互认识。她对我说"这是清华大学的金岳霖教授，大哲学家，才从北京来"，又对他说"这是郁家哥哥，小孩子们的老师，别看他年轻，可有学问呢，他也喜欢哲学，将来也许会到你那里当教授"。两个人一握手，我们就这样认识了。

这天我们一起玩。先是去打网球。我不会打，坐在一旁喝咖啡，跟最小的孩子东讲西讲。打完球在那个挺高级的俱乐部吃了西餐后，又一起去了他的寓所。他有一个哥哥在上海，他住在一间客房里，房间里有一个藤制的书架。我望了一下书架上的书，全是关于打桥牌的。在这之前我真不知道关于打桥牌有这么多的学问。

他是到上海来过暑假的。我们是初次见面，不好意思向他请教什么。我看出他和唐在章家的人很熟。不久前，他刚去美国休假了一年，讲了不少见闻。小孩子们，还有我，听得津津有味。我对他的印象很好。那个星期天就这么愉快地过去了。开头女主人向他介绍我之后，我真有些怕他考我这个"未来的清华哲学教授"。还好，他只去同小孩子们讲这个

争前，加入中国共产党。1939年兼任延安中山图书馆主任。历任中共中央图书馆主任，北京大学图书馆系教授，中共中央宣传部理论宣传处副处长，中国科学院哲学社会科学部委员、常委，科学规划委员会副秘书长，科学技术委员会副主任。

讲那个,不想考我的"学问",审查我的教授资格。

这回我在《金岳霖的回忆和回忆金岳霖》中看到一篇他写的回忆。文章的题目很怪:《在北京,车是极端重要的》。文中提到唐在章在北京的家里很可能有一辆汽车。里面写他和唐在章"这一家的朋友关系长了"。在他的这篇文章中不但写到唐在章(当时是外交部的一个小官),写到唐在章夫人(就是介绍我和金岳霖认识的那个女主人),也特别写到他家三个孩子(也就是我的三个学生)。他写道"唐家有三个小孩,大姐、二哥、小'老薛'。为什么叫'老薛'?直到今天我也不清楚。……现在我和'老薛'仍然是隔些时候总要见几次面的老朋友。她曾说她最老的小男朋友,我听了高兴极了。"在这篇文章中没有讲他同唐家是怎么熟起来的,只是讲他和小孩子们的友谊,说"友谊的开始也很特别。小孩总是要听故事的。我那时能讲的故事最方便的是福尔摩斯的侦探小说,这可合他们的口味。我没记住它讲的次数,总是不少的。"

唐家的三个孩子我都挺喜欢,尤其是那个"小老薛"。我教她"四则"和"小代数"时,她只有十二岁,是个十分可爱的小姑娘。金岳霖一定很喜欢她。我在纪念金岳霖百岁诞辰的会议上得到他写的这篇文章后,打电话给"老薛"。她告诉我还没有这本书,我向哲学所要了一本,请她到我家来把这本书拿走了。

现在我说金岳霖是我最老的老朋友,除了第一次我同他见面时"老薛"的妈妈当时所作的介绍外,还有两个根据：一个是1934年我转学清华物理系三年级后，常去论文导师周培源处。一般每月一次。每去，周师母总留我在他家吃饭。有一次吃饭时金先生去了。周先生正想告诉他关于我的姓名时，金说不用了，我们早就是老朋友了。"老朋友"三个字是他自己说的。还有一个论据是，他同"老薛"是朋友，而"老薛"又同我是朋友。我也就是他的朋友。金是逻辑大师，对我这么推理，一定认为不合逻辑，但我这个推理还是有一定的道理的。

二、古典式的家庭和爱情故事

1934年我到了金岳霖教书的清华读书，两人在同一个校园里却没有往来。我没有选哲学系的金先生的课。那时清华物理系的课程很紧，我又对抗日工作很积极，还要在城里一个中学教书赚钱，我实在太忙了。

在清华我听到了他和林徽因、梁思成之间的故事。我听到的故事非常简单，但给我留下的印象是金岳霖的情操品德"真高尚"。这回得到那本书，看了金岳霖自己写的《梁思成和林徽因是我最亲密的朋友》，也看到林洙写的《金岳霖、林徽因、梁思成始终是好朋友》，对他们三人间的关系就知道得很清楚了。

金岳霖的文章把三人间的亲密关系作了简单的、纯粹外表上的描述。他用"打发日子"来形容他长期不成家的寂寞生活。讲他和林徽因、梁思成抗战前在北京、抗战中在大西南、抗战后又在北京一直住得很近或者就住林梁家里的情景，又发挥了对"爱"和"喜欢"这种感情和感觉的分析。而金与林徽因梁思成之间的关系，其实许多人都知道，金因和林徽因的相爱，又不能结成夫妻，终身不娶。林洙在其文章中写道：

"我曾经问起过梁公，金岳霖为林徽因终身不娶的事。梁公笑了笑说：'我们住在总布胡同的时间，老金就住在我们家后院，但另有旁门出入。可能是在１９３１年，我从宝坻调查回来，徽因见到我哭丧着脸说，她苦恼极了，因为她同时爱上了两个人，不知怎么办才好。她和我谈话时一点不像妻子对丈夫谈话，却像个小妹妹在请哥哥拿主意。听到这事我半天说不出话，一种无法形容的痛苦紧紧地抓住了我，我感到血液也凝固了，连呼吸都困难。但我感谢徽因，她没有把我当一个傻丈夫，她对我是坦白和信任的。我想了一夜该怎么办？我问自己，徽因到底和我幸福还是和老金一起幸福？我把自己、老金和徽因三个人反复放在天平上衡量。我觉得尽管自己在文学艺术各方面有一定的修养，但我缺少老金那哲学家的头脑，我认为自己不如老金，于是第二天，我把想了一夜的结论告诉徽因。我说她是自由的，如果她选择了老金，祝愿他们永远幸福。我们都哭了。当徽因把我的话告诉老金时,老金的回答是:'看来思成是真正爱你的,我不能去伤害一个真正爱你的人。我应该退出。'从那次谈话以后,我再没有和徽因谈过这件事。因为我知道老金是个说到做到的人。徽因也是个诚实的人。后来,事实也证明了这一点,我们三个人始终是好朋友。我自己在工作上遇到的难题也常去请教老金,甚至连我和徽因吵架也常要老金来'仲裁',因为他总是那么理性,把我们因为情绪激动而搞糊涂的问题分析得一清二楚。"

　　他们三人间的关系真有点像西洋小说里的故事。梁思成、林徽因去世之后,他们的儿子梁从诫就一直同金岳霖住在一起。金最后就住在离我家非常近的干面胡同中国社科院宿舍,住的时间很长。

三、建国后金岳霖哲学思想的转变

　　同在清华两年,我没有去打扰过他。抗战八年、解放战争四年,更没有同他有任何接触。建国初期,有好几年很少去清华北大,又一直没有见到他。由于我一直在党中央宣传部负责联系理论和科学方面的工作,需要了解了解学者——不论是自然科学家或哲学家社会科学家的状况。特别在1954年遴选中国科学院学部委员期间,我需要对我国学术界的著

金
岳
霖

271

名人士进行多一些了解。我也问起金先生的思想政治状况。多数人讲他思想能跟得上形势,但还有一个人说了一些不那么好的话。说他在建国后,经常作"深刻"的检讨,有些过分,对别人的批评也偏左,有言不由衷地应付局面、但求过关的表现。说他的这种做法使别的学者被动,别的学者心里不满意又不好说,等等。我相信这位同志讲的是有事实根据的。但我对金岳霖从来就有很好的印象,我不信他会有任何在认识以外其他不纯的思想。

于是我就找了几篇他新写的文章来看。看了之后我完全肯定他是一个只服从真理、勇于自我批评的人。马克思主义哲学的精髓是历史唯物主义,他能在这一点上想通了,接受了,就承认自己真正接受了马克思主义。在他自己的《回忆》中,他写道,自己"在政治上追随毛主席,接受革命哲学,实际上是接受了历史唯物主义,现在(指 1981 年到 1983 年写《回忆录》时)仍是如此。"建国初期,我在中宣部管政治课学习。那时我深深地感到中国广大的知识分子,看到共产党取得了全国的胜利,非常想了解是什么思想指导中国共产党、毛主席领导中国革命取得这么伟大的胜利。大哲学家金岳霖我想也是其中一员。他得出的结论是,自己从前接触到的各种哲学体系"都远不如马克思主义哲学高明"。他的这个看法也曾经对我表示过。不过也许有人会说,"他有可能想到你是一个老共产党员而且又是共产党中央宣传部中管理论工作和社会科学的干部,他给你说的话未必是他真实的思想"。可是他亲自培养出来的冯契在自己的回忆中,也写道:"金岳霖即便在私下里也表示自己从前的哲学体系远不如马克思主义哲学高明。"冯契的话作为证据,力量更强。还有一件事,是倪鼎夫文章中写的,1958年金去英国访问时瞻仰了马克思墓地,同时也看了斯宾塞墓。斯在十九世纪在英国影响很大,著有三个大部头著作和十卷本《综合哲学》,在当时英国的思想界俨然一个巨人。金岳霖在访问时对一起去的人说,马克思生前名声并不大,留下了《资本论》,随着时间的推移,他的学说越来越焕发出夺目的光辉,而思想巨人斯宾塞就在人们的记忆中逐渐消失。从他的这一番感慨中也可以看出他的思想深处。

可是我在一九五四、五五年看了他新写的文章后,给我一个印象是,他研究马克思哲学的时间毕竟不够长,又没有参加中国共产党领导下的革命实践,缺乏这方面的经验,加上他经常接触到的是在高校中做政治思想工作的同志,据我所知,那些人中的"左倾"思想对金也产生了影响,还没有做到对马克思主义哲学有更深更全面的认识。因而他有一些不恰当的看法,但这完全是他出自真心,绝没有见风使舵,人云亦云的因素。同时我也看到,他写的东西是用自己的真实思想、用心写的。他做的那些对自己的哲学思想进行自我批评和对那种哲学思想所作的批评中有不少是经过他思考得出的很有价值的论点和证据。

他的哲学思想又有他不愿放弃的东西。他在《回忆》中写那篇讲自己接受了历史唯物主义的文章中，还特别表明在宇宙观方面"我仍然是新实在主义者"。

四、大猫走大洞，小猫走小洞

这也许是牛顿的真实故事，他家养着大猫小猫各一，房间里应该有洞让猫出入。据说大科学家牛顿（也可能是人编造出来的）竟提出挖一大一小两个洞的方案，忘了小猫也可以从大洞里出入。这说明大科学家也会犯常识性的错误，传为笑话。金岳霖在他的晚年也有类似的笑话，从这些笑话中也可以看出他的为人。

有一件事是我在《金岳霖的回忆和回忆金岳霖》中黄集伟写的一篇短文中看到的，文章中写道：

　　"某日，梁先生见其厨师外出采购，手捏一张数码为五千余元的人民币活期存折，惊异不已。找到金先生问其缘由，金先生答曰：'这样方便。'梁先生曰：'若不慎遗失，岂不枉哉？'金先生依旧说：'这样方便'。梁先生说：这样吧，存个死期，存个活期，两全其美——而且'死期'利率高于'活期'……谁知金先生连连摆手：'使不得的，本无奉献，那样岂不占了国家便宜？'梁先生无奈，只得为其细述储蓄规则多项。述毕，金先生满脸欣然，停有片刻,说:'你真聪明。'当然,最终此事亦非就此了结。'改存'之日金先生几欲打退堂鼓,理由是他预备在自己死后留一千元钱酬谢厨师——'如果将剩余的钱都存了死期,万一某日我突然死了,钱不就取不出了?'这回梁先生不能不笑。笑罢,梁先生又将如何将那一千元酬金抽出为厨师另立户头之类细细讲演一番……末了,金先生重又孩童般喜作一团——'你真聪明!'据悉,梁先生自金先生口中很赚过不少如是之褒奖呢。"

金岳霖一生未娶,雇一厨师,他不把自己与厨师的关系视作简单的雇佣关系,厨师也帮助金做其他家务。金竟想到从自己死后留的五千元的储蓄中取出百分之二十给厨师表示感谢也表现出金的为人之道。

还有一件事也是黄集伟文章里写的。

另有某日,伏天,数位友人同往金先生舍下闲坐。一进门,便见金先生愁容满面,拱手称难:'这个忙诸位一定要帮!'友人既不知何事,又不便细问,但念及'金老头儿'独身一人,不便诸多,便作英雄状慷慨允诺。俄顷,厨师为来宾每人盛上一碗滚沸的牛奶……英雄言辞尚余音缭绕,无奈,只得冒溽暑之苦,置大汗淋漓于不顾将碗碗热奶一饮而尽。谁知几位不几日再次光顾,重又承蒙此等礼遇,且金先生口气坚定,有如军令。事隔有旬,好事者向金先生问及此事，方知原来金先生冬日喜饮奶，故订奶较多；时至盛夏，饮量大减，却又弃之可惜，故有'暑日令友人饮奶'一举。也许金先生以为订奶有如'订亲'，要'从一而终'，不得变故。殊不知奶之定量增减尽由主人之便的通例。当友人指点迷津甫毕，金先生照例回赠那四个字的赞许：'你真聪明！'"

金先生晚年还有趣事，这件事虽然同大洞小洞的故事的性质不一样，我也想附带写一下，那就是金岳霖坐板车到王府井一带转悠的事。这件事当时我听人向我详细地描绘过的。对这件事在黄集伟文章中有一段叙述。

"……金先生患有青光眼疾后，常就医于'协和'。'文革'伊始，'革命派'不许金先生用车。金先生闻讯问曰：'停用专车可以，可我怎么去'协和'看大夫？''革命派'答曰：'给你派辆排子车吧'在'革命派'来说，此为戏言？挪揄？抑或是推托之辞？不得而知。反正金先生欣然从命，乐不可支。每每于就诊之日，准时自携一木制小马扎，端坐于平板三轮车上，任人一路踩过去，且东张西望，不胜惬意……"

汪曾祺在回忆金先生时，也写了金先生深居简出，当他想看看外面的风光时，就同一个蹬平板三轮车的人约好，常常坐这平板车到王府井一带转一大圈。"王府井人挤人，熙熙攘攘，谁也不会知道这位东张西望的老人是一位有一肚子学问，为人天真，热爱生活的大哲学家。"

五、后悔没有向金岳霖好好学习

建国后金岳霖到了中国科学院哲学所之后，我在中宣部负责联系中国科学院。"文革"前我还是哲学研究所学术委员，并且在所内还兼任自然辩证法组组长、哲学刊物的编委。我和他是哲学界的同行。在某些哲学组织中常常都有我和他的名字。"文革"后，他和我都在社会科学院，我们又认识得那么早，许多年来，我和他的寓所很近，他住的那栋宿舍楼，从我的南窗都可以望得到。我也有时到他住处去闲聊，既讲过去也讲现在。在他写的《回忆》中，有些故事曾同我讲过。他还讲过在清华与侯德榜一起参加的一次考试。考官点名叫到某人考中允许出国留学时，这个人就要大声说"有"，像个军人那样。他讲这个故事时就大声用湖南话喊了一声"有"，那时他的神情声音似乎就在眼前和身边。可是我一直没有认真向他请教问题。

我也是一个爱好哲学的人，我也知道金岳霖有许多独创的见解。我回想了一下为什么我会不向他请教哲学。想清楚了，根本原因是，没有好好读他写的书。他的红封面的那一本《逻辑》，我曾经读过一部分，可是没有读下去，隔了一段时间就忘了。他的《知识论》，在批判资产阶级学术思想时，曾经作为批判资料(用了一个客气一点儿的名称"参考资料")印出来之后给了我一本(不是正式的出版物,没有封面,厚厚的一本)。我翻了一下,觉得这本书的分量不轻,也并不好懂。我一直想好好地看一遍,却没有下决心拿出这个时间来。事先没有看,我就不敢向金先生请教。没有看他的书,问题提不到点子上,自己觉得不好意思,一次一次拖下去,因而始终没有好好谈过一次。

　　放着一个大哲学家在自己身边不请教,在他去世后就不会再有这个机会了。今年春天开纪念他的百岁诞辰的会时,会议的组织者要我讲几句,我认为自己也应该讲几句,应该对我后悔没有向他学习这一点进行反思。我认为写关于金岳霖的纪念文章就应该对他的哲学观点进行评论。我知道金岳霖的脾气,最好能和他讨论,甚至争吵一通他就高兴了。学者最怕的就是文章发表了没人看。可是我不但在他生前没有那么做,就是到了他百岁纪念时我还未能做到。在这个会上发给我的书只有一本《金岳霖的回忆和回忆金岳霖》。许多他的学生和朋友写的文章不少,介绍了他的学术观点和学术成就,相比之下我就很惭愧。大会上要我讲话,使我后悔自己这几年把当面请教的这么好的条件丧失了,而且无可挽回地丧失了。去年他的弟子,也是我的好朋友哲学家冯契逝世。我也没来得及向他请教问题。我在《文汇报》上写的那篇《怀念冯契》也未能评论他的哲学思想。我在金岳霖百岁诞辰纪念会上请哲学所的负责同志帮忙找了四大卷《金岳霖论文集》，还是想找时间好好读一遍。

简评

于光远先生长期从事经济研究工作，从20世纪80年代起，致力于哲学、社会科学多学科的研究和推进其发展的组织活动，并积极参加多方面的社会活动，自然和金岳霖先生也有了新的接触。于光远先生的《我所知道的金岳霖》从一个老朋友的角度，回忆了自己和金岳霖半个多世纪"忘年交"的情谊。如作者在文章的开头所说明的："我和金岳霖相识的时间是1933年。我认识他时，我是十八岁，他是三十九岁，他的年龄是我的年龄的二倍还多三岁。"为读者了解金岳霖其人提供了大量活生生的第一手材料，值得我们潜心阅读。作者在文中还曾说过："放着一个大哲学家在自己身边不请教，在他去世以后就不会再有这个机会了。……我认为写关于金岳霖的纪念文章就应该对他的哲学观点进行评论。我知道金岳霖的脾气，最好能和他讨论，甚至争吵一通他就高兴了。"其实，作者回忆到的也不仅仅是哲学的讨论，还有很多哲学范畴之外的东西。

中国哲学和逻辑学界有金岳霖这位当代的大智大慧者，实在是一大幸事。金岳霖的一生，是复杂的也是单纯的，是传奇的也是寂寞的。"在中国哲学界，以金岳霖先生为第一人。"金岳霖自己就曾这样说："世界上似乎有很多哲学动物，我自己也是一个，就是把他们放在监狱里做苦工，他们脑子里仍然满脑子的哲学问题。"夫子自道，形神兼备。大概可以说，20世纪20年代金先生留学归国后，哲学界人物中像金先生那样对西方哲学有较深入的了解，并能作出世界级水平的研究成绩，是凤毛麟角的。金岳霖从小对政治不感兴趣，也不爱做官。他大部分时间都深思在自己的哲学王国里,满脑子的哲学问题。金岳霖是中国现代拥有自己完整学术体系的少数哲学家之一,凭着《论道》《知识论》和《逻辑》三本著作,金老奠定了他在中国哲学界的泰斗地位,其中,《论道》是"一本最有独创性的玄学著作";《知识论》在中国哲学史上首次构建了完整的知识论体系。中国哲学中与"天"相并举的概念还有"道"。道有时似乎是与天相对的概念,有点像西方之所谓"绝对精神"。典型的中国哲学的宇宙观如老子所说的:"人法地,地法天,天法道,道法自然。"(《老子·第二十五章》)金岳霖也在《论道》中说:"中国思想中最崇高的概念似乎是道。"1947年,金岳霖完成了《知识论》,交给商务印书馆,出版之后,金岳霖对清华大学的同事张岱年教授说,我可以死啦。张岱年先生认为:金岳霖的哲学名著《知识论》确是一本"体大思精"的专著,在中国哲学发展史上是空前的,拿来与罗素、穆尔、桑塔雅那的认识论相比,至少可以说毫不逊色。据西南联大的老同事回忆,金岳霖的《知识论》也是一本命途多舛的书。有一次跑空袭警报,他把书稿包好,跑到昆明北边的蛇山,自己就坐在稿子上,警报解除后,他站起来就回去,结果书稿忘在那里,等到记起来再去找,已经找不到了。后来只好把几十万字的书又写了一遍。金岳霖是使认识论和逻辑学在现代中国发达起来的第一人。1911年,金岳霖入北京清华学堂学习,1914—1921年在美国宾夕法尼亚大学、哥伦比亚大学学习政治学,获哥伦比亚大学政治学博士。之后在英、德、法等国留学和从事研究工作。1925年回国,1926年在北京清华大学任教授,创办清华大学哲学系。以后任西南联大哲学系教授、清华大学哲学系主任和文学院院长、北京大学哲学系教授和系主任、中国科学院和中国社会科学院哲学研究所研究员和副所长。1954年被选为中国科学院哲学社会科学部学部委员,1979年被选为中国逻辑学会会长。金岳霖是最早把现代逻辑系统地介绍到中国来的逻辑学家之一。他把西方哲学与中国哲学相结合,建立了独特的哲学体系。

华东师范大学哲学系杨国荣教授是系统研究金岳霖哲学体系的专家，他将金岳霖放到整个中国近代"新实在论"的发展史中来考察，使学术界对金岳霖先生有了一个科学、全面的认识。他指出："中国近代新实在论的另一重镇是金岳霖，但与冯友兰以人生哲学为目标构建新理学不同，金岳霖的注重点更多地指向认识论与方法论，其理论与新实在论有亲近的一面，也有与之相出入的地方。从某种意义上来看，金岳霖的理论建树可以看作是中国近代实证主义思潮的逻辑终结。"金岳霖的身上有一股赤子之心，如果没有对哲学和逻辑学心无旁骛的研究激情，他不可能在本体论和认识论的道路上走得如此之远，如此之深；要是没有对真理的认同感，对大同世界的美好向往，他也不可能在1946年以后如此坚决地彻底批判自己的哲学体系，将自己20世纪30、40年代的思想信仰推翻重来，和他同时代的哲学家相比，金岳霖先生是最特殊的一个。他的哲学体系几乎不涉及历史和人，他总是热衷于哲学命题的逻辑分析，有时不免给人极其枯燥晦涩的印象。在这个他所构建起来的庞大哲学体系中，金岳霖广泛讨论了时空、因果等"天道"问题，试图为自己找到一个"安身立命"之所。

于光远先生虽然是一个著名的经济学家，他自己也谦称是门外汉，不是文坛中人，但文笔简洁洗练，在丰富的人生体验中完善着回忆文章的故事叙述。极有可读性的是，本文在"哲学"之外还回忆了很多生活中的趣事。有人说：但凡大智慧的人，都有一些在小聪明上不及凡人的地方，或者不妨说他们都是俗人眼里的"怪人"，而哲学家更是"怪人"中的"怪人"。金岳霖也有许多诸如牛顿"大猫走大洞，小猫走小洞"的逸闻。他的有些"怪诞"，后来是人们见怪不怪。他活得没大没小，返老还童。他从小爱斗蛐蛐，老了也依然如故，屋角摆着许多蛐蛐缸。他养了一只大斗鸡。这只斗鸡能把脖子伸上来，和金岳霖同桌吃饭。金岳霖也不赶它，和大斗鸡共进午餐。他还到处搜罗大梨、大石榴，拿去和别的教授的孩子比赛。比输了，就把梨或石榴送给赢他的小朋友，他再去买。他活得物我两忘。有一回他给老朋友陶孟和打电话，陶家的用人问："您哪位？"他竟忘了自己的名字，甚为尴尬。他活得幽默率性。金岳霖的幽默似乎是与生俱来的。辛亥革命时，大家都要剪辫子，金岳霖即赋打油诗一首："辫子已随前清去，此地空余和尚头；辫子一去不复返，此头千载光溜溜。"令人忍俊不禁。有一次，艾思奇到北大演讲，批判形式逻辑是伪科学。金岳霖听后带头鼓掌，众人不解，他解释说："艾先生讲得好，因为他的话句句都符合形式逻辑。"（其实50年代的艾思奇，在哲学领域里有一点盛气凌人，为了一些哲学的基本问题，曾三次找上门在清华大学和金岳霖公开辩论，一直到金"俯首称臣"）最令人捧腹的一件趣事是：有一次，毛泽东主席对金岳霖先生说："金老，你要多接触接触社会。"金岳霖说好，便请一个拉平板三轮车的人，每天拉他到王府井去转一圈。他觉得有人的地方就是社会，人多的地方就是最值得接触的社会，真是大智若愚啊！

冯友兰先生称道金岳霖"真纯"的性格时说："金先生的风度很像魏晋大玄学家嵇康。嵇康的特点是'越名教而任自然'，天真烂漫，率性而行；思想清楚，逻辑性强，欣赏艺术，审美感高。"这和本文的回忆基本一致。只是，"说不尽的金岳霖"，他的故事还有很多。不过，于光远先生笔下的金岳霖足以使我们"过目不忘"了。

后　记

　　散文,在中国文学史上是与诗、词鼎足而三的重要文体,有着崇高的地位。唐宋以来的古代散文已经被人们奉为经典自不待言,近代以来特别是自"五四"以来的近百年时间里,优秀的散文作品无论在内容构成或是思想情致方面,都可与古代经典比肩。近年来,写作散文的作家越来越多,喜爱阅读散文的读者也越来越多,应运而生的散文集也林林总总地呈现于读者面前。我总觉得散文的选本和阅读方式还存在一些不足之处,特别是对近百年来的散文作品没能很好地梳理和总结,尤其对年轻人来说,缺少必要的指导。于是,我产生了一个较为大胆的想法:梳理一下近百年来的散文精品,对作品及其作者做一些简单的介绍和分析,为读者更好地阅读现当代经典散文提供一个可供选择的读本,也希望通过这样的撷选和推广,能使一部分作品在历史长河的淘漉中留存下来,成为后来人的经典。而这,也是选文和出版的主要动机。

　　在撷选本丛书的作品时,我着眼于选择那些叙述内容真实、表现手法质朴、能真实地记录作者现实生活的思想和感情轨迹之作。所选散文的作者中,著名学者、知名教授、有成就有社会影响的作家占相当的比重,他们的散文,或含蕴深厚,意境优美深邃;或摇曳多姿,情思高

后
记

283

蹈浩瀚，无论芸芸众生，峥嵘岁月，抑或江河湖海，大地山川，或灵动飘逸，或凝练深刻，或趣味灵动，或高雅蕴藉……本丛书所选入的散文大多无愧于这样的评价。因此，一册在手，与经典同行，就能与作者进行思想交流，就能以丰富的知识启迪智慧，以睿智的思想陶冶情操，从而在读者的心灵里打开一个情趣盎然而又诗意充沛的境界。在生活节奏日益加快、人们性情渐趋浮躁的今天，我们非常需要这样的阅读。

读书给社会和个人带来的影响都是不可估量的。"一个人的精神发育史，应该是一个人的阅读史。"同样的道理，一个民族的精神境界，在很大程度上取决于全民族的阅读水平；一个国家谁在看书，看什么样的书，决定了这个国家的未来。国际阅读学会曾在一份报告中指出：阅读能力的高低，直接影响到一个国家和民族的未来。具体说来，阅读经典，可以强化文化认同，凝聚国家民心，振奋民族精神；可以提高公民素质，淳化社会风气，建构核心价值观。阅读经典，是接受教育、发展智力、获得知识信息的最根本途径，是人类社会特有的文化传播活动。

基于上面的认识，我编写了《现当代经典散文品读》。本丛书的编纂和作品的入选，是编者这个特定的人在特定的时期对特定作品的看法和眼光，代表着个人的审美体验，不要求读者一定要认同编者的看法，更不能代表作者的原意。因此，对本丛书编写过程中产生的一些想法做一个简略的归纳，供读者朋友参阅。

一、鉴于丛书的容量，首先面临一个不容回避的问题，即是如何在浩瀚的散文中遴选出既恰当又是读者喜闻乐见的作品来？毫无疑问，作为旨在拓宽阅读领域和提升阅读效果的散文读本，唯一的标准，那就是作品本身。真正意义上的阅读，是读者和写作者的心灵对话，一如心仪的挚友，在山间道旁的谈文论道，读者需要的恰恰是不拘任何形式的"随意性"。我们尊重阅读是"很个人"的提法，更何况强调开卷有益的阅读本身,更无须过于条理化、理论化,阅读者的追求也并非一种文学样式的全部、一种文学流派的前世今生、一个作家创作上的成败得失。

二、丛书的编撰体例,每篇散文都附有"作者简介"和"简评"两个部分的内容。了解作者的相关资料,是阅读前的必要准备;简评部分的文字则尽可能地拓宽阅读的视野,是阅读的引申、提炼,两者结合起来,从而建构起一个有机统一且有益于阅读的抓手。比如,读梁思成先生的散文《千篇一律与千变万化——音乐、绘画、建筑之间的通感》,一般读者可能对作者笔下的建筑领域里一些专业问题不是十分了解,"作者简介"和"简评"则对梁思成先生作为古典建筑领域里的顶级专家和教育家所从事的工作大体上予以介绍,为阅读做了必要的铺垫。文本虽是梁思成先生写中国古典建筑的散文,但作者拳拳赤子之心在字里行间很自然地得以升华,也就很容易引起阅读过程中的强烈共鸣,作者笔下的中国建筑艺术给读者带来的心灵上的冲击是难以忘怀的。

三、丛书共分10册:(1)华丽的思维;(2)悠远的回响;(3)精彩的远方;(4)文化的清泉;(5)诗意的栖居;(6)理性的精神;(7)心灵的顾盼;(8)且观且珍惜;(9)现实浇灌理想;(10)岁月摇曳诗情。每个分册写在前面的一段文字,是编者阅读经典的心灵感悟和情感抒发,不能简单地等同于对入选散文的解读,更不能先入为主地影响读者的阅读。

四、选入的散文,内容上可能涉及一些至今尚无定论的思想学术、科学文化等方面的内容,有的尚在研究、探讨之中;有的虽有了比较统一的看法,但也不一定就是最终的结论;有的观点虽然在现实中影响比较广泛,但也不可避免地存在一定的分歧,等等。编者力争在简评文字中尽可能地向读者介绍有代表性、较为流行的观点。即便如此,也未必就可以视为最权威的看法,倒是衷心希望读者阅读时,在认真分析、品味的基础上有自己的比较、鉴别,尽可能地接近比较科学的解读。有兴趣的时候,读者不妨就文中反映出的某些问题,进行深入的研究性阅读,带着这种"问题意识",一定会使阅读欣赏的效果得以增强,阅读欣赏的水平得以提高。比如,读瑞士华裔作家许靖华先生的散文《达尔文的错误》。文中传达了一些不同于传统观点的信息而了解对"进化论"提出挑战的代表作品,无疑对阅读是有帮助的。

五、丛书所选入的近三百篇散文中,绝大部分篇目,由于作者观察生活的特殊视角和独到的眼光,加之作者渊博的知识和雅致的文笔,将读者在现实生活中熟悉的或不熟悉的、遇到的或未曾遇到的人和事,叙述得饶有情致,有巨大的吸引力。但是,世易时移,不要说20世纪早期的作家,即使是与我们同时代的作者,文中所持的看法也并不见得百分之百地为今天的读者所接受。见仁见智,读者在品读之后有不同于作者的看法是很自然的事。比如,读李欧梵先生的《美丽的"中国城"——唐人街随笔》,不可避免地会对作者的观点产生不同看法。再比如,读毕飞宇先生的散文《人类的动物园》。从根本上说,工业文明的社会发展,为满足自己的需要,人类修建了动物园,但是,动物园的出现不是简单地把动物关起来了事,还折射出种种社会问题、人与自然的关系问题等。

六、每一个作家都生活在特定的社会环境中,每一个作家的作品和现实生活都有着千丝万缕的联系,我们能够从每一个作家的作品中读出他们现实的生活记录,感受他们跳动的思想脉搏,尤其是那些在现当代文学史上有一定地位、影响的作家,我们通过他们的作品,不仅能够读出作者其人,还能够从他们充满生命力的文字中,去瞻仰他们在文学史上留给后人的那渐行渐远的背影。比如,读季羡林先生的《赋得永久的悔》。我们看到的是作者用大量的篇幅,回忆了孩提时代吃的东西。为什么一想起母亲就讲起吃的东西呢?原因很简单,民以食为天,穷人家一直过着吃不饱的日子,因此对吃过的东西特别是好吃的东西,留下的记忆当然最难忘。再比如,读五四时期著名女作家石评梅的散文《墓畔哀歌》。面对这个在人生的凄风苦雨中痴守残梦的柔弱女子,谁能说清楚她那样泣血坟茔、奉献了全部的青春年华,且沉浸在对死者的哀悼之中难以自拔是一种幸福,抑或是一种不幸?今天的读者聆听到作者"墓畔哀歌"的时候,自然会联想到民国时期的"才女"形象以及她那逼人的才华。

七、文学源于生活,反过来文学又是对现实生活的阐述和暗示。

所以,阅读一个作家的作品,不能脱离其特定的生活环境。通过阅读,读者可以从不同的侧面感知不同时代作者笔下的现实生活,从而达到了解社会、体悟人生、历练品格、升华灵魂的阅读效果。比如,我们读钟敬文《西湖的雪景——献给许多不能与我共欣赏的朋友》、胡适《九年的家乡教育》、蒙田《与书本交往》、杰克·伦敦《热爱生命》、叶广芩《离家的时候》、宗璞《哭小弟》、刘小枫《苦难的记忆——为奥斯维辛集中营解放四十五周年而作》,等等。只要我们潜下心来,一定会有多方面的感知和启迪。

每一本书的问世都有一定的机缘。本丛书之编撰要追溯到20年前,当时,编者在一所高中教语文,由于教学的需要,为学生奉献了校本教材《诗文鉴赏》。之后,随工作辗转,当年的校本教材也屡次修订增补,才有了今天的《现当代经典散文品读》。其间,安徽师范大学出版社曾为作者提供诸多帮助;时任社长的汪鹏生先生,从策划到出版,均做了大量的工作。北京大学哲学系教授朱良志先生拨冗赐序,为本书增色添彩。在此,一并向上述帮助过我的人致以最真挚的谢忱!

徐宏杰

于淮南八公山下　2018年5月

后记